Diogenes Taschenbuch 20657

de
te
be

Henry Slesar

Ruby Martinson

*Vierzehn Geschichten
um den größten erfolglosen
Verbrecher der Welt
erzählt von einem Freunde
Aus dem Amerikanischen
von Helmut Degner*

Diogenes

Alle ›Ruby Martinson Stories‹
erschienen zuerst in
›Alfred Hitchcock's Mystery Magazine‹
und erschienen erstmals 1976 gesammelt
im Diogenes Verlag.

›Ex-Sträfling Ruby Martinson‹, übersetzt
von Hubert Deymann, wurde der zweiten Folge
von ›Dolly Dolittle's Crime Club‹,
1972 im Diogenes Verlag, entnommen.
Umschlagzeichnung von Tomi Ungerer

Veröffentlicht als Diogenes Taschenbuch, 1981

40/87/29/5
ISBN 3 257 20657 7

Inhalt

Ruby Martinsons erstes Verbrechen 7
The First Crime of Ruby Martinson

Ruby Martinson, der vertrauenswürdige Mann 29
Ruby Martinson, Confidence Man

Ruby Martinsons Ding mit dem Zahnarzt 47
Ruby Martinson's Big Dentist Caper

Ruby Martinsons Heimsuchung 62
The Ordeal of Ruby Martinson

Ruby Martinson und die große Sarg-Affäre 84
Ruby Martinson and the Great Coffin Caper

Ruby Martinsons Bank-Job 105
Ruby Martinson's Bank Job

Ruby Martinson – auf den kannst Du setzen 121
You Can Bet on Ruby Martinson

Ruby Martinson, der Katzen-Kidnapper 142
Ruby Martinson, Cat Burglar

Ruby Martinson – sag, daß es nicht so ist 160
Say It Isn't So, Ruby Martinson

Ruby Martinsons großer Pelzraub 179
Ruby Martinson's Great Fur Robbery

Ruby Martinsons Liebeserklärung 200
The Love Song of Ruby Martinson

Ruby Martinsons zweites Gesicht 221
The Mask of Ruby Martinson

Ruby Martinsons vergifteter Brief 240
Ruby Martinson's Poisoned Pen

Ex-Sträfling Ruby Martinson 263
Ruby Martinson, Ex-Con

Ruby Martinsons erstes Verbrechen

Mein Cousin Ruby Martinson ist einer der schlimmsten Verbrecher, die mir je begegnet sind. Er hat ein dämonisches, diabolisches Gehirn, völlig ohne Gewissen oder Skrupel. Er ist eine wahre Geißel der Gesellschaft, ein Killer und ein Räuber und ein Dieb, ein Geheimagent, ein Schwindler, ein Überfallartist, ein Defraudant und ein Erpresser. Kein Verbrechen ist zu schrecklich, als daß er sich's nicht ausmalen würde, doch das ist so ziemlich alles, was er tut. Ausmalen, meine ich. Er hat nie wirklich ein Verbrechen begangen, von dem ich wüßte, doch aus der Art, wie er redete, konnte man schließen, daß er nur auf die Gelegenheit wartete.

Wir trafen uns jeden Tag nach der Arbeit in Hectors Cafeteria am Broadway. Bei heißem Kaffee und Kringeln weihte Ruby mich in seine neuesten Pläne ein, sei es, daß er den Tresor der Manufacturer's Trust knakken, die Apartments drüben am Sutton Place überfallen oder ein Kunstwerk aus dem Frick-Museum stehlen wollte. Dieser Junge hatte wirklich ein Superhirn, und wenn er seine klug ausgedachten Pläne erzählte, hörte ich so hingerissen zu, daß ich fast vergaß, daß ich ein ehrbarer Bürger war.

Ich glaube, zum Teil fühlte ich mich auch geschmeichelt. Ich war noch nicht ganz achtzehn, hatte eben die High-School verlassen und arbeitete in der Seventh Avenue, wo ich Hutschachteln im Textilviertel herumtrug. Ruby war etwa fünf Jahre älter und arbeitete bei einer großen Firma in der Madison Avenue als Buchhalter. Irgendwie genoß ich das geistige Bild, das ich von Ruby hatte; ich sah ihn vor mir, wie er dort oben in Hemdsärmeln an einem schäbigen alten Schreibtisch saß, sich, die große Brille am Ende seiner langen Nase, über Hauptbücher beugte, die Schultern nicht breiter als die Hüften, mit seinen kleinen Händen winzige Zahlen in das Buch schreibend. Und sein großes Verbrecherhirn arbeitete die ganze Zeit, dachte, schmiedete Pläne. Wenn die Burschen, für die er arbeitete, es nur gewußt hätten!

Manchmal jagte Ruby mir mit seinem Gerede Angst ein, doch er erfüllte mein Leben auch mit Erregung. Ich bekam mit der Post mysteriöse Briefe von ihm, die mit RED unterzeichnet waren. (Ruby ist ein Rotkopf, komplett mit Sommersprossen.) Oder er rief mich zu Hause an und sagte mir, ich solle mich mit ihm im Rendezvous (er meinte Hectors Cafeteria) treffen. Manchmal, wenn wir die Sixth Avenue entlanggingen, schob Ruby mich in einen Hauseingang und preßte sich an die Tür, als ob ein Bulle oder ein Gangsterrivale in der Nähe sei. Und immer, wenn wir auf der Straße einem Polizisten begegneten, tat Ruby ganz gleichgültig und lässig, begann Witze zu erzählen oder lachte wie ein Idiot. Einmal benahm er sich vor einem Bullen so lässig, daß wir beide als Verdächtige festgenommen wurden.

Ruby ging viel ins Kino, und er las haufenweise Kriminalromane und -magazine. Die Filme waren natürlich alle Kriminalfilme. Ich ging sehr ungern mit ihm ins Kino, weil er immer kurz vor dem Ende hinausging. Er wollte nie sehen, wie die Gangster gefangen wurden. Ich glaube, Bücher las er auf die gleiche Weise.

»So einen Schluß machen sie nur für die Zensur«, sagte er mir. »Dieser Verbrechen-lohnt-sich-nicht-Quatsch. Der einzige Grund, warum ich gehe, ist, um auf neue Ideen zu kommen.«

Und Ruby hatte Ideen, bei Gott. Jede von ihnen erschien mir genial und narrensicher. Ich dachte, er würde ein großer Mann in der Gangsterwelt werden, und obwohl ich mich begnügte, zu bleiben, was die Kriminalmagazine aufrecht und beschränkt nannten, konnte ich nicht anders, als Ruby bei seinen Unternehmungen viel Glück zu wünschen.

Die Firma, bei der ich arbeitete, hieß Brett's Hat Company, und es war kein besonderer Job. Die Hutschachteln, die ich zustellte, waren groß und umfangreich, und mein Boss stapelte sie hoch aufeinander. Folgendermaßen wurde ich für einen Botenweg beladen. Ich stand da, die Füße nebeneinander und die Arme ausgestreckt. Dann nahm mein Boss einen Stapel von fünf Hutschachteln, die alle mit Schnur zusammengebunden waren, und schlang die oberste Schnur um den einen Arm. Das gleiche tat er mit dem anderen Arm. Wäre ich größer gewesen, dann hätte er sechs Schachteln aufeinandergestapelt. Dann stolperte ich aus dem Gebäude. Bei manchen meiner Lieferungen hatte ich Schwierigkeiten, weil ich nicht in einige von den Aufzügen paßte. Nicht mal seitwärts.

Jedenfalls, eines Tages, als ich eine Zustellung in der 45. Street machte, sah ich Ruby auf mich zukommen. Auch ohne daß ich sein Gesicht sah, merkte ich, daß es Ruby war, einfach an der Art, wie er die Straße entlangschlich. Einmal, als irgendein Bursche in ihn hineinrannte, sah ich, wie seine Hand rasch in die Jackentasche fuhr, als wollte er eine Pistole ziehen. Ich kann nur sagen, der Bursche hatte Glück, daß Ruby keine Kanone bei sich hatte.

Ich wollte ihn grüßen, doch er bedeutete mir mit seinem Blick, zu schweigen. Er ging rasch an mir vorbei und schob einen Zettel in meine Hand. Dann verschwand er.

Es war ziemlich ärgerlich, daß ich den Zettel nicht lesen konnte, bis ich meine Hutschachteln losgeworden war. Als ich es tat, stand nur folgendes drauf:

WIR TREFFEN UNS UM PUNKT HALB SECHS
IM RENDEZVOUS

Ich konnte es kaum erwarten, daß der Arbeitstag zu Ende ging. Es mußte etwas Dringendes sein, denn ich traf mich mit Ruby seit Monaten um die gleiche Zeit bei Hector. Ohne Zettel.

Als ich hinkam, saß Ruby an einem strategisch gewählten Tisch, von dem aus er im Fall von Trouble den Eingang im Auge hatte. Er tat so, als ob er die *Daily News* las.

Ich holte uns zwei Tassen Kaffee und setzte mich neben ihn.

»Was gibt's?« flüsterte ich.

»Pst. Der Bursche dort gefällt mir nicht.«

Ich folgte seinem Blick und sah, daß er einen dicken, schmierig aussehenden Mann meinte, der mit unbeholfenen Fingern ein Hörnchen auseinanderbrach und in seinen Kaffee tunkte.

»Sieht aus wie Louis der Bastard«, sagte Ruby. »Ziehn wir um.«

Wir ließen uns an einem andern Tisch nieder, und dann erzählte mir Ruby, was er auf der Seele hatte.

»Das ist es«, sagte er. »Das richtige, das große Ding, das sich lohnt.«

»Mensch«, sagte ich.

»Kein Träumen mehr, kein blauer Himmel mehr. Das ist es, Joey. Wir werden eine Weile brauchen, um es zu organisieren, aber das ist es wert. Jetzt muß ich nur noch eins wissen. Machst du mit – ja oder nein?«

»Hm?« sagte ich.

»Nicht so laut. Ich habe eine einfache Frage gestellt. Es ist ein Zwei-Mann-Plan. Genau halbe-halbe. Was meinst du?«

»Ach, Ruby, ich weiß nicht. Ich hab einfach nicht die

Nerven für solche Sachen. Ich bin nicht so wie du, richtig kaltblütig und so weiter.«

Er räusperte sich angewidert. Dann sagte er: »Das hab ich davon, daß ich mich mit Feiglingen einlasse. Ich hätte nie gedacht, daß *du* mich im Stich lassen würdest, Joey. Ich hab große Hoffnungen auf dich gesetzt.«

»Wirklich?«

»Klar. Was denkst du, warum ich dir das alles erzählt hab? Ich hatte wirklich Hoffnungen. Du bist ein smarter Junge.«

Mann, diese kleine Schmeichelei aus Rubys Mund erfüllte mich vielleicht mit Stolz. Wenn er in diesem Moment zu reden aufgehört hätte, würde ich dem Präsidenten der Vereinigten Staaten die Brieftasche gestohlen haben. Doch er sprach weiter – wie narrensicher der Plan sei und daß wir überhaupt kein Risiko eingingen, nachdem er das Verbrechen mit seinem diabolisch schlauen Buchhalterhirn ausgetüftelt hätte. Ich war in kürzester Zeit überzeugt.

»Okay, Ruby!« sagte ich begeistert. »Erzähl mir, worum's geht!«

Er beugte sich näher zu mir. »Es geht um den Savoy-Delikatessenladen an der 76. Street Ecke Lexington. Ich bin das erste Mal drauf gestoßen, wie ein Weib, das gegenüber in der Straße wohnt, mich mitgenommen hat, als sie ein paar Lebensmittel kaufte.«

Ich wußte, daß er von Dorothy sprach, und es schokkierte mich, daß er sie ein Weib nannte. Dorothy war ein nettes, ruhiges Mädchen, das an der Columbia-Universität studierte. Rubys Vater gab Klavierstunden, und dadurch lernten wir sie kennen. Sie war bestimmt kein Weib.

»Der Laden ist nicht sehr groß«, sagte Ruby. »Aber sie führen eine Menge teures Zeug. Kaviar, Schildkrötensuppe, Klapperschlangenfleisch, ausländische Lebensmittel und so weiter. Dieser Bursche, dem es gehört, Leiberman, scheffelt das Geld nur so. Ich nehme an, daß sie im Durchschnitt vielleicht zweihundert Dollar pro Tag einnehmen. Einmal in der Woche trägt er die Piepen zur Bank. Und da treten wir in Aktion.«

Ich riß die Augen auf und versuchte, zweihundert mit sieben zu multiplizieren.

»Als erstes müssen wir das Ganze bis aufs winzigste Detail organisieren. Das ist das Geheimnis des Erfolges. Wir stellen einen kompletten Zeitplan von Leibermans Tätigkeiten auf, so daß alles wie ein Uhrwerk abläuft. Verstanden?«

Ich nickte.

»Heute abend werd ich mich in der Nähe rumtreiben und mir ein Bild von der Gegend machen. Querstraßen, Verkehrsverhältnisse, Lage des Polizeireviers, Polizeistreifen und all das. Morgen abend gehen wir beide hin, und du gehst rein und kaufst was. Dabei merkst du dir alles, was du siehst. Ich geh etwas später rein und schau mir auch alles an. Dann vergleichen wir unsere Notizen. Kapiert?«

»Klar, Ruby.« Mir war ganz schwindlig.

»Dann beobachten wir ein paar Wochen, was er tut. Wir stellen fest, wann er zur Bank geht und so weiter. Es wird ein harter Job, Joey, aber auf diese Art muß man solche Dinge machen.«

Ich begann mich zu fragen, ob ich all dem gewachsen war. Ich hab's Ihnen schon gesagt, Ruby hatte ein Superhirn. Ich war nicht mal in der Schule besonders gut gewesen.

»In ein paar Wochen sind wir soweit. Dann schlagen wir zu. Wum! Wie der Blitz. Ein paar Minuten, und wir hauen mit dem Geld ab. Na, wie klingt das, mein Junge?«

Ich schluckte mühsam. »Großartig.«

»Klar. Aber es hängt alles von – oh, oh.« Ruby hielt sich schnell die Zeitung vors Gesicht, denn der dicke, schmierig aussehende Mann kam den Gang herunter. Ich sah, wie er hinüber zum Kassier watschelte und einen Zahnstocher nahm. Dann bezahlte er seine Rechnung und ging. Ich hatte das Gefühl, daß er vielleicht gar nicht Louis der Bastard war.

Als ich mich am nächsten Abend mit Ruby bei Hector traf, hatte er einen zusammengelegten Bogen Papier bei sich, der etwa so lang wie ein Spazierstock war. Er entfaltete ihn, und ich war ganz weg, als ich sah, wieviel Arbeit er sich gemacht hatte, um die Umgebung des Savoy-Delikatessenladens bildlich darzustellen. Die Zeichnung war ziemlich grob, aber Junge, die Details!

Es war alles da. Sogar der Gullydeckel in der Straße und ein komischer kleiner Fleck, der, wie ich rausfand, eine graue Katze war, die die ganze Zeit vor dem Savoy saß.

Ich hatte meiner Mutter gesagt, daß ich an diesem Abend auswärts essen würde. Mein Menü hätte sie sicher umgeschmissen. Ich holte mir drei Stück Apfelkuchen und zwei Tassen Kaffee, und damit hatte sich's. Ruby war zu aufgeregt, um etwas zu essen. Dann fuhren wir mit einem Bus zur 76. Street und gingen zur Lexington.

Ich fand, daß der Savoy-Delikatessenladen nicht besonders aussah, aber Ruby mußte ja wissen, wovon er redete. Ich ging, wie Ruby vorgeschlagen hatte, zuerst hinein, und betete, daß ich mit einem detaillierten geistigen Bild des Innern herauskommen würde. Es war ein kleines Geschäft, das zur Hälfte ein großer Glaskühlschrank füllte, in dem Störe und geräucherte Lachse und kleine goldene Fische mit aufgeschlitzten Bäuchen und starren Augen lagen. Der Gang war nicht groß genug für zwei Personen. Die Regale waren mit Konserven beladen, vor allem exotischen und teuren.

Mr. Leiberman war ein freundlicher alter Herr, der mich an meinen Vater erinnerte. Das machte das Ganze nicht leichter. Als er mich fragte, was ich wolle, brachte ich keinen Ton heraus, und so nahm ich ein winziges Glas vom Ladentisch und reichte es ihm. Er warf es in einen Beutel und verlangte zwei Dollar und fünfundzwanzig Cent. Als ich draußen war, sah ich mir das Glas an. Er war roter Kaviar darin.

Ruby überhäufte mich sofort mit Fragen. »Wo ist die Registrierkasse?« »Hast du einen Safe gesehen?« »Gibt es eine Tür zum Hinterzimmer?« Ich stand blöd da, schaute das Etikett auf dem Glas an und überschlug, wie viele Stunden, die Stunde zu fünfzig Cents, es mich gekostet hatte. Ich konnte ihm nicht sagen, wo irgendwas war, außer vielleicht der Berg Kaviargläser.

Ruby warf mir einen angewiderten Blick zu. Wir wanderten einmal um den Block, und dann ging er selbst hinein. Als er herauskam, hatte er einen kompletten Plan des Ladens in seinem gigantischen Verbrecherhirn. Er hatte auch etwas gekauft, doch ich fragte ihn nicht, was es war.

Wir taten etwa fünf Tage das gleiche und fanden heraus, daß Leiberman nur eine Angestellte hatte, ein Mädchen, das ihn am Freitagabend, wenn Leiberman immer jemanden in der Bronx besuchte, vertrat. Wir fanden ein ganzes Paket von Dingen heraus, von denen die meisten meiner Ansicht nach keine Bedeutung hatten. Doch Ruby meinte, alles sei wichtig, und wir notierten alles in einem Notizbuch. Die durchschnittliche Kundenzahl zwischen sechs und neun. Den Tag, an dem Leiberman zu seiner Bank ging. (Jeden Freitagvormittag um zehn Uhr.) Den Namen der Katze. (Pussy.) Die Richtung, in die Leiberman auf dem Weg zur Bank ging. Seine Gehgeschwindigkeit. Unter welchem Arm er das Geld trug. In was für einer Aktentasche er es hatte. Eines Abends testeten wir sogar seine Sehkraft. Ruby schickte mich mit einer Einkaufsliste hinein, und ich sah, wie der alte Mann die Augen zusammenkniff, als er sie las. Folgerung: Er war kurzsichtig.

Als ich mich etwa acht Tage später mit Ruby in der Cafeteria traf, hatte er einen flachen Pappkarton bei sich. »Schau«, sagte er.

Er öffnete den Karton. Drinnen lag eine lederne Aktentasche, die irgendwie billig und schäbig aussah. Ich sagte: »Wozu ist die, Ruby?«

»Ach, du Trottel, kannst dir das nicht denken? Es ist ein Duplikat der Aktentasche, mit der Leiberman jeden Freitag zur Bank geht. Wir werden die beiden Taschen vertauschen.«

Verwundert und zutiefst gläubig sah ich ihn an.

»Paß auf«, sagte er. »Nach meinem Plan müssen wir Leiberman mit einem Fahrrad umstoßen.«

»Mit einem Fahrrad?«

»Klar. So funktioniert der Umtauschtrick. Jetzt schau dir das hier an.«

Ruby zog einen dicken Stoß Zettel hervor. »Hier ist der Straßenplan und hier der Zeitplan. Leiberman packt das Geld gewöhnlich um drei Viertel zehn ein und verläßt um zehn den Laden. Dann geht er einen Block weit ostwärts zur Third Avenue und zwei Blocks weit stadteinwärts. Gegen zehn Minuten nach zehn überquert er bei der 74. Street die Straße. Meistens ist es um diese Zeit ziemlich ruhig in der Gegend. Jetzt kommst du auf deinem Fahrrad daher und stößt ihn um. Nicht brutal, verstehst du – nur soviel, daß du ihn von seiner Aktentasche trennst. Dann komme ich mit *diesem* Baby aus dem Kaffee- und Krapfenladen. Wir tauschen die Taschen um, und alles ist erledigt. Ich gehe den Plan noch mal im Detail durch, aber zuerst müssen wir noch verschiedenes tun.«

»Was denn?«

»Wir müssen diese Tasche so zurichten, daß sie alt aussieht. Mit den Füßen drauf rumtrampeln, sie ausbeulen. Sie ist zu neu. Zweitens müssen wir uns ein Fahrrad beschaffen.«

»Ich hab kein Fahrrad«, sagte ich.

»Na ja, wir können eins mieten.«

»Aber ich kann überhaupt nicht fahren.«

»Dann wirst du's lernen!« fuhr Ruby mich an.

Ich schlürfte düster meinen Kaffee. Ich habe nie Fahrräder oder Rollschuhe oder Pferde gemocht; nichts von dem, was meine zwei Füße vom Boden trennt. Doch Ruby bestand darauf, daß dieser Fahrradtrick das beste sei, und so mieteten wir uns ein Rad, und ich versuchte, es zu lernen.

Ich machte einiges mit, das kann ich Ihnen sagen. Wir gingen jeden Morgen vor der Arbeit hinaus zum Central Park, und Ruby versuchte, es mir beizubringen. Er konnte selbst nicht fahren, doch er meinte, ich dürfte keine Schwierigkeiten kriegen.

Schließlich erlangte ich, voller Schrammen und blauer Flecken und nachdem ich zweimal den vorderen Rahmen gebrochen hatte, eine unsichere Meisterschaft über das Zweirad.

Inzwischen hatte Ruby die Aktentasche so zugerichtet, daß sie schön schäbig aussah. Doch er war nicht zufrieden. Er ging die ganze Zeit mit ihr herum, ließ sie auf den Boden fallen, trat sie mit dem Fuß, stieg drauf, schmiß sie in den Rinnstein und benahm sich ganz so, als sei die Aktentasche ein persönlicher Feind von ihm.

Drei Wochen, nachdem wir begonnen hatten, den Savoy-Delikatessenladen auszubaldowern, wußten wir mehr über Mr. Leibermans Gewohnheiten als er selbst. Ich war nahe daran, zu entscheiden, daß Verbrechen mit zuviel Arbeit verbunden ist, als Ruby verkündete, daß der Tag des Handelns da sei.

Als ich wußte, daß der Moment gekommen war, wurde ich nervös und hatte ein mulmiges Gefühl im Magen. Als ich am Freitagmorgen bei Brett's Hat Company anrief und sagte, daß ich krank sei, sagte ich die Wahrheit.

Als ich das Haus gegen halb neun verließ, dachte meine Mutter, ich ginge zur Arbeit. Ich mag gar nicht daran denken, wie sie reagiert haben würde, wenn sie gewußt hätte, daß ich ein Verbrechen vorhatte. Meine Mutter ist eine sehr gefühlvolle Frau.

Ich muß hier zugeben, daß ich meine Zweifel hatte.

Nicht daß ich dachte, irgend etwas, was Ruby versuchte, könnte schiefgehen, doch es gab drei Dinge, die mich schrecklich quälten. Das erste war mein Mangel an eisernen Nerven. Das zweite war meine Unsicherheit beim Radfahren. Das dritte war die Operationsbasis, die Ruby ausgewählt hatte. Die Basis war Dorothys Wohnung gegenüber dem Savoy. Dorothy ist die Klavierstudentin, von der ich Ihnen erzählt habe – die, die Ruby ein Weib nannte.

Dorothy war natürlich nicht eingeweiht. Sie sollte etwas sein, was man eine unschuldige Komplizin nennen könnte. Ich glaube, sie mochte Ruby sehr gern, und es würde sie ziemlich umgeschmissen haben, wenn sie von seinem wahren kriminellen Wesen erfahren hätte. Einige Abende besuchten Ruby und ich Dorothy, und während er im Wohnzimmer ihr Interesse fesselte, ging ich in die Küche, deren Fenster auf die 76. Street hinausging, und beobachtete das Savoy und seine Umgebung durch einen Armeefeldstecher. Außerdem hatte Ruby Dorothy überredet, uns das gemietete Fahrrad im Keller ihres Apartmenthauses aufbewahren zu lassen. Ich glaube, unsere Aktionen verwirrten sie ein wenig, doch sie war kein mißtrauischer Typ.

Also, ich fuhr an jenem Morgen mit der U-Bahn zur 76. Street, und mein Magen benahm sich alles andere als normal. Als ich um Viertel nach neun vor Dorothys Apartmenthaus eintraf, war von Ruby keine Spur zu sehen. Ich war erleichtert, als er endlich auftauchte und, das Fahrrad vor sich herschiebend und die Aktentasche unterm Arm, durch die Haustür kam. Er trug einen neuen Mantel, der ihm leicht drei Nummern zu groß war. Ich erfuhr später, daß er ihn nur gekauft hatte, um die Aktentasche während des Umtauschs verstecken zu können. Er sah schrecklich aus.

»Alles in Ordnung?« fragte er.

Ich konnte nur nicken. Wir blickten über die Straße zum Savoy-Delikatessenladen, und alles schien ruhig. Pussy lag wie immer draußen in einem Fleck Sonnenlicht und leckte sich die Pfoten.

»Dann gehen wir«, sagte Ruby. »Denk dran, nachdem wir das Ding gedreht haben, kommen wir hierher zurück. Mit Dorothy hab ich alles abgemacht. Ich hab ihr gesagt, daß wir Radfahren gehen und in etwa einer Stunde kommen werden. Wir kriegen bei ihr ein zweites Frühstück.« Er stieß ein widerliches Lachen aus, und wir gingen die Straße hinunter zur Third Avenue. Dorothy tat mir leid.

Es war ein schöner Herbstmorgen, und es wäre viel schöner gewesen, Schlagball zu spielen oder auf dem See zu rudern oder irgendwas. Als wir die Ecke 74. und Third erreichten, überquerten wir die Straße und gingen, nachdem wir das Rad draußen abgestellt hatten, in einen Kaffee- und Krapfenladen. Ich aß Krapfen und beobachtete die große Uhr über der Theke, bis ich nicht mehr essen konnte. Dann war es zehn Uhr und Zeit für mich, meinen Teil zu tun. Ich rutschte vom

Schemel und ging hinaus. Ruby sagte kein Wort und saß ganz kühl da. Ich mußte den Burschen bewundern.

Ich stieg auf das Rad und rollte langsam die Straße hinunter. Ich fuhr die Third Avenue im Zickzack rauf und runter, und mein Magen zickte bei jedem Zack. Einmal traf ich einen großen Kieselstein und fiel fast vom Rad. Es war ein Alptraum. Ich war ehrlich froh, als ich den alten Leiberman um die Ecke kommen sah, in der Hand seine schäbige alte Aktentasche.

Ich fuhr um einen Pfeiler herum (es gab damals noch die alte Elektrische) und wartete, bis er halb den Block herunter war, vielleicht zehn Meter diagonal von dem Kaffee- und Krapfenladen, wo Ruby mit der zweiten Aktentasche, die mit alten Schulheften vollgestopft war, wartete. Ich hatte mich anscheinend ein wenig verschätzt, denn der alte Mann schien an diesem Morgen schneller zu gehen. Vielleicht lag es am Wetter. Ich mußte mich sehr beeilen, um ihn einzuholen.

Er begann die Straße zu überqueren. Es war soweit. Ich trat wie verrückt in die Pedale und versuchte ihn zu erreichen, bevor er am Gehsteig war, doch ich konnte das Rad einfach nicht geradehalten. Ich kurvte wild hin und her und fuhr fast an einen Pfeiler. Einen Moment dachte ich, der ganze Plan sei in Rauch aufgegangen, bloß weil ich das Rad nicht geradehalten konnte.

Da hatte ich Glück. Der alte Leiberman stolperte über ein lockeres Schuhband, und das gab mir Zeit, ihn einzuholen. Ich schloß die Augen und strampelte, und das nächste, was ich weiß, ist, daß ich voller Straßenschmutz war und meine Rippen weh taten, und der alte Mann saß auf den Pflastersteinen und guckte überrascht. Seine kostbare Aktentasche lag etwa zweieinhalb Meter von ihm entfernt.

Ruby stimmte das Ganze prima zeitlich ab. Er stürzte wie der Blitz aus dem Kaffee- und Krapfenladen und rannte auf uns zu, die Aktentasche unter seinem weiten Mantel. Meine Aufgabe war es, den Alten abzulenken, während die Taschen vertauscht wurden, und so humpelte ich zu ihm und half ihm, Entschuldigungen murmelnd, auf die Beine.

»Verrückter Junge!« sagte er ärgerlich. »Warum paßt du nicht auf, wohin du fährst?«

»Ach, es tut mir leid, Mister –« Ich verschluckte gerade noch rechtzeitig seinen Namen und begann seine schmutzige Hose abzuwischen. Aus meinen Augenwinkeln sah ich Ruby auf uns zukommen, die Aktentasche vor sich ausstreckend. Die falsche Aktentasche natürlich. Die andere mit dem ganzen Geld hatte er bereits unter seinem Mantel verstaut. Ich hatte nicht gesehen, wie er sie vertauschte. Mein Lieber, dieser Ruby war vielleicht ein Gauner.

»Sie haben das fallen gelassen«, sagte er.

»Danke, danke«, sagte Mr. Leiberman mürrisch und riß sie ihm aus der Hand. Er starrte mich an und sagte: »Du kannst nicht mal Radfahren – unglaublich. Man sollte dich nicht auf die Straße lassen!«

»Ich weiß«, antwortete ich demütig. »Ich lerne noch.«

»Dann lern woanders!«

Er klemmte die Aktentasche unter den Arm und eilte in Richtung Bank davon. Ruby eilte bereits stadtauswärts, und ich ging zu dem Rad und hob es auf. Ich konnte nicht glauben, daß alles vorbei war, so schnell, so einfach. Ich war so erleichtert, daß ich mich nicht darum kümmerte, daß der Rahmen wieder verbogen war, zum dritten Mal.

Ich befolgte Rubys Instruktionen und ging rasch die 73. Street hinunter, das verkrüppelte Rad neben mir herschiebend. Ich wanderte um den Block herum und ging wieder die Lexington hinauf. Ruby hatte mir gesagt, ich sollte eine halbe Stunde herumfahren, bevor ich das Rad in Dorothys Keller zurückbrachte, doch mit dem Fahren war nun nichts. Statt dessen machte ich mit dem verdammten Ding einen langen Marsch. Ich war ziemlich erschöpft, als ich zu dem Apartmenthaus zurückkehrte und es in einem dunklen Raum voller Kinderwagen und nicht zugestellter Pakete verstaute.

Ich stieg die Treppe zu Dorothys Wohnung im dritten Stock hinauf. Dorothy öffnete, als ich klingelte. Sie machte ein verlegenes Gesicht. Mir kam der Gedanke, daß sie und Ruby im Wohnzimmer ein bißchen geschmust hatten. Ich war mir dessen sicher, als ich eintrat und Ruby auf der Couch sah, den Mund ganz mit Lippenstift verschmiert. Aus irgendeinem Grund war ich wütend auf ihn.

»Komm nur herein«, sagte Dorothy und strich ihr Haar zurück. »Du kannst Ruby Gesellschaft leisten. Ich geh schnell runter und hol etwas Milch und Brot. Ich mach euch französischen Toast.«

»Oh, prima«, sagte ich leise und dachte an das halbe Dutzend Krapfen, das ich vor kurzem verschlungen hatte.

Als sie die Wohnung verlassen hatte, ging ich zu Ruby und sagte:

»Hast du sie? Hast du sie?«

»Na klar, Kleiner.« Er stand auf, ging zur Kleiderablage und kam mit Leibermans Aktentasche zurück.

Wir öffneten sie schnell.

Sie enthielt drei Schecks über etwa vierhundert Dollar, alle auf Mr. Leiberman ausgestellt. Außerdem ein Sparbuch mit dreitausend Dollar. Und fünfundsechzig Dollar in bar.

Wir seufzten beide, als wir das Resultat all unserer Mühen sahen. Die Schecks waren für uns wertlos. Die fünfundsechzig Dollar waren wesentlich weniger als die Tausender, mit denen wir gerechnet hatten.

Ruby starrte den Inhalt der Aktentasche eine Weile an, und ich betrachtete sein mageres Gesicht und erhoffte mir Inspiration von diesem gigantischen Verbrecherhirn. Schließlich sagte er:

»Gib mir einen Bleistift und Papier.«

Ich fand in einer Schublade einen Bleistiftstummel, und er schrieb etwa fünf Minuten lang auf die Rückseite eines Magazins. Er schrieb schnell, mit gerunzelten Augenbrauen, kleine Zahlen untereinander hinkritzelnd. Ich wußte nicht, was er tat, doch ich nahm an, daß es etwas Wichtiges war.

Als er fertig war, preßte er die Lippen zusammen und reichte mir das Magazin.

»Schau dir das an«, sagte er.

Ich schaute. Es fiel mir ein wenig schwer, Rubys verkrampfte Schrift zu lesen, doch seine Zahlen waren sauber und scharf. Das kam von seiner Buchhalterausbildung.

Ich las:

Einkäufe im Savoy	$	38.50
Fahrradmiete	$	18.00
Fahrradreparaturen	$	12.00
Aktentasche	$	14.75
Mantel	$	11.00
Feldstecher	$	7.50
Mahlzeiten und Verschiedenes	$	8.00
Gesamtausgaben	$	109.75
Nettogewinn	$	65.00
Verlust	$	44.75

Ich starrte lange auf diese Zahlenkolonne und traute mich nicht, Rubys Gesicht anzusehen. Nach all seinem Gerede darüber, daß Verbrechen sich lohnen, mußte es ein schrecklicher Schlag für ihn gewesen sein, als ihm klarwurde, daß das Ding, das wir gedreht hatten, ihn noch Geld gekostet hatte. Die zwei Dollar fünfundzwanzig, die ich für das Glas roten Kaviar bezahlt hatte, erwähnte er nicht einmal.

Tief in Gedanken und an seinen Fingernägeln kauend saß er etwa vier Minuten da. Dann sagte er zu mir:

»Joey, ich will dir sagen, was ich denke. Ich denke, wir sollten dem alten Leiberman sein Geld zurückgeben.«

»Was? Aber Ruby –«

»Möchtest du für miese fünfundsechzig Dollar in den Knast kommen? Ich denke, du solltest runter zum Savoy gehen und ihm seine Aktentasche zurückgeben. Sag ihm, du hast irrtümlich die falsche aufgehoben, nachdem du vom Rad gestürzt warst.«

»Wer, ich?« stieß ich hervor.

»Klar. Er wird verdammt dankbar sein und keine Fragen stellen. Gib ihm seine alte Aktentasche zurück –«

In diesem Moment kam Dorothy herein, und Ruby stieß mich mit seinem Ellbogen an. Ich war ruhig. Sie fing an, in der Küche zu hantieren und uns französischen Toast zu machen. Ich hatte keinen Appetit, und Ruby auch nicht. Doch sie stampfte mit dem Fuß auf und sagte:

»Nun eßt auf, Jungens. Ihr müßt nach dieser Übungsstunde was Ordentliches essen. Los, Ruby. Bis auf den letzten Rest.«

Ruby sah sie blöde an und aß alles auf. Es war irgendwie komisch, daß sie mit einem der größten Verbrecher des Jahrhunderts so redete. Es hätte mich belustigt, doch ich machte mir zuviel Gedanken wegen des Projekts, das Ruby mir dargelegt hatte.

Nach dem Essen stand ich auf, und er schob mir die Aktentasche in die Hand. »Tu, was ich dir gesagt hab«, sagte er.

So trug ich die Aktentasche zum Savoy. Mr. Leiberman stand hinter dem Ladentisch und sah alt und sorgenvoll aus. Ich erzählte ihm von dem Versehen, und sein Gesicht hellte sich auf wie tausend Kerzen.

»Ich möchte Ihnen etwas geben«, sagte er. »Eine kleine Belohnung –«

»Kein Geld«, sagte ich. »Kein Geld, Mr. Leiberman. Aber wissen Sie was? Wie wär's mit einem von diesen?«

Ich nahm ein Glas roten Kaviar, und er tat es in einen Beutel. Ich glaube, ich entwickelte einen Geschmack für das Zeug. Ich nahm es mit nach Hause und aß es nach dem Dinner. Meine Mutter dachte, ich bin verrückt. Sie denkt's heute noch.

Ruby Martinson, der vertrauenswürdige Mann

Als ich die High-School verließ, wäre das Leben ziemlich düster für mich gewesen, hätte es nicht Ruby Martinson gegeben, eines der größten Verbrechergehirne unserer Zeit. Ich arbeitete bei Brett's Hat Company, unten im Textilviertel, und Ruby arbeitete in der Madison Avenue als Buchhalter. Mir schien es, als würde ich mein restliches Leben Hüte pressen, doch ich wußte, daß Ruby Martinson nach größeren und besseren Dingen strebte. Es war ihm nicht anzusehen, doch Ruby war wirklich eins der größten Verbrechergehirne des Jahrhunderts. Ich meine, er war nicht nur brillant, sondern völlig skrupellos, und in der Verbrecherbranche ist das von Nutzen.

Ich habe nie richtig erfahren, warum Ruby mich zu seinem Gefolgsmann machte, doch ich war zu geschmeichelt, um mich drum zu kümmern. Jeden Tag nach der Arbeit trafen wir uns in Hectors Cafeteria, und Ruby hockte über seinem Kaffee und Apfelkuchen und legte mir seine ruchlosen Pläne dar. Jedes Verbrechen, das er plante, arbeitete er erstaunlich detailliert aus, und mir erschienen sie völlig narrensicher. Meine Bewunderung war grenzenlos, obwohl er mir durch sein Gerede solche Angst einjagte, daß ich wilde, verrückte Träume hatte, die meine Mutter denken ließen, ich sei übergeschnappt wie ihr Bruder Otto.

Wie gesagt, Ruby sah nicht wie ein Verbrecher aus. Er war ein magerer kleiner Kerl und hatte eine schlaue Nase, Haar in der Farbe eines Stoplichts und zehn Milliarden Sommersprossen. Doch wenn man ihn reden hörte und sah, wie seine Augen hinter der übergroßen Brille glühten, dann vergaß man alles, bis auf sein ungeheuer böses Hirn.

Um ganz ehrlich zu sein, Ruby beging nur ein wirkliches Verbrechen, von dem ich weiß, und das war halb so wild. Das schlimme war, daß er mich hineinzog. Wir bestahlen gemeinsam den Besitzer eines Delikatessengeschäfts, das Savoy hieß. Es war kein Raub oder Überfall oder so etwas Brutales. Ich meine, Ruby brauchte *Monate* für die Planung, und dann nahmen wir nicht soviel ein, daß sich unsere Investierungen lohnten. Tatsächlich endete das Ganze damit, daß wir das Geld zurückgaben.

Als die Sache mit dem Savoy schiefging, dachte ich, Ruby würde sich in Hinkunft damit begnügen, seine Pläne nur auszuarbeiten, ohne sie wirklich in die Tat umzusetzen. Doch ich hätte es besser wissen müssen. Ruby war ein geborener Desperado, versessen auf Verbrechen und Gewalt. Als ich eines Montagnachts diesen mysteriösen Telefonanruf bekam, wußte ich deshalb, daß Ruby Martinson wieder aktiv war. Es war ein verdammt blöder Anruf. Ich meine, es war elf Uhr nachts, und ich war halb in einem meiner verrückten Träume, als meine Mutter mich weckte und mir sagte, daß Ruby am Telefon sei. Sie schien nicht verärgert; aus irgendeinem Grund hielt meine Mutter Ruby immer für einen netten, ordentlichen Jungen. Ich ging ans Telefon, meldete mich benommen und hörte Rubys Stimme, gedämpft durch ein Taschentuch über der Membrane.

»Morgen«, sagte er schroff. »Halb sechs bei Hector. Daß du da bist.«

»Aber natürlich bin ich da, Ruby. Ich meine, wir treffen uns doch *immer* dort –«

»Laß mich in Ruhe, Mensch. Daß du ja da bist.« Und er legte auf.

Kopfschüttelnd ging ich wieder ins Bett. Nach der Sache mit dem Delikatessenladen hatte ich mir gelobt, mich nie wieder in eins von Rubys Komplotte hineinziehen zu lassen. Doch am nächsten Abend ging ich zu Hector, holte mir meinen Kaffee und Apfelkuchen und nahm einen Tisch in einer abgelegenen Ecke, weit weg von den FBI-Agenten und Privatdetektiven, die Ruby, wie er annahm, immer auf der Spur waren.

Fünf Minuten später erschien Ruby. Er setzte sich neben mich, blickte scharf um sich und griff in die Tasche. Seine Hand kam mit etwas heraus, das in weißes Seidenpapier gewickelt war. Als er das Papier öffnete, sah ich, daß es ein Paar Ohrringe war, die stumpfgolden und klobig aussahen, mit kleinen Troddeln unten dran. Rubys Benehmen ließ mich denken, daß es vielleicht der

Hope-Diamant oder so was war, doch sie kamen mir nicht sehr wertvoll vor.

»Mensch, Ruby«, sagte ich. »Hast du die geklaut?«

Er gab einen angewiderten Ton von sich. »Sei nicht so blöd. Wofür hältst du mich, für einen Einschleichdieb?«

»Ach, ich verstehe«, sagte ich. »Sie sind für Dorothy.« Dorothy ist Rubys Puppe. Ich meine, so nannte Ruby sie, aber sie ist wirklich ein sehr nettes Mädchen, das Klavierstunden bei Rubys Vater nahm.

»Nein«, sagte er. »Ich würde meinem Baby doch nicht solchen Mist schenken. Ich hab sie in der Third Avenue gekauft, für fünf Dollar. Aber sie werden fünf*hundert* Dollar wert sein, bevor du Muh sagen kannst.«

Ich blinzelte ihn an. »Wie?«

Er rückte mit seinem Stuhl näher. »Wir werden einen hübschen kleinen Betrug machen, mein Junge. Auf dem Gebiet ist das wirkliche Geld zu machen. Wir suchen uns einen Gimpel und nehmen ihn ordentlich aus. Ein Betrug ist die sauberste Methode der Welt, abzustauben. Keine Aufregung, kein Krakeel.«

Ich starrte auf die Ohrringe. »Was haben die Ohrringe damit zu tun? Was für ein Betrug ist das?«

»Halt die Klappe, und ich erklär's dir. Wir beide werden diese Dinger in ein kleines Vermögen verwandeln. Den Juwelierladen hab ich schon ausgesucht. Kennst du den an der Ecke Sixth und 50. Street?«

Ich schüttelte den Kopf.

»Na ja, es ist nicht Tiffany, aber er ist okay. Jetzt paß auf, der Plan ist folgender. Ich geh in den Laden und hab *einen* von diesen Ohrringen in meiner Tasche. Ich sage, mein Name ist Mr. Vanderbilt oder irgendsowas und benehme mich, als ob ich ein reicher Kerl bin –«

Ich starrte ihn an. Rubys Kleider wirkten immer zu groß für ihn, und seine Hose bauschte sich meistens um den Sitz und die Knie. »Du?« sagte ich in lieblosem Ton.

»Ja, klar. Ich laß mich in einem von diesen Brooks-Brothers-Geschäften ausstaffieren. Ich sage, daß ich die Ohrringe meiner Verlobten als Hochzeitsgeschenk geben will, weil sie meiner Mutter gehört haben. Kapiert?«

»Aber wenn sie nur fünf Dollar wert sind –«

»Der Preis spielt keine Rolle. Sie sind antik und haben einen gefühlsmäßigen Wert. Ich sage also dem Gimpel, daß ich sehr an den Ohrringen hänge, daß ich aber einen davon auf der Straße verloren hab. Und jetzt kommt das Wesentliche. Ich sage, daß ich bereit bin, fünfhundert Dollar – ja sogar tausend – zu zahlen, wenn der Laden ein passendes Gegenstück zu dem Ohrring findet. Geld spielt keine Rolle. Ich bin betucht, verstehst du? Ich bin ein reicher Playboy!«

Mein Mund klappte vor Staunen auf.

»Jetzt das Beste«, sagte Ruby. »Der Gimpel nimmt den einen Ohrring und legt ihn weg, in der Meinung, daß er ein Riesengeschäft machen wird. Ich hau ab, und wir warten eine Woche. Dann trittst du auf.«

»Ich?«

»Genau. Deine Rolle bei der Sache ist leicht. Du gehst mit dem andern Ohrring rein, klar? Du hast ihn auf der Straße gefunden und willst wissen, ob er was wert ist. Merkst du, worauf es hinausläuft?«

»Nein«, sagte ich.

Ruby runzelte die Stirn. »Ist doch ganz einfach. Du zeigst dem Gimpel den anderen Ohrring, und er starrt ihn an und stößt einen Kriegsschrei aus. Er hat das Gegenstück gefunden. Er ist reich!« Ruby lachte laut über die imaginäre Szene. »Was tut er also als nächstes? Er bietet dir an, den Ohrring zu kaufen. Er ist nicht viel wert, sagt er. Vielleicht ein paar Dollar. Doch dein Gesicht gefällt ihm, und so bietet er fünf Dollar. Aber du nimmst sie nicht.«

»Nein?«

»Nein. Du sagst ihm, daß dir der Ohrring irgendwie gefällt. Du sagst ihm, daß du ihn gern deiner Mutter schenken würdest.«

»Meine Mutter hat zwei Ohren.«

»Halt den Mund und hör zu. Du tust, als ob du den Laden verlassen willst, und unser Freund dreht durch. Er erhöht das Angebot. Zehn Dollar, sagt er. Er fleht dich an, den Ohrring zu verkaufen, doch du sagst nein. Vielleicht droht er dir sogar ein bißchen. Vielleicht sagt er, er wird die Polizei rufen – du hättest ihn gestohlen. Aber du lachst ihm ins Gesicht. Hahaha!«

»Ich lach ihm ins Gesicht?« stieß ich hervor.

»Klar. Du kennst deine Rechte als Finder. Wenn du

nicht verkaufen willst, dann ist das deine Sache. Jetzt kriegt der Kerl richtig Angst. Er sieht, wie ihm fünfhundert, vielleicht tausend Dollar wegschwimmen. Er erhöht wieder. Fünfzehn Dollar! Zwanzig! Fünfunddreißig! Vierzig!«

»Ich nehm sie!« rief ich.

»Nein!« Ruby schlug mich auf den Arm. »Du tust ganz lässig. Nein, danke, Mister, sagst du. Inzwischen hat er auf hundert erhöht – hundertfünfzig – zweihundert –«

»Nimm's, Ruby!« schrie ich. »Nimm das Geld!«

»Nein! Du wartest, bis er auf mindestens dreihundert erhöht hat. Dann gibst du ihm den Ohrring, er gibt dir das Geld, und du schlenderst hinaus.«

»Wum«, sagte ich leise. »Wum, Ruby. Du bist ein Genie!«

»Oh, ich behaupte nicht, daß ich den Trick erfunden hab. Aber das Wesentliche ist die Ausführung. Was als nächstes passiert, kannst du dir ja denken. Der Kerl sucht die Visitenkarte, die ich ihm dortgelassen hab, und ruft die Nummer an. Was geschieht? Ein Chinese meldet sich und plappert ihm die Ohren voll. Es ist eine Wäscherei.«

»Aber wird er nicht zur Polizei gehen?«

»Nein! Diese Burschen hassen es, zuzugeben, daß sie reingelegt worden sind. Er *mußte* dir ja nicht den Ohrring abkaufen. Er wird als Trottel dastehen!«

»Wunderbar«, sagte ich. »Wirklich großartig. Das

einzige ist – könntest du nicht jemand anderen für meine Rolle suchen? Ich bin kein besonderer Schauspieler –«

Bereits als ich es sagte, wußte ich, daß ein Protest nichts nützen würde. Früher oder später würde Ruby mich dazu bringen, eine Rolle bei der Sache zu übernehmen. Statt zu widersprechen, preßte ich deshalb nur grimmig meine Lippen zusammen.

»Okay, Ruby«, sagte ich. »Zähl auf mich.«

Die nächsten paar Wochen waren schlimm. Obwohl Ruby geschworen hatte, daß der Schwindel narrensicher sei, bekam ich kalte Füße, wenn ich bloß dran dachte, und meine Träume wurden immer schrecklicher.

Was das Ganze noch schlimmer machte, war mein Job. Ich hatte bei Brett's Hat Company als Botenjunge angefangen, doch wurde ich bald befördert und in die Hutpresserei versetzt. Dort wurden auch Damenhüte gepreßt. Das gräßliche daran war, *wie* sie das taten. Ich hatte einen großen eisernen Schädel vor mir, genau wie ein Frauenkopf geformt, doch ohne Gesicht. Er war heiß, wie ein normales Bügeleisen, und ich mußte diese Hüte auf den Schädel pressen, bis sie durch den Dampf ihre Form bekamen. Das Ding sah schrecklich aus, und es begann, in meine Träume zu kriechen. Ruby und der Schwindel und der heiße Eisenschädel vermischten sich in meinem Kopf, und so wachte ich mitten in der Nacht in kaltem Schweiß gebadet auf und schrie, als wäre eine Schlange in meinem Bett. Meine Mutter machte sich richtige Sorgen. Sie war überzeugt, daß ich eines Tages überschnappen würde wie ihr Bruder Otto, und sie dachte, mein Geschrei in der Nacht bedeutet, daß ich schon den Verstand verloren habe. Deshalb legte sie mir die ganze Nacht kalte Packungen auf die Stirn.

Etwa drei Tage nach unserem Treffen bei Hector traf ich Ruby nach der Arbeit in der Cafeteria und erkannte ihn kaum. Ich meine, er war völlig verändert. Er trug einen von diesen schmalschultrigen grauen Flanellanzügen mit Seitentaschen und einem kleinen Schlitz im Rücken. Außerdem eine von diesen gestreiften Regimentskrawatten, einen kleinen runden Kragen mit einer goldenen Sicherheitsnadel, karierte Socken und ein rosa Hemd. Hand aufs Herz, das Hemd war rosa.

»Mensch«, sagte ich, »du siehst komisch aus, Ruby.«

»Was meinst du?« knurrte er. »So sind diese reichen Kerle angezogen. Hat mich fast hundert Dollar in einem von diesen stinkfeinen Läden gekostet.« Dann hellte sich sein Gesicht auf, und er zog seine Brieftasche hervor.

Er reichte mir eine kleine weiße Karte. Darauf stand: »RANDOLPH DE WINTER II. 120 PARK AVENUE, NEW YORK. MU 9-8091.«

»Wer ist Randolph de Winter?« fragte ich.

»Sei nicht so blöd. Das bin ich. Das ist die Karte, die ich dem Burschen im Juwelierladen heute abend geben werde.«

»Heute abend?«

»Klar. Warum die Sache verschieben?«

Wir tranken wie immer Kaffee und aßen Apfelkuchen, doch ich ließ Ruby die ganze Zeit reden. Ich fühlte mich ganz heiß und fiebrig und hätte eine der kalten Kompressen meiner Mutter brauchen können. Etwa fünf Minuten später verließen wir die Cafeteria, und Ruby ging, um den Trick in die Tat umzusetzen. Mein einziger Trost war, daß ich eine Woche Zeit hatte, bis ich meine Rolle spielen mußte. Ich konnte nur hoffen, daß ich eine doppelseitige Lungenentzündung oder irgendwas kriegen würde.

Ruby rief mich an jenem Abend an.

»Hat prima geklappt, mein Junge«, sagte er. »Der Gimpel ist an der Angel.«

Schließlich war es soweit, und ich kam dran. Ich wußte nichts davon, bis ich Ruby eine Woche später vor Dorothys Haus traf. Er bat mich, eine Minute mit hinaufzukommen, obwohl er eine Verabredung mit ihr hatte. Dorothy ist ein mütterlicher Typ, und als ich in die Wohnung trat, fing sie damit an, wie blaß ich wäre und warum ich nicht besser essen würde und solches Zeug. Etwas später zog mich Ruby zur Seite und schob mir den zweiten Ohrring in die Hand.

»Es ist soweit«, sagte er feierlich. »Morgen mittag. Mach's gut, Junge.«

Ich hatte den Ohrring kaum in die Tasche gesteckt, als Dorothy ins Zimmer kam. Sie sagte: »Möchtest du wirklich nicht mit uns ins Kino gehen?«

»Nein, danke«, sagte ich. »Ich hab heute abend was zu erledigen.«

Sie runzelte die Stirn und betrachtete mein Gesicht. »Du arbeitest zuviel. Du brauchst ein bißchen Sonnenschein. Ruby, meinst du nicht, daß er einen Urlaub nötig hat?«

»Klar«, grinste Ruby. »In Palm Beach. Das wär das Richtige für dich, Kleiner. Alles, was du brauchst, ist ein bißchen Kapital.« Er gab mir einen Wink, und dann gingen wir.

Es war ein Wunder, daß ich den nächsten Vormittag lebendig überstand. Ich war so nervös, daß ich mir an dem heißen Eisenschädel zweimal die Hand verbrannte. Als ich zu Bickford's Mittag essen ging, schmierte ich eine Menge Butter drauf, denn das tat meine Mutter immer bei Verbrennungen. Ein alter Kerl am Nebentisch schaute mich an, als ob ich verrückt wäre, weil ich das Zeug statt aufs Brot auf meine Hand strich. Junge, ich verstand, wie Onkel Otto in den Ruf kam, einen Vogel zu haben. Das ist ganz leicht.

Ich hockte in der Cafeteria herum, bis es Zeit war, zur Sixth Avenue zu gehen. Der Laden war klein, aber ganz still und geheimnisvoll, wie eine Kirche. Ich ging zu dem Burschen, den Ruby mir geschildert hatte, einem kleinen, blassen Typ mit vorstehenden Zähnen.

»Entschuldigen Sie«, sagte ich. »Können Sie mir sagen, ob das etwas wert ist? Ich hab's auf der Straße gefunden.«

Er nahm mir den Ohrring aus der Hand und hielt ihn von sich weg wie einen kleinen stinkenden Fisch.

»Wieso? Wie kommen Sie auf die Idee, daß er wertvoll ist?«

»Ich weiß nicht.« Ich schluckte mühsam. »Er sieht so wertvoll aus. Ich dachte, vielleicht ist es Gold oder was.«

Er schüttelte den Kopf. »Das bezweifle ich. Vielleicht goldplattiert. Aber kein Gold.«

Er sah ihn kaum an, und ich bekam Angst, daß er sich nicht erinnerte. Deshalb drängte ich ihn.

»Er ist doch aber irgendwie ungewöhnlich, nicht? Ich meine, diese kleine goldene Troddel und alles. Wahrscheinlich ist es doch ein antikes Stück, oder nicht?«

»Ich weiß nicht«, sagte er hochnäsig. »Aber wenn Sie ihn fachmännisch schätzen lassen wollen –«

»Also schön«, sagte ich verzweifelt.

Er ging in das Hinterzimmer, und ich mußte fünfzehn Minuten warten. Als er zurückkam, reichte er ihn mir und sagte: »Er ist ungefähr eineinhalb Dollar wert. Das ist natürlich der Wiederbeschaffungspreis; das heißt nicht, daß sie ihn dafür verkaufen können.«

Ich starrte ihn mit offenem Mund an. Wieso *erkannte* er das verdammte Ding nicht? Warum hüpfte er nicht auf und ab, wie Ruby gesagt hatte, und versuchte mir Hunderte von Dollar aufzudrängen? Es war eine schreckliche Enttäuschung, doch ich gab Rubys großem Hirn nicht einen Moment die Schuld. Er konnte nichts dafür, daß unser Gimpel ein lausiges Gedächtnis hatte.

Ich bezahlte ihm die zwei Dollar Schätzgebühr und ging traurig.

Als ich Ruby am Abend bei Hector traf, sah er aus, als ob er schon darauf brannte, das Geld zu zählen. Es war mir schrecklich, ihm die Neuigkeit zu berichten. Sein Gesicht fiel fast in seinen Apfelkuchen, als ich erklärte, was geschehen war, doch dann glänzten seine Augen plötzlich, als sei die große Denkmaschine in seinem Schädel wieder in Gang gekommen.

»Okay«, sagte er. »Okay, der Bursche erinnert sich also nicht. Also müssen wir sein Gedächtnis auffrischen.«

»Aber wie, Ruby?«

»Ich werde morgen noch mal zu ihm gehen. Und ich werde einen Riesenkrach schlagen, weil er noch kein Gegenstück für meinen Ohrring gefunden hat. Ich werde sogar das Angebot erhöhen. Ich biete *zwei*tausend Dollar für das Gegenstück.«

»Aber was dann, Ruby? Soll ich noch mal hingehen und ihn schätzen lassen? Das kostet zwei Dollar –«

»Nein. Du gehst einfach am nächsten Tag in den Laden, als ob du ein Geschenk suchst. Keine Sorge, das übrige wird der Kerl tun. Er wird dich packen und nicht mehr loslassen.«

Je mehr wir darüber redeten, um so makelloser schien der Plan, und bald diskutierten wir darüber, was wir mit dem Geld machen würden. Ruby hatte mit seiner Hälfte große Pläne. Er wollte das Geld für einen anderen Betrug investieren und ein beträchtliches Vermögen daraus machen. Ich war aufgeregt, doch mich deprimierte es ein wenig, mir Ruby als Millionär vorzustellen; ich war sicher, daß ihm nichts an der Freundschaft eines Hutmachers mit fünfzig Cent pro Stunde liegen würde. Als wir uns an jenem Abend trennten, taten wir es mit einem seltsamen Gefühl der Traurigkeit, als seien wir, wie es in Romanen immer heißt, an einem Kreuzweg angelangt.

Am nächsten Abend kam ich extra früh und wartete eifrig darauf, von Rubys Erfolg zu hören.

Es wurde sechs Uhr, und Ruby kam nicht. Ich begann mir Sorgen zu machen. Um Viertel sieben war ich ganz außer mir und überzeugt, daß Ruby verhaftet worden war. Als um halb sieben ein Polizist hereinkam, um sich eine Gratisportion am Dessertbüfett zu holen, dachte ich, Ruby hätte gesungen und sie wären hinter mir her.

Endlich sah ich seinen vertrauten Rotkopf in der Drehtür, und ich atmete erleichtert auf. Er wirkte in dem Brooks-Brothers-Anzug ganz komisch; irgendwie paßten die schmalen Schultern und Hosen nicht zu Ruby. Sein Anzug interessierte mich so sehr, daß ich sein Gesicht nicht bemerkte, bis er am Tisch war. Er sah furchtbar aus. Ich wußte nicht, daß jemand wirklich weiß wie ein Leintuch sein kann.

»Was ist los, Ruby?« fragte ich.

Eine Minute lang sagte er nichts. Er saß nur da und starrte auf seine karierten Socken.

»Bitte!« flehte ich. »Was ist passiert, Ruby? Hat's Schwierigkeiten gegeben? Hat er die Polizei gerufen?«

»Nein«, sagte er dumpf. »Keine Polizei.«

»Was dann?«

»Er hat das Gegenstück gefunden.«

»Was?«

»Er hat das Gegenstück gefunden. Ich ging rein und schlug einen Riesenkrach, wie ich's gesagt hab. Ich bot ihm zwei Tausender für den Ohrring. Ich sagte, Geld spielt keine Rolle. Da grinst er mit seinen großen vorstehenden Zähnen und sagt ›Schon gut, Mr. de Winter, schon gut, Sir.‹ Dieser lausige verdammte –«

»Und dann?«

»Er hatte das Gegenstück die ganze Zeit. Er muß es auch gehabt haben, als du bei ihm warst. Es scheint kein allzu seltener Ohrring zu sein. Vielleicht gibt es sogar eine ganze Menge davon.« Er schüttelte traurig den Kopf.

»Und was geschah dann? Was hast du getan?«

»Was konnte ich tun? Er holte den anderen Ohrring, und sie paßten ausgezeichnet zusammen. Und das gleich, nachdem ich geschrien hatte, ich würde zweitausend Dollar dafür zahlen –«

»Zweitausend!« murmelte ich.

»Da sagt er ›Mr. de Winter, unsere Firma findet es nicht richtig, unsere Kunden auszunützen. Die Ohrringe sind natürlich nicht viel wert, doch es ist eine kleine Gebühr für das Ausfindigmachen des Gegenstücks zu bezahlen.‹«

»Wum«, sagte ich. »Da hast du aber Glück gehabt.«

»Die kleine Gebühr betrug fünfzig Dollar«, sagte Ruby.

»Fünfzig?«

»Fünfzig. Ich mußte sie natürlich bezahlen. Was sollte ich sonst tun? Ich hab gerade gestern mein Gehalt gekriegt. Ich mußte ihm jeden Cent geben, der davon übrig war.«

Er griff in seine Tasche und holte ein Knäuel weißes Seidenpapier hervor. Er öffnete es, und wir blickten auf die Ohrringe. Dann nahm ich den dritten Ohrring aus meiner Tasche. Die drei paßten perfekt zusammen.

Wir starrten sie eine Weile an.

»Drei Ohrringe!« sagte Ruby. »Fünfzig Dollar für drei lausige Ohrringe!«

»Zweiundfünfzig«, sagte ich leise.

»Ja, und dann noch die hundert Dollar für diese Brooks-Brothers-Ausstaffierung. Ich glaube, das einzige, was man tun kann, ist, ein Paar von den Ohrringen Dorothy zu schenken. Damit bei der Sache wenigstens etwas herausschaut. Möchtest du mit mir raufkommen?«

»Klar«, sagte ich, und er tat mir leid.

Wir hatten nicht mehr als einen Schritt gemacht, als Ruby mich am Arm packte. »Dieser dritte Ohrring«, sagte er ganz aufgeregt. »Gib ihn mir.«

Ich holte das Ding wieder aus meiner Tasche und reichte es ihm. Er hielt den Ohrring hoch und blickte mit strahlender Miene zu ihm auf. Er schüttelte ihn leicht, wie eine kleine Glocke, und schien sich schrecklich zu freuen. Es muß mehr sein, dachte ich, als die Art, wie die Troddeln hin und her flogen, wenn er das Ding, das ihm solche Freude machte, schüttelte.

»Was ist los, Ruby?« fragte ich.

»Ja«, sagte er in verschwörerischem Ton zu sich selbst. Er nickte, während er weiter den Ohrring anstrahlte. »Ja . . .«

Inzwischen war ich sicher, daß Rubys großes Verbrecherhirn wieder arbeitete. Ich dachte an die zwei Dollar, die ich bezahlt hatte, und hoffte, daß die Sache damit ausgestanden war.

»Gehen wir nun zu Dorothy hinauf oder nicht?« sagte ich.

Das riß ihn aus seiner Trance. »Heb ihn gut auf«, sagte er und warf mir den Ohrring zu. An der Art, wie er es sagte, merkte ich, daß es wichtig war. Er sagte mir, daß ich für diesen Ohrring mein Leben einsetzen sollte und daß er bei mir sicherer war als bei ihm.

Offen gesagt, ich war froh. Ich meine, ich war froh, Ruby wiederzusehen.

Dann gingen wir hinauf zu Dorothy. Sie freute sich sehr über das Geschenk, vor allem, als Ruby andeutete, wie teuer es gewesen war.

Als ich an diesem Abend mit dem dritten Ohrring heimging, hielt ich ihn ebenso hoch wie Ruby und dachte daran, auf welch teuflisch schlaue Weise er ein Vermögen daraus hatte machen wollen, und dann erfüllte mich der verrückte Impuls, ihn vor meinem Schlafzimmerspiegel anzuprobieren. Unglücklicherweise kam meine Mutter herein. Sie sorgte dafür, daß ich sofort ins Bett ging, und legte mir eine Eispackung auf die Stirn. Ich erkältete mich und blieb drei Tage im Bett, aber ich brauchte die Ruhe.

Ruby Martinsons Ding mit dem Zahnarzt

Mein Cousin Ruby Martinson war nicht nur die unvergeßlichste Persönlichkeit meines frühen Mannesalters; er war auch die gerissenste und schlaueste. Die Pläne, die er für jedes erdenkliche Verbrechen ausheckte, erschienen mir so umwerfend originell, daß mich die Tatsache, daß seine Unternehmungen nie einen Profit einbrachten, kaum störte. Doch der frappanteste Beweis für Rubys Schlauheit war die Tatsache, daß niemand – nicht einmal seine Mutter – ahnte, daß er mehr war als ein bebrillter, sommersprossiger, dreiundzwanzig Jahre alter Buchhalter, der schwer arbeitete und sich ins Zeug legte. Mir, einem nervösen Jungen, der eben erst achtzehn geworden war, blieb es vorbehalten, alleiniger Mitwisser seiner schrecklichen Geheimnisse zu sein.

Wenn Sie wissen wollen, wie Rubys Mutter war, dann denken Sie einfach an meine Mutter. Meine Mutter dachte, das ganze Textilviertel müßte seine Tore schließen, wenn ich nicht jeden Morgen auftauchte, um Pakete zuzustellen. Sie dachte, Robert Taylor sah nur ein bißchen besser aus als ich. Wenn ich nieste, dann war es eine doppelseitige Lungenentzündung. Wenn ich einen Witz erzählte, dann war ich der beste Komiker der Welt. Genauso war Rubys Mutter.

Natürlich gab es Momente, in denen es aussah, als würden Rubys diabolische Verbrechen seiner vernarrten Mutter enthüllt werden. Doch ich glaube, der Fall, in dem sie am nächsten dran war, hinter seine schändlichen Pläne zu kommen, war jener, den Ruby später das Ding mit dem Zahnarzt nannte.

Ich war persönlich Zeuge des Beginns der Affäre, denn ich saß eines Abends nach der Arbeit in Hectors Cafeteria und sah Ruby zu, wie er ein mit Nüssen bestreutes Hörnchen verschlang. Plötzlich schrie er etwas, das wie *»Ong!«* klang und schlug sich mit der Hand auf seine Kinnbacke. Das Resultat war der Besuch bei einem Zahnarzt namens Early, der Ruby lachend sagte, sie würden einander im nächsten Monat sehr oft sehen.

Es war ein trostloser Monat, in dem Ruby mir gegenüber keinen einzigen kriminellen Plan erwähnte – nicht mal einen kleinen. So sehr ich es verabscheute, in Rubys Verbrechen verwickelt zu werden, so verloren war ich, wenn seine kranken Tagträume meine Existenz nicht erhellten. Dann hatte die Qual ein Ende, und ein älterer, weiserer Ruby mit gesünderen Zähnen traf sich mit mir in der Cafeteria und sprach wie sein altes Ich. Ich erinnere mich nicht genau an den Plan, doch er hatte etwas mit dem Diebstahl von Octagon-Coupons aus dem Prämienladen zu tun. Der Grund, warum ich mich nicht erinnere, war, daß Ruby mitten in seinem Vortrag abbrach, um in ein Stück Nußhörnchen zu beißen. Und da geschah es.

»*Ong!*« schrie Ruby.

»Was ist los?« sagte ich besorgt. »Was ist los, Ruby?«

Er glotzte mich an. Dann faßte er in das Glotzen hinein und zog eine riesige Goldplombe hervor. Er starrte sie an, und dann fluchte er.

»Dieser lausige Quacksalber! Dieser blöde Idiot!«

»Wum«, sagte ich. »Gold! Gold!« Ich war aufgeregt wie ein Digger bei Sutter's Mill. Doch statt meinen Enthusiasmus für seine Entdeckung zu teilen, unternahm er eine kritische Attacke gegen den Zahnarzt, über welche die American Dental Society die Augen aufgerissen hätte. Er sagte, Early sei 1) so schmerzlos wie ein Schlag auf den Kopf, 2) so tückisch wie Pretty Boy Floyd und 3) für Zähne so gut wie Joe Louis. Das einzige, was ihn aus seiner Tirade herausriß, war meine Frage.

»Wieviel ist dieses Gold wert, Ruby, hm? Wieviel?«

Er sah die Plombe an, und die vergrößerten Augen hinter seiner großen Brille blickten nachdenklich.

»Keine Ahnung«, brummte er. »Ein paar Dollar.«

»Mensch! Stell dir das vor! Du gehst mit all diesem Geld in deinem Mund rum. Weißt du das?« sagte ich ehrfürchtig. »Du hast mehr Geld in deinem Mund als ich auf der Bank.«

»Diese Laus hat wahrscheinlich ein Vermögen an Gold in seiner Praxis«, sagte Ruby bitter. »Überrascht mich gar nicht – bei den Rechnungen, die er schickt. Diese Ratte würde ich am liebsten –«

Ich konnte fast sehen, wie die Idee in Rubys fruchtbarem Gehirn geboren wurde. Er legte seinen zu großen Kopf in seine zu kleinen Hände und saß fast fünf Minuten tief in Gedanken versunken da.

Dann sagte er: »Ich hab's! Wir werden's dieser drekkigen Ratte zeigen und uns zugleich ein paar Piepen verdienen. Wir werden ihn von diesem Gold trennen.«

»Aber Ruby«, protestierte ich. »Wer beraubt Zahnärzte?«

»*Wir* berauben Zahnärzte«, sagte Ruby grimmig. »Es ist ein unerforschtes Gebiet. Ja, das ist es. Als erstes müssen wir rausfinden, wo er das Zeug aufbewahrt.«

»Warum ihn nicht einfach fragen?«

Ruby schlug mich mit der Faust auf die Schulter. In jenen Jahren hatte ich ständig Flecken von seinen Schlägen an dieser Schulter; jahrelang dachte meine Mutter, es sei ein Geburtsmal.

»Du Trottel«, sagte er höhnisch. »Das würde uns verraten. Wir müssen schlau sein. Wir müssen uns umschauen, wenn er beschäftigt ist.« Ruby riß einen Bleistift hervor und zeichnete etwas auf die Serviette. »Hier ist Earlys Sprechzimmer, siehst du? Und gleich davor ist das Wartezimmer, und daneben ist ein kleiner Raum, in dem er all sein Zeug aufbewahrt – ein kleines Laboratorium. Ein anderer Bursche arbeitet bis vier Uhr darin, ein Zahntechniker. Er macht falsche Zähne. Ich hab ihn dort drin gesehen; er hat geschuftet, als ob er die Venus von Milo bildhauerte. Dort drin gibt's auch ein kleines Badezimmer – und alle möglichen Büroschränke.«

»Wie kommen wir dort rein?«

»Ich hab's dir doch gesagt. Der Bildhauer geht um vier heim; wir brauchen nichts weiter zu tun, als dafür zu sorgen, daß Early nach vier an seinem Behandlungssessel beschäftigt ist, und dann kann ich in den Raum schleichen und alles ausbaldowern.«

»Klingt okay«, sagte ich. »Bloß – wie sorgen wir dafür, daß er beschäftigt ist?«

Ruby gähnte. »Ach, das ist das einfachste«, sagte er gleichgültig. »Du meldest dich einfach für halb sechs bei ihm an. Wenn du im Sessel sitzt, werde ich in dem andern Raum rumschnüffeln.«

»Ich?« heulte ich. »Du willst, daß *ich* zum Zahnarzt gehe?«

»Was ist daran falsch? Jeder sollte zum Zahnarzt gehen. Woher weißt du denn, ob dir dein Zahnfleisch nicht rausfällt?«

»Aber ich mag zu keinem Zahnarzt gehen!« sagte ich. »Spaß beiseite, Ruby, meine Zähne sind in bester Form.«

»Weshalb hast du dann Angst? Er wird nichts weiter tun, als mit diesem kleinen Haken rumstochern.«

»Aber er wird mir weh tun«, sagte ich hitzig. »Du hast selbst gesagt, was für ein lausiger Zahnarzt das ist, Ruby, und jetzt –«

»Hab ich das gesagt?« sagte Ruby verträumt. »Aber nein, er ist wunderbar. Ich werd dir den Termin morgen besorgen.«

Es hatte keinen Sinn, weiter zu streiten; gegen Ruby kam ich nicht an.

Zwei Tage später traf ich mich mit Ruby in der U-Bahn-Station und wir nahmen den stadteinwärts fahrenden Lokalzug zu Dr. Earlys Praxis. Inzwischen hatte ich mir Zahnschmerzen eingeredet, und Ruby bewunderte meine schauspielerischen Fähigkeiten. Bloß daß ich nicht schauspielerte; meine Zunge, mein Zahnfleisch, der obere Gaumen und meine Trommelfelle taten mir weh.

Ich konnte kaum hören, was Ruby mir sagte, doch es war etwa dies:

»Es ist alles vorbereitet, und das Ganze ist ein Kinderspiel. Etwas hab ich rausgefunden – das Gold ist in kleinen Kuverts, in Pulverform. Ich hab ihn beobachtet, wie er diesen Zahn wieder plombierte. Falls du draußen irgendein Geräusch hörst, etwa das Öffnen einer Schublade oder so, dann schreist du. Und wenn Early sich anschickt, rauszugehen, dann brüllst du eine Art Losungswort.«

»Wie wär's mit ›Hilfe!‹?«

»Nein, sagen wir lieber ›Autsch‹.«

Die menschliche Konstitution ist wirklich etwas Wunderbares. In dem Moment, als wir die Praxis des Zahnarztes betraten, verschwanden alle meine Krankheitssymptome spurlos. Nicht nur meine Zähne waren okay, sondern ich hatte eine Ballenentzündung an meinem linken Fuß, die zum ersten Mal in drei Wochen aufhörte, weh zu tun. Es war ein Wunder, wie eine Glaubensheilung. Ich sagte es Ruby, doch das einzige, was er tat, war, daß er mich auf die Schulter schlug. *Diesen* Schmerz spürte ich.

Das Wartezimmer war leer, und Dr. Early kam mit einem großen Grinsen im Gesicht aus der Folterkammer. Er war ein großer magerer Kerl mit hochgezogenen Schultern. Er hatte eine große Nase wie ein chirurgisches Instrument.

»Na, Mr. Martinson«, sagte er fröhlich, »hat diese Plombe Ihnen wieder irgendwelche Schwierigkeiten bereitet?«

Ruby lachte und sagte nein, und Dr. Early lachte, und ich lachte auch, bis ich merkte, daß sie mich beide ansahen. Am liebsten wäre ich schreiend weggerannt, doch es war zu spät. Einen Moment später saß ich in dem Sessel.

»Also«, sagte Early, seine Hände reibend, »wo fehlt's denn?«

»Ich *dachte*, ich hätte Zahnschmerzen«, sagte ich heiser, »aber es war mehr wie ein Zungenschmerz, wenn Sie wissen, was ich meine. Doch ich war einige Zeit bei keinem Zahnarzt, und so –« Gnädig unterbrach mich Early und stieß mich in den Sessel zurück. Dann schwenkte er diese riesige Lampe über meinen Kopf und knipste sie an. Im gleichen Moment hörte ich ein kratzendes Geräusch in dem Nebenraum, und ich schrie, so laut ich konnte.

»Was ist denn?« sagte Dr. Early. »Ich hab Sie ja noch gar nicht angefaßt.«

»Das Licht tut mir in den Augen weh«, sagte ich matt.

»Sie werden sich schon daran gewöhnen. Jetzt machen Sie den Mund auf, und wir sehen uns die Lage mal an.« Er stocherte nach Herzenslust mit seinem kleinen Spiegel herum. »Tja, Sie haben Ihre Zähne aber wirklich vernachlässigt, was? Am besten, wir röntgen mal das Ganze. Ich komm gleich wieder.«

Er ging zur Tür, und ich schrie *»Autsch!«*

»Um Gottes willen«, sagte er gereizt, »was ist denn jetzt?«

»Ich sitze auf meinem Kamm«, sagte ich. »Ich habe auf dem scharfen Ende gesessen.«

Early seufzte und verließ den Behandlungsraum. Gleich darauf rollte er das Röntgengerät herein und bereitete alles für seine Schnappschüsse vor. Er legte eben das kegelförmige Ding an meine Wange, als ich nebenan etwas fallen hörte. Ich schrie wieder, und Early fiel fast aus dem Fenster. Er meinte, es wäre das erste Mal, daß Röntgenstrahlen einem Patienten weh getan hätten, und ich sagte ihm, daß ich ungewöhnlich empfindlich sei.

Endlich war es vorbei. Early hatte mir nichts weiter angetan, doch er bestellte mich für nächsten Dienstag, ein Termin, den einzuhalten ich nicht die Absicht hatte. Als ich ins Wartezimmer kam, saß Ruby harmlos auf dem Sofa und blätterte im National Geographic Magazine.

Als wir auf die Straße traten, sagte er: »Alles okay – ich hab die Schublade, wo er das Zeug aufbewahrt, gefunden. Sie war versperrt; deshalb bin ich so sicher, daß das Zeug drin ist. Ich habe einen Plan. Das nächste Mal, wenn du zu Early gehst –«

»Was soll das heißen – das nächste Mal?« heulte ich. »Es gibt kein nächstes Mal!«

»Du meinst, deine Zähne sind in Ordnung?«

»Ich glaube«, sagte ich. »Er sagte etwas von Golfspielen in meinem Mund. Das klang –«

»Du Trottel«, sagte Ruby. »Das heißt, daß du achtzehn Löcher in deinen Zähnen hast. Aber jetzt paß auf: der Plan. Ich komme nächstes Mal mit dir mit, und wenn du fertig bist, verwickle ich ihn in ein Gespräch. Inzwischen gehst du in dieses kleine Badezimmer im Nebenraum. Du sperrst die Tür zu *und kommst nicht raus*. Kapiert?«

»Ich komm nicht raus?« Ich hatte eine schreckliche Angst davor, in Badezimmern eingesperrt zu sein.

»Nein. Aber wenn ich aus Earlys Zimmer komme, tu ich so, als ob du schon gegangen wärst. Er geht gleich nach der Arbeit heim; ich kenne seine Gewohnheiten. Er wird nicht merken, daß du noch da bist. Dann kommst du aus dem Badezimmer und brichst die Schublade mit einem Stemmeisen auf.«

»*Ich* brech sie auf? Warum tust du das nicht, Ruby?«

»Beruhige dich; ich tu die Kopfarbeit und du die Muskelarbeit bei dieser Sache.«

Ich wog etwa 140 Pfund. »Ich?« sagte ich.

»Klar. Auf diese Weise wird er uns nie mit dem Verbrechen in Verbindung bringen. Er wird denken, jemand ist nachts eingebrochen.«

»Das mach ich nicht«, sagte ich. »Was ist, wenn er sich entschließen sollte, ins Badezimmer zu gehen?«

»Dann blasen wir's ab, das ist alles.«

»Ich mach's nicht, Ruby.«

Er stritt nicht lange mit mir. Als der nächste Dienstag kam, hielt ich nicht nur meinen Termin beim Zahnarzt ein, sondern ich hatte auch Rubys Stemmeisen in der Tasche meiner Windjacke.

Ich glaube, die Angst wegen des Verbrechens machte es, daß ich die Zahnbehandlung fröhlich über mich ergehen ließ. Ich spürte den Bohrer kaum, und Early verstand nicht, daß ein empfindlicher Typ wie ich – der letztes Mal so geschrien hatte – plötzlich ein so guter Patient war.

Als ich das Zimmer verließ, sprang Ruby vom Sofa und fragte Early, ob er ihn sprechen könne – unter vier Augen. Natürlich, sagte Early, und sie gingen zurück ins Behandlungszimmer und machten die Tür zu. Ich packte meine Windjacke, ging in den Nebenraum und sperrte mich in das winzige Badezimmer ein, genau wie Ruby gesagt hatte.

Dann hörte ich draußen Stimmen. Ruby bedankte sich bei Early für irgendwas, und dann hörte ich ihn sagen:

»Aha, mein Cousin ist schon gegangen. Er hat mir erzählt, daß er heute abend eine schwierige Verabredung hat.« Ruby lachte, und der Zahnarzt auch. Sie schienen das Ganze schrecklich lustig zu finden, die zwei. »Also dann«, sagte Ruby, »und danke, daß Sie mit diesen Ratenzahlungen einverstanden sind, Dr. Early.«

»Gern geschehen«, sagte der Zahnarzt. »Gute Nacht.«

Ich hörte, wie die Vordertür geschlossen wurde, und dann klimperte der Zahnarzt eine Weile, gutgelaunt vor sich hinsummend, mit seinen Geräten herum. Dann wählte er eine Telefonnummer, und ich hörte, wie er mit jemandem namens Alma sprach. Zuerst nannte er sie Alma, und dann nannte er sie Häschen. Später nannte er sie Süße. Als er auf Wiedersehen sagte, nannte er sie Liebste. Es war unheimlich, einen Zahnarzt so reden zu hören.

Schließlich beschloß er, zu gehen, und ich hörte, wie die Vordertür geöffnet und geschlossen wurde und wie das Schloß klickte.

Ich drehte die Klinke der Badezimmertür und trat hinaus in die Dunkelheit.

Es hatte geklappt! Ich war allein, und nach Rubys Zeichnungen lag das Gold in dem großen Schrank am Fenster in der sechsten Schublade von unten. Ich mußte es Ruby zugestehen; das Ding schien das leichteste, das wir je gedreht hatten. Ich hatte massenhaft Zeit für meine Unternehmung, und ich fühlte mich wundervoll entspannt. Obwohl das Licht aus war, drang genügend

Helligkeit durch die Fenster des Behandlungszimmers nebenan herein. Ich hätte nicht nur Earlys Gold mitnehmen können, sondern auch seine Bohrer, Zangen und Diplome.

Ich ging auf den Schrank zu, als ich plötzlich das schrecklich grinsende Ding auf der weißen Tischplatte sah. Ich kreischte vor Angst, und dann lachte ich, denn mir wurde klar, daß es nur ein Paar falscher Zähne war. Ich nahm sie in die Hand und bewunderte die handwerkliche Kunst des Zahntechnikers. Sie waren wesentlich besser als meine eigenen Zähne. Ich spielte ein wenig Bauchredner mit ihnen und beschloß dann, sie als Beute mitzunehmen. Ich steckte sie in die Tasche.

Eben wollte ich das Stemmeisen aus der Windjacke holen, als die Vordertür aufging. Ich hatte nicht mal Zeit, perplex zu sein. Ich glaube sogar, daß ich weiter lächelte. Doch Dr. Early lächelte nicht; er war sauer.

»Du kleiner Gauner!« sagte er, mich am Handgelenk packend. »Du dreckiger, kleiner Dieb!«

Jetzt war ich perplex. Die ganze Sache war einen Moment so einfach erschienen, und jetzt – zum ersten Mal, seit ich an Rubys Verbrechen teilnahm – hatte man mich auf frischer Tat ertappt.

»Gut, daß ich diese Theaterkarten vergessen hab, was?« sagte er grausam. »Los, red schon, hinter was warst du her? Du solltest wissen, daß ich hier kein Geld aufbewahre.«

Ich stotterte etwas Unverständliches. Ich glaube, daß ich weinte, doch ich bin mir nicht sicher.

»Hör auf!« sagte er. »Du jugendlicher Verbrecher –«

Protestierend schrie ich auf. Schließlich war ich achtzehn.

»Also, red jetzt. Hinter was warst du her?« Er schlug auf meine Taschen, und die falschen Zähne bissen mich in die Hüfte. Ich schrie wieder, und er zog sie heraus. »Zähne?« sagte er. »Weshalb hast du sie gestohlen?«

Ich weiß nicht, woher die Inspiration kam, doch sie kam.

»Ich – ich wollte es nicht«, schluchzte ich. »Sie sind für meine Mutter!«

»Deine *Mutter?*«

»Ja«, sagte ich jämmerlich. »Meine Mutter braucht schrecklich dringend falsche Zähne. Sie kann nichts als Suppe essen, und wir können uns keine leisten –«

Als ich sah, wie sich seine Miene änderte, wußte ich sofort, daß ich den richtigen Ton angeschlagen hatte. Ich hoffte nur, er würde meine Mutter, die stolz auf ihre makellos gesunden Zähne war, nicht anrufen.

Er lachte plötzlich. »Du dummer Junge«, sagte er. »Wie bist du nur auf die Idee gekommen, sie würden deiner Mutter passen? Man kann nicht einfach irgend jemandes falsche Zähne tragen.«

»Nein?«

»Natürlich nicht!« Er lachte und ließ mein Handgelenk los. Dann machte er das Licht in dem Raum an und wandte sich mit einer traurigen, verständnisvollen Miene zu mir. »Hör mal, wenn deine Mutter so dringend Zähne braucht, dann hättest du sie doch in eine Klinik oder wohin schicken können.«

»Sie ist zu stolz«, sagte ich.

Er seufzte. »Ich weiß, was du meinst. Meine Mutter ist genauso.« Stirnrunzelnd klapperte er mit den Zähnen in seiner Hand. »Ich heiße nicht gut, was du tun wolltest, aber ich sehe, daß du es gut gemeint hast. Weißt du was? Wenn du deine Mutter zu mir schickst, mache ich ihr umsonst ein Gebiß. Was sagst du dazu?«

»Umsonst?« Ich zwinkerte.

»Genau. Wenn die Lage wirklich so verzweifelt ist, dann tu ich's gern. Und mach dir keine Sorgen wegen deiner eigenen Zahnbehandlung, mein Junge; ich werde auch dir entgegenkommen.«

»Mein Gott, Dr. Early –«

Er fuchtelte mit der Hand. »Mach jetzt, daß du rauskommst, bevor ich's mir anders überlege. Und sag deiner Mutter, sie soll die Schwester wegen eines Termins anrufen.«

Ich packte meine Windjacke und rannte zur Vordertür. Mit Tränen der Dankbarkeit in den Augen drehte ich mich um.

»Danke«, sagte ich verzückt. »Tausend Dank, Dr. Early.«

Er sah mich an wie ein Heiliger, und ich ging.

Nun, ich brauche Ihnen wohl nicht zu erzählen,

was Ruby sagte, als er erfuhr, was passiert war. Ich glaube, ich bekam blaue Flecke für zwei Wochen im voraus, als er hörte, daß der große Goldraub geplatzt war. Dann erzählte ich ihm von Earlys Angebot, und seine Laune hellte sich ein wenig auf.

»Weißt du was?« sagte er. »*Meine* Mutter trägt falsche Zähne, und sie braucht schon lange ein neues Gebiß. Wie wär's, wenn ich sie zu ihm schicken würde?«

»Aber er erwartet doch *meine* Mutter.«

»Keine Sorge. Wir haben den gleichen Familiennamen, und ich werde ihr sagen, sie soll den Mund halten.«

»Aber wenn sie den Mund hält, wie kann er ihr dann Zähne machen?«

Ruby meinte, das sei gar nicht komisch, und um es zu unterstreichen, gab er mir noch einen Schlag auf die Schulter.

Auf diese Weise kam Ruby Martinsons Mutter zu einem neuen Gebiß. Natürlich bestätigte dies nur, was sie schon lange wußte – daß ihr Sohn das gütigste, gescheiteste und rücksichtsvollste menschliche Wesen auf Erden war. Und jedesmal, wenn ich sie ihn zärtlich anlächeln sah, mit diesen Zähnen, die mich fast ins Kittchen gebracht hätten, klopft zur Erinnerung der Schmerz in meinen Zähnen, meiner Zunge, meinem Gaumen und meinen Zehenballen.

Ruby Martinsons Heimsuchung

Ich dachte immer, mein Cousin Ruby Martinson könnte nichts mehr tun, um mich zu überraschen. Im zarten Alter von dreiundzwanzig hatte er 1) einen verwegenen Raub begangen, 2) als Betrüger gearbeitet, 3) einen Einbruch versucht und 4) eine Reihe der genialsten Verbrechen in den Annalen der amerikanischen Unterwelt geplant. Doch Ruby beging kein einziges Verbrechen, das sich lohnte, und der größte Teil seiner diabolischen Pläne verließ nie das Zeichenbrett. Ich wußte jedoch in meinem schwachen und schnell schlagenden achtzehn Jahre alten Herzen, daß Ruby Martinson das böse Hirn des Jahrhunderts war, und als sein einziger Vertrauter und alleiniger Mitwisser seiner Geheimnisse wußte ich, daß es kein Verbrechen gab, zu dem Ruby nicht imstande war.

Doch was ich nie für möglich gehalten hätte, war, daß Rubys granitenes Herz je für eine Frau weich werden würde. Ich wußte, daß Dorothy, sein Mädchen, einen unheimlichen Einfluß auf ihn ausübte, doch hätte ich nie vermutet, daß er groß genug war, um Ruby zu veranlassen, den größten Fischzug seiner kriminellen Karriere aufzugeben. Aber genau dies ist der Fall, und jedesmal, wenn ich daran denke, schmerzt mein Kopf, und der Mittelfinger meiner linken Hand klopft wie eine Wudutrommel. Warum, werden Sie sehen, wenn ich Ihnen erzähle, was geschah.

Es begann an einem Tag wie alle andern, als Ruby und ich uns in Hectors Cafeteria am Broadway trafen. Ich freute mich auf diese Treffen, freute mich darauf, Rubys übergroßen Kopf mit seinem grellroten Haar zu sehen, die große Brille auf seiner Nase, die die Sommersprossen auf den Wangen vergrößerte; zu hören, wie Ruby einen neuen Plan entwickelte, etwa die Chase-Bank zu überfallen, oder R. H. Macy zu kidnappen oder Merrill, Lynch, Pierce, Fenner and Smith zu beschwindeln – einzeln und dann alle zusammen. Er sah an diesem Tag besonders aufgeregt aus, doch es war auch irgend etwas Merkwürdiges an ihm. Ich konnte nicht sagen, was es war, bis ich mich setzte und merkte, daß Ruby Kaugummi kaute.

»He«, sagte ich. »Seit wann kaust du Kaugummi?«

Er lachte leise und kaute weiter. Dann nahm er ein Päckchen Spearmint aus der Tasche und steckte noch ein Plättchen in den Mund. Er kaute wie eine Kuh, die es eilig hatte.

»Was gibt's, Ruby?« sagte ich, überzeugt, daß in seinem Wahnsinn Methode sein mußte. Doch Ruby gab keine Antwort. Dann hob er seine Hand und hob den rosa Klumpen von seiner Zunge. Seine Hand verschwand rasch unterm Tisch und kam leer hervor. Es war eine ziemlich widerliche Vorstellung, und ich sagte ihm das.

»Das denkst du«, sagte er kichernd. »Du weißt es noch nicht, mein Junge, aber diese kleine Geste wird uns einen Haufen Zaster einbringen.«

»Welche kleine Geste?«

»Die mit dem Kaugummi. Du und ich werden mit dem Spearmint abstauben. Ich hab die ganze Sache schon ausgearbeitet.«

»Welche Sache?« quiekte ich. Ich spielte bei Rubys verbrecherischen Plänen gern die Rolle des Zuhörers, hatte aber ständig Angst, zum Komplizen gemacht zu werden. »*Mich* bringst du nicht wieder in eine Klemme«, sagte ich. »Ich hab genug Ärger. Ich muß mir einen Job suchen und –«

»Du brauchst keinen Job«, sagte Ruby. »Für lange Zeit nicht.« Er beugte sich vor und flüsterte heiser: »Wir beide werden einen Juwelierladen ausrauben.«

Ich schnappte nach Luft.

»Quatsch. Wir werden ihn nicht überfallen; ich weiß was Besseres. Ich hab dieses Geschäft eine Woche lang ausbaldowert, und es ist ein perfekter Plan. Es heißt Zachini und ist drüben in der Lexington Avenue.«

»Aber Ruby –«

»Halt den Mund und hör zu. Die Sache ist so einfach, wie aus dem Fenster zu fallen. Ich mach die ganze schwere Arbeit; du brauchst nichts weiter zu tun als die Sore abzuholen. Hast du gesehen, was ich mit dem Kaugummi gemacht hab?«

Ich nickte.

»Nun, dasselbe werde ich drüben bei Zachini machen. Ich werde reingehen, mir ein paar teure Diamantringe zeigen lassen und einen Klumpen Spearmint unter den Ladentisch kleben.«

»Aber warum?« fragte ich.

»Frag nicht so blöd. Das ist nicht alles, was ich unter den Ladentisch klebe. Wenn der Verkäufer nicht aufpaßt, werde ich einen der Ringe drunter kleben. An den Gummi. Hast du jetzt verstanden?«

Ich hatte noch immer nicht, doch Ruby blieb wie immer ruhig und geduldig.

»Du bist der dümmste Trottel im ganzen Land«, sagte er und schlug mich auf den Unterarm. »Ich klebe einen von den Ringen untern Ladentisch und geh dann raus. Selbst wenn der Kerl merkt, daß einer der Diamanten fehlt, wird er nicht imstande sein, ihn bei mir zu finden. Alles, was wir noch zu tun haben, ist, zurückzugehen und die Beute zu holen. Kapiert?«

Ich hatte jetzt kapiert, vor allem was das Personal betraf, das Ruby für Phase zwei seines Plans vorgesehen hatte.

»Du meinst ich?« sagte ich. »Aber Ruby, was ist, wenn sie mich erwischen?«

»Erwischen? Warum sollten sie dich erwischen? Du tust doch gar nichts. Du schaust die Ringe nicht mal an, du Idiot. Du schaust nur rein, um nach einer Straße oder irgendwas zu fragen. Dabei greifst du mit der Hand unter den Ladentisch und – bums!«

»Nein«, sagte ich, mein Lieblingswort benützend. »Nein, Ruby, das kann ich nicht, Es ist zu riskant –«

Er starrte mich an. »Schön. Dann möchtest du vielleicht den *ersten* Teil machen. Vielleicht solltest du anfangen, Kaugummi zu kauen.« Er schob mir die Spearmintpackung zu, und ich zuckte zurück, als wäre es ein geladener Revolver.

»Nein, Ruby«, flehte ich. »Das nicht.«

»Tja, entweder oder, Kleiner. Entschließ dich.«

Ich wand und krümmte mich und tat ihm schön, doch es war natürlich alles vergeblich. Ruby war mein Svengali, und selbst nach mehreren schrecklichen Erfahrungen als sein Verbündeter bei verbrecherischen Unternehmungen wußte ich, daß ich nicht die Willenskraft hatte, ihm zu widerstehen. »Okay, sagte ich schließlich, »ich übernehme den zweiten Teil.«

»Gut!« Ruby klopfte mir auf die Schulter. »Dann treffen wir uns morgen hier und besprechen das Ganze.«

»Mensch, Ruby, ich muß mich morgen nach einem Job umsehen –«

»Dann sieh dich nach einem Job um! Wer hält dich davon ab? Du mußt nur ganz bestimmt gegen halb sechs bei Hector sein. Das ist alles.«

Ich nickte düster. Als Ruby mir einen Kaugummi anbot, nahm ich ihn und kaute ihn schnell und nervös.

Am nächsten Tag war ich nicht mit dem Herzen bei der Jobsuche. Ich mußte dauernd an Ruby denken, der in irgendeinem hübschen, friedlichen Büro an einem gemütlichen Schreibtisch saß, und ich fragte mich, warum er sich nicht damit zufriedengab und es genoß. Ruby war Buchhalter und nach seiner Mutter, meiner Tante, der GRÖSSTE Buchhalter des Sonnensystems. Rubys Mutter war genau wie meine Mutter. Ich meine, ich war damals ohne Arbeit, doch meine Mutter hätte jedem gesagt, daß ich der GRÖSSTE Arbeitslose der Welt bin. Ich hätte eine Menge für einen Job gegeben, der so gut war wie Rubys, doch wie ich mich an dem Tag fühlte, waren meine Aussichten ziemlich trüb.

Aber das Leben ist komisch. Bei der ersten Stellungsanzeige, auf die ich mich meldete, suchten sie einen Packer für eine Halstuchfirma, und der dicke Mann, der dafür zuständig war, warf einen Blick auf mich und sagte: »Okay, Junge, du bist richtig.« Der Job erforderte keine technischen Fähigkeiten (meine Spezialität), und er war langweilig, aber einfach. Ich stand mit vier Mädchen und einem alten Mann an einem langen Tisch und packte den ganzen Tag hauchdünne Halstücher in schmale weiße Schachteln. Der alte Mann störte mich nicht, obwohl sein Atem wie Feuerzeugbenzin roch, doch die Mädchen kicherten die ganze Zeit, so daß ich das Gefühl hatte, ich hätte vergessen, meine Hose anzuziehen oder irgendwas.

Am Abend traf ich Ruby bei Hector, doch bevor ich ihm von meiner neuen Karriere erzählen konnte, sagte er:

»Es ist alles geritzt, Kleiner.«

»Was ist geritzt?«

Er lächelte listig. »Die Juweliersache. Ich war heute mittag bei Zachini und hab mir die besten Diamantringe angesehen. Ein paar hübsche Steine, kann ich dir sagen. Der Verkäufer war ein richtiger Simpel; er hat nichts gemerkt.«

Ich riß meine Augen so weit auf, daß sie zu tränen begannen.

»Du meinst, du hast es getan?« stieß ich hervor.

»Klar, warum Zeit vergeuden? Zuerst hab ich den alten Kaugummi untern Ladentisch geklebt. Dann hab ich den Burschen gebeten, mir das Zeug zu zeigen. Und sowie er eine Sekunde wegschaute, hatte ich den größten Eisbrocken unterm Ladentisch; er hat nicht mal mit der Wimper gezuckt.«

Ich zwinkerte.

»U-u-und jetzt?« sagte ich zitternd.

»Soll das ein Witz sein? Du weißt doch, was jetzt kommt. Du gehst sofort zu Zachini – bevor sie zusperren.«

»Ich?« sagte ich mit einer lieblichen Falsettstimme.

»Ja, du! Wir können es uns nicht leisten, auch nur eine Minute zu vergeuden. Ich zeichne dir einen Plan von dem Geschäft, damit du den Ring auch bestimmt findest.«

Er nahm eine Serviette vom Tisch und begann zu kritzeln. Fasziniert und entsetzt sah ich ihm zu, wie er einen Plan von dem Laden zeichnete, so genau, daß nicht einmal ich den diamantengespickten Kaugummi verfehlen konnte.

Ich protestierte noch ein paarmal, doch es war natürlich hoffnungslos. Ich bezahlte meinen Kaffee und meine Kringel und ging auf die Straße hinaus und in Richtung des Juweliergeschäfts. Alles, was ich zu tun hatte, war, hineinzugehen, an den Ladentisch zu treten, meine Hand an der Stelle, wo der Ring war, drunterzuschieben, den Ring zu entfernen, den Burschen nach einer Straße zu fragen und dann wieder hinauszugehen.

Ich war zehn Minuten vor sechs dort, brauchte aber fünf weitere Minuten, um Mut zu fassen und die Tür zu öffnen.

Der Verkäufer war ein glatt aussehender Typ mit Haar wie Schuhcreme. Er lächelte, als die Tür quietschte, doch dann warf er einen Blick auf mein schäbiges Sporthemd, und seine Miene änderte sich. Ich sagte: »Können Sie mir sagen, wo das Postamt ist?«

Er runzelte die Stirn. »Was, glauben Sie, ist dies – eine Esso-Station?«

Ich legte meine Hand auf den Ladentisch und fuhr damit am Rand entlang, bis ich etwas Klebriges berührte.

»Entschuldigen Sie«, sagte ich. »Ich dachte, Sie wissen vielleicht, wo das Postamt ist.«

»Zwei Blocks nördlich«, sagte er gähnend und blickte auf seine Fingernägel. »Von der Lexington nach links abbiegen.«

Meine Hand stieß an die metallene Oberfläche des Ringes. Ich nahm ihn zwischen die Finger und zog. Der Kaugummi widerstand, und ich begann zu schwitzen.

»Mensch«, sagte ich und blickte durch die Glasscheibe des Ladentischs, »da haben Sie aber ein paar hübsche Ringe.« Meine Finger waren zusammengepreßt, und einen Moment lang hatte ich Angst, ich würde dort kleben bleiben wie eine Fliege.

»Ein bißchen teuer für Sie, mein Lieber«, sagte der Verkäufer hochnäsig.

Endlich war der Ring in meiner Hand. Ich steckte beide Hände in die Taschen und schlenderte zur Tür.

»Vielen Dank«, sagte ich.

»Nichts zu danken«, antwortete der Fatzke. »Fragen Sie das nächstemal einen Polizisten.«

Ich sah meine Beute nicht an, bis ich sechs Blocks vom Schauplatz des Verbrechens entfernt war. Es war ein herrliches Stück – in der Mitte ein Riesendiamant in der Größe eines kleinen Türknopfs und rundherum lauter kleine Diamanten. Er wog eine Tonne und kostete vermutlich eine Billion Dollar. Ich hatte noch nie so etwas gesehen.

Es war noch zu früh, um Ruby bei Dorothys Haus zu treffen, doch ich war zu nervös, um mit der Beute in meiner Tasche durch die Straßen zu wandern. Ich beschloß, hinzugehen und zu warten – Dorothy hatte sicher nichts dagegen. So ein Mädchen war Dorothy. Ein richtig süßes, hübsches Ding, so eine Art Matrosenblusentyp. Sie war Lehrerin und bestimmt nicht die Art Mädchen, die man dem größten Verbrecher der Welt zugetraut hätte.

Wie erwartet begrüßte sie mich herzlich. Wir saßen ein paar Minuten im Wohnzimmer und plauderten, und dann ging ich ins Bad, um mir den Ring näher anzuschauen. Um ihn besser betrachten zu können, streifte ich ihn über den Mittelfinger meiner linken Hand und hielt ihn hoch. Er funkelte in allen Farben wie ein Kronleuchter. Was für ein Stein! Ich starrte ihn an, bis ich es an der Wohnungstür klingeln hörte und wußte, daß Ruby gekommen war. Dann streifte ich den Ring ab.

Das heißt, ich versuchte den Ring abzustreifen. Das verdammte Ding steckte fest. Ich habe komische Hände mit langen mageren Fingern und Knöcheln in der Größe von Billardkugeln. Er rührte sich einfach nicht, aber ich drehte nicht durch oder irgendwas. Ich erinnerte mich, wie meine Mutter manchmal mit Seife und Wasser ihren Ehering abnahm. Ich ließ etwas Wasser ins Waschbecken und seifte ihn ein. Der Ring rührte sich noch immer nicht. Ich zerrte daran, bis mein Finger ganz rot und wund war.

Doch er ging nicht herunter.

Nun, ich glaube nicht, daß Sie schon mal jemanden so haben platzen sehen wie mich in Dorothys Badezimmer. Ich zappelte in dem kleinen Raum herum wie ein verrückter Ringkämpfer und versuchte, diesen lausigen

Diamantring von meinem Finger zu kriegen. Doch ganz gleich, was ich tat, er blieb unter dem Knöchel stecken, als wäre er dort festgeklebt. Ich geriet in einen derart panischen Zustand, daß ich vor Verzweiflung fast schrie, doch die Panik half nichts. Der Ring steckte fest.

Als ich schließlich nicht mehr wußte, was ich noch tun sollte, steckte ich die Hände in die Taschen und ging ins Wohnzimmer. Ruby saß auf dem Sofa, und als ich eintrat, sah er mich an, die eine Augenbraue in Form eines Fragezeichens hochgezogen. Auch Dorothy sah mich an und sagte:

»Nanu, was ist denn los? Du siehst schlecht aus!«

»Ich bin in Ordnung«, sagte ich leise.

»Ja«, sagte Ruby eisig. »Was hast du, Kleiner? Alles gut gegangen?«

»Nicht direkt«, stieß ich hervor. »Könnte ich dich einen Moment im Schlafzimmer sprechen, Ruby?«

Wir entschuldigten uns und gingen in Dorothys Boudoir. Ruby schloß die Tür hinter uns, und ich sagte ihm, was geschehen war. Zuerst, als er dachte, daß die Sache erfolgreich gelaufen war, blickte er erleichtert; er war der Meinung, es sei kein Problem, daß der Ring an meinem Finger steckte. Doch als er daran zu zerren begann, schrie ich vor Schmerzen.

»Hör auf!« sagte er scharf. »Wir nehmen etwas Seife –«

»Ich hab's schon mit Seife versucht«, sagte ich verzweifelt. »Nichts hilft, Ruby, nichts!«

»Sei nicht so blöd!«

Wir gingen ins Bad, und ich bewies es ihm. Inzwischen wurde Dorothy neugierig und begann Fragen zu stellen. Um sie nicht mißtrauisch zu machen, gingen wir ins Wohnzimmer zurück, und ich steckte für den Rest unseres Besuches meine Hände in die Taschen.

Ich denke nur sehr ungern an diese Nacht. Zwei volle Stunden, nachdem wir Dorothy verlassen hatten, zerrte und drehte und peinigte Ruby den Mittelfinger meiner linken Hand, bis ich um Gnade wimmerte. Ich hatte Ruby noch nie so aufgeregt gesehen; all seine brillante Schläue schien ihn beim Anblick des an meinem Finger steckenden glitzernden Steins zu verlassen. Ich war überzeugt, daß ihm ein raffinierter Plan, mit dem er herunterzukriegen war, einfallen würde, doch ich glaube, er war von der ganzen Sache zu überwältigt. Es war der größte Fischzug seiner Verbrecherlaufbahn, und es ließ selbst seine große kriminelle Intelligenz schwanken.

Schließlich gab Ruby angewidert auf.

»Aber keine Sorge«, sagte er drohend. »Uns wird schon was einfallen. Und, um Himmels willen, versteck diesen Ring!«

Er wußte nicht, was er verlangte. Diesen glitzernden Stein zu verstecken war so, als ob ich versuchte, einen Scheinwerfer in meiner Tasche zu verbergen.

Ich schlich in jener Nacht ins Haus. Im Bett zerrte und drehte ich in der vergeblichen Hoffnung, ihn herunterzubekommen, an dem Ring. Ich schlug die ganze

Nacht um mich, sogar im Schlaf, und meine Mutter dachte, ich würde einen Anfall kriegen. Ich habe einen Onkel, der eines Nachts einen Anfall bekam, und als er am Morgen aufwachte, verkündete er, daß er das erste Polizeipferd, das er sah, erschießen würde. Man mußte ihn in eine Art Heim stecken, und meine Mutter ist nie darüber hinweggekommen.

Als ich am nächsten Tag aufwachte, war mein erster Gedanke, die Halstuchfirma anzurufen und zu sagen, daß ich einen Herzanfall oder irgendwas hatte; die Aussicht, sich bei einem Job für 18 Dollar pro Woche mit einem Milliarden-Dollar-Ring am Finger zu melden, war ziemlich beunruhigend. Doch einen zweiten Tag konnte ich mich nicht krank stellen; das hätte mich die Stellung gekostet. So zog ich ein Paar pelzgefütterte Handschuhe an und ging zur Arbeit. Ich weiß, es klingt ein bißchen komisch, pelzgefütterte Handschuhe mitten im Sommer zu tragen, aber es war das einzige Paar, das ich besaß. Doch als ich zu der Halstuchfirma kam, wurde mir klar, daß ich diese dünnen Dinger nicht mit Handschuhen einpacken konnte, und ich mußte sie ausziehen.

Die ersten zehn Minuten bemerkte niemand etwas. Dann schrie das Mädchen neben mir, ein schwarzäugiges Ding namens Maria, auf.

»Schaut ihn an! Ist das nicht *entzückend?*« Sie preßte die Hand auf den Mund und japste und kicherte gleichzeitig.

»Hör auf«, brummte ich.

»Ist das nicht *süß?*« sagte ein anderes Mädchen. »Er muß sich verlobt haben.«

»Ist das nicht nett?« sagte Maria. »Wir müssen ihm was schenken, hm, Mädchen?«

Zum Glück kam der dicke Kerl, der die Abteilung leitete, herüber und wollte wissen, warum alle so schrien. Er sah mich komisch an, als ich es ihm sagte, und wich zurück, als hätte ich irgendeine Krankheit oder was. Der Rest des Tages war furchtbar; ich habe nie in meinem Leben soviel Gekicher gehört.

Am Abend traf ich Ruby bei Hector und sagte: »Du mußt etwas tun, Ruby! Ich kann nicht so weitermachen!«

»Halt's Maul!« sagte er wütend. »Es ist allein deine Schuld, du Idiot. Wir müssen uns einfach irgendwas ausdenken.«

»Hör mal, können wir ihn nicht durchfeilen?«

»Wir können nicht das Risiko eingehen, ihn zu ruinieren. Nur ein Fachmann kann ihn durchfeilen, und Fachleute stellen zu viele Fragen. Du mußt ihn einfach tragen, bis mir eine Lösung einfällt.«

»Aber, Ruby –«

»Halt's Maul, habe ich gesagt!« sagte Ruby, und ich wußte, daß er es ernst meinte.

Ich ging zeitig heim und blieb in meinem Zimmer. Gegen halb neun klingelte das Telefon, und es war Ruby. Ich sollte mich mit ihm an der Ecke 43. Street und Seventh Avenue treffen, und ich eilte in der Hoffnung dorthin, daß sein großes Hirn endlich eine Lösung gefunden hatte. Ich sollte jedoch enttäuscht werden. Ein schäbig aussehender Kerl mit einem schmutzigen Filzhut war bei Ruby. Trotz des warmen Wetters trug er eine Windjacke mit Flecken an den Ellbogen. Um die Wahrheit zu sagen, er sah aus wie ein Strolch.

Ruby sagte: »Das ist Mr. Feener. Er ist in der Diamantenbranche tätig.«

Mr. Feener trat unbehaglich von einem Fuß auf den andern und blickte die Straße rauf und runter. »Okay, okay, macht schon. Ich hab nicht die ganze Nacht Zeit.«

»Zeig's ihm«, sagte Ruby und riß meine linke Hand aus meiner Tasche.

Mr. Feener warf einen Blick auf den Ring und zog mich dann zur Straßenlaterne. Es war sehr würdelos. Er steckte eine Juwelierslupe ins Auge und begann mit seiner Untersuchung. Ich fühlte mich reichlich komisch, kann ich Ihnen sagen. Dann murmelte der alte Strolch:

»Nicht schlecht, nicht schlecht. Hübsches blauweißes Exemplar. Gar nicht schlecht.«

»Wieviel?« sagte Ruby und leckte sich die Lippen.

»Hm, weiß nicht. Vielleicht kann ich fünfzehnhundert Dollar aufbringen.« Er blickte verschlagen. »Wer weiß? Vielleicht sogar zweitausend, wenn ich mit den richtigen Leuten rede. Aber das ist mein äußerster Preis.«

»Kommt nicht in Frage«, sagte Ruby. »Sie müssen schon ein besseres Angebot machen.«

Mr. Feener zerrte meinen Finger schon wieder vor seine Augen und ignorierte meinen empörten Schrei.

»Zwei-fünf«, sagte er. »Das ist mein letztes Angebot.«

»Sagen wir drei«, sagte Ruby.

»Zwei-sieben«, sagte Feener.

»Zwei-acht.«

»Abgemacht«, sagte der alte Kerl seufzend. »Aber Sie müssen den Ring von seiner Hand abmachen. Ich kann den Jungen nicht auch verkaufen.«

Ruby hüpfte inzwischen vor Aufregung fast auf und ab, und ich starrte ihn mit großen Augen an. Zweitausendachthundert Dollar! Das war ein Vermögen. Das war für Ruby praktisch ein Jahresgehalt.

Dann zog Ruby Mr. Feener beiseite, und sie steckten die Köpfe zusammen. Ganz plötzlich bekam ich Angst. Bis jetzt war ich nur beleidigt gewesen, weil ich mich Mr. Feeners Untersuchung unterwerfen mußte, doch jetzt hatte ich Angst. Was, wenn es einfach keine Möglichkeit gab, den Ring abzufeilen? Schließlich waren doch Diamanten die härteste Substanz, die der Mensch kannte! Wenn Ruby nun etwas richtig Drastisches unternahm?

Sie beendeten ihre Konferenz, und ich hörte, wie Ruby sagte: »Also, okay. Wir müssen ihn nur noch abschneiden.«

Das genügte mir. Ich begann zu zittern wie eine Marionette, und dann rannte ich die Straße hinunter, als sei der Teufel hinter mir her. Ich glaube, ich hätte den Teufel vorgezogen; der Gedanke, daß Ruby Martinson mich jagte, voll Gier nach diesen zweitausendachthundert Dollar, war viel entsetzlicher. Ich glaube, bei meiner Flucht brach ich den Meilenrekord von vier Minuten, und ich hörte nicht zu rennen auf, bis ich dachte, ich würde tot umfallen.

Dann begann ich nachzudenken. Ich konnte nicht nach Hause – Ruby würde mich dort bestimmt finden. Es gab nur eine vernünftige Möglichkeit: mich auf Gnade und Ungnade Dorothy, Rubys Mädchen, auszuliefern. Sie war der einzige mir bekannte Mensch, der vielleicht die Macht hatte, Ruby und seine böse Entschlossenheit zu zügeln.

Dorothy übte auf dem Klavier, als ich kam, und sie schien überrascht, mich zu sehen. Ein Blick auf mein Gesicht mußte ihr gesagt haben, daß ich in Schwierigkeiten war, und sie begann Fragen zu stellen.

»Du mußt mir helfen«, stammelte ich. »Ruby –«

»Ruby? Ist er in Schwierigkeiten?«

»Nein – ich! Schau!«

Ich zog meine Hand aus der Tasche und zeigte ihr den Ring. Sie wich wie geblendet zurück und kam dann näher. Zuerst war ihr Gesicht ausdruckslos; dann lachte sie plötzlich.

»Der ist aber hübsch«, sagte sie, ein Lächeln unterdrückend. »Aber meinst du nicht, daß er ein bißchen – ich meine, ein Junge in deinem Alter –«

»Der Ring gehört nicht mir«, sagte ich hastig. »Er gehört Ruby. Er ist an meinem Finger steckengeblieben, und ich krieg ihn nicht runter. Ganz gleich, was ich tu.«

»Oh«, sagte sie und betrachtete ihn wieder. »Er ist wirklich schön. Und du sagst... Ruby hat ihn gekauft?« Sie begann mit den Locken an ihrem Hinterkopf zu spielen.

»Ja«, sagte ich jämmerlich. »Ruby hat ihn gekauft. Aber jetzt will er mir den Finger abschneiden.«

»Was?«

»Ich *weiß* es, Dorothy. Ich hab gehört, wie er's gesagt hat.«

»Aber das ist doch Unsinn! Ruby würde so etwas nie tun.«

»Du kennst ihn nicht«, sagte ich düster und war einen Moment versucht, die ganze Geschichte von Rubys furchtbarem Geheimleben zu erzählen. »Er würde *alles* tun, um diesen Ring zu kriegen. Er bedeutet ihm sehr viel.«

»Wirklich?« sagte Dorothy leise und drehte meine Hand herum. »Warum sollte Ruby ein Verlobungsring so wichtig sein?«

»Ein was?« sagte ich dumpf.

»Er ist so hübsch«, sagte Dorothy in singendem Ton, und ihre Augen wurden ganz samten. »Es ist der hübscheste Verlobungsring, den ich je gesehen habe.«

»Aber Dorothy –«

»Und du kannst es Ruby wirklich nicht übelnehmen, daß er aufgeregt ist. Schließlich kauft er nicht jeden Tag einen Verlobungsring, oder? Und mach dir keine Sorgen, daß wir ihn nicht herunterkriegen. Komm mit.«

Sie nahm mich an der Hand und führte mich in die Küche. Dann öffnete sie die Kühlschranktür und steckte meine Hand in das Eisfach.

»Laß sie eine Minute drin«, sagte sie. »Ich bin gleich wieder da. Rühr dich nicht.«

Ich tat, was sie sagte, und kam mir wie ein Idiot vor. Als sie zurückkam, hatte sie eine Dose Vaseline in der Hand.

»Es ist das warme Wetter«, erklärte sie. »Es läßt deine Finger schwellen. Deshalb frieren wir sie zuerst, und dann nehmen wir ein bißchen von dem da.«

Sie zog meine Hand aus dem Eisfach; mein Finger war inzwischen bläulich angelaufen. Dann schmierte sie das zähe Zeug drauf, und der Ring glitt herunter, glatt wie Fett.

Ich atmete erleichtert auf und rieb meinen schmerzenden Finger. Ich sah, wie Dorothy den Ring an ihren eigenen Finger steckte, und rief: »Nicht, Dorothy!«

»Oh, ist schon gut«, sagte sie. »Ich wollte mich nur an das Gefühl gewöhnen, ihn zu tragen.«

»Könnte – könnte ich den Ring bitte haben, Dorothy?«

»Ich werde ihn Ruby zurückgeben. Mach dir deshalb keine Sorgen.«

»Aber Dorothy –«

»Ich hab gesagt, du sollst dir deshalb keine Sorgen machen«, sagte Dorothy mit einer Stimme, die kälter war als das Eisfach. Dann wandte sie sich von mir ab.

Ich konnte nichts anderes tun, als zur Tür zu gehen und die Wohnung zu verlassen. Sie hörte nicht einmal, wie ich mich verabschiedete.

Ich sah Ruby erst am nächsten Tag. Als ich zu Hector kam, saß er wie gewöhnlich an seinem Tisch, doch an seiner Miene war etwas ausgesprochen Ungewöhnliches.

»Hallo, Ruby«, sagte ich zaghaft.

Er gab keine Antwort. Er starrte vor sich hin und schlürfte Kaffee.

»Mensch, Ruby, es tut mir leid wegen gestern abend –«

»Vergiß es«, sagte er schroff.

»Hast du Dorothy gesehen? Hast du den Ring zurückgekriegt?«

»Ja, hab ich.«

»Mensch, bin ich froh«, seufzte ich. »Ich hab mir eine Zeitlang Sorgen gemacht. Hast du das Geld von Feener bekommen?«

»Nein. Ich hab das verdammte Ding zurückgegeben.«

»*Was* hast du?«

»Ich hab den Ring verpackt und mit der Post an Zachini zurückgeschickt.«

»Zurückgeschickt?« wiederholte ich. »Aber weshalb, Ruby!«

Wütend wandte er sich zu mir.

»Weil ich Dorothy keinen heißen Ring schenken konnte, deshalb. Ich konnte doch mein Mädchen nicht in eine Klemme bringen, oder?«

»Nein, sicher nicht.«

Er saß eine ganze Minute schweigend da und zog dann eine Samtschachtel hervor.

»Was ist das, Ruby?«

Er klappte sie auf. Es lag ein anderer Ring darin. Er hatte nur einen Diamanten, und der war winzig klein. Er war irgendwie nett, aber mit dem ersten Ring nicht zu vergleichen.

»Du hast einen anderen genommen?« sagte ich.

»Nein«, brummte Ruby. »Ich hab ihn gekauft.«

»Gekauft?«

»Für Dorothy. Wir – wir haben uns gestern abend verlobt.«

»Verlobt?«

»Ja. Frag mich nicht, wie's passiert ist. Als ich zu ihr raufkam, hat sie mich umarmt und – ach, nicht so wichtig.« Er blickte düster auf den kleinen glänzenden Ring. »Dorothy meinte, ich soll den andern Ring zurückgeben. Sie sagte, wir können uns so einen Ring nicht leisten. Sie sagte, wir sollen das Geld auf die Bank legen oder irgendwas ...« Er klappte die Schachtel zu. »Jedenfalls, das hab ich getan.«

»Mensch«, sagte ich, überwältigt von der Tiefe der Tragödie. »Tut mir das leid. Ich meine – herzlichen Glückwunsch.«

Er murmelte leise irgend etwas, doch ich verstand ihn nicht. Natürlich wußte ich, daß das Ganze meine Schuld war. Ich hoffte nur, daß Ruby es mir nicht verübelte. Schließlich kann man eine Menge angenehmere Feinde haben als das größte Verbrecherhirn des Jahrhunderts.

Ruby Martinson und die große Sarg-Affäre

Ladet mich bloß nie zu einem Begräbnis ein. Die ganze Zeit seit dem gräßlichen Tag, an dem Ruby Martinson das Ding mit dem Sarg drehte, verwandelt der Anblick von Leichenwagen, Trauernden und Aufbahrungshallen die Rosen in meinen Wangen in Kohlköpfe. Es war bei weitem das abscheulichste Verbrechen, das der gerissenste (und eigensinnigste) Kriminelle der Welt je unternahm. Und das Ganze fing mit einem harmlosen Kartoffelschäler an.

Ich war damals achtzehn Jahre alt, nicht erwerbstätig, und Ruby war mein Svengali. Aus Gründen, die schwer zu erklären sind, erlaubte ich meinem dreiundzwanzig Jahre alten Cousin, mich in zahllose kriminelle Episoden zu verwickeln, die alle zum Scheitern verurteilt schienen. Manchmal dachte ich, es war nicht das Geld, das Ruby dazu antrieb (schließlich verdiente er als Buchhalter phantastische sechzig Dollar pro Woche). Und er suchte auch nicht den Nervenkitzel. Es war das Planen, das diabolische Aushecken, das ihn mit größtem Genuß erfüllte. Er war eine Art negativer Sherlock Holmes, und ich war sein Watson.

Nun, Watson muß eine Mutter gehabt haben, und ich

hatte auch eine. An dem Tag, als die Sache begann, trat sie in mein Schlafzimmer, legte die Hand auf meine Stirn, um zu sehen, ob ich Fieber hatte (es war nur eine Gewohnheit von ihr), und bat mich, ihr einen Kartoffelschäler zu besorgen. Ich erklärte mich freudig bereit, bis ich das Zahlungsmittel sah, das sie mir anbot; es war kein Geld, es waren Seifencoupons. Meine Mutter raffte mehr Coupons zusammen als J. P. Morgan. Im Moment hatte sie zwölf, auf denen BOLSO-SEIFE stand, und waren gerade genug, um einen (1) Kartoffelschäler, rostfreier Stahl, Artikel Nr. 4096, aus dem Bolso-Seife-Prämienkatalog zu bekommen. Zögernd nahm ich die kleinen roten Coupons und erklärte mich bereit, den Auftrag auszuführen.

Wäre ich nun direkt zu dem verstaubten kleinen Laden gegangen, wo die Coupons angenommen wurden, statt sie in der Tasche meiner Windjacke zu vergessen, so wäre nichts von alledem geschehen. Doch es kam so, daß ich sie noch bei mir hatte, als ich mich mit Ruby Martinson zum Mittagessen in Hectors Cafeteria am Broadway traf. Als ich sie während des Essens wieder verschwinden lassen wollte, funkelten Rubys kleine Augen hinter seinen großen Brillengläsern.

»Was, zum Teufel, ist das?« fragte er.

Ich sagte es ihm.

»Mensch, was für ein Schwindel«, sagte er höhnisch. »Jeder, der diese Dinger aufhebt, ist ein Trottel.«

»Ich weiß nicht«, sagte ich. »Man kriegt ein paar

ganz nette Sachen für diese Coupons. Sie haben Fahrräder und Kameras und Uhren und so weiter.«

»All dieses Zeug gibt's in dem Laden?«

»Nein, man muß sie aus dem Katalog bestellen. Mrs. O'Brien nimmt die Coupons an, und sie schicken einem die Sachen. Sie ist eine Art Agentin.«

Er kaute an einem Fingernagel. »Du meinst, sie nimmt bloß Coupons an? Das ist alles, was sie zu tun hat?«

»Ja. In einem kleinen Geschäft drüben in der Columbus Avenue. Sie wohnt dort auch – hinter dem Laden.« Ich hätte auf der Stelle aufhören sollen. »Sie muß eine Million Coupons in dem Laden haben. Schachteln über Schachteln.«

»Schachteln über Schachteln?«

»Ja. Der Bolso-Mann kommt einmal im Monat oder so und holt sie ab.«

»Millionen Coupons?« sagte Ruby. Das Funkeln war jetzt ein Leuchten, doch ich war nicht so klug, das Gefahrensignal zu erkennen. »Sag mal, wie wär's denn, wenn ich mit dir 'nen Spaziergang dorthin machen würde?«

»Mensch, Ruby«, sagte ich, »das wär prima.«

»Nicht so schlimm«, sagte er großmütig.

Ich dachte mir nichts weiter, nicht mal, als Ruby darauf bestand, die Columbus Avenue, wo sich die Agentur befand, auf und ab zu marschieren. Er blickte drein, als ob er versuchte, sich jedes Stückchen Pflaster zu merken, doch ich begriff nicht, warum.

»Los komm, Ruby, gehn wir rein«, sagte ich. »Wir sind schon dreimal an dem Laden vorbeigegangen.«

Er lächelte tolerant, und wir gingen hinein.

Die Couponannahme sah aus wie eine Chemische Reinigung, die vor der Pleite stand. Ein hohes Pult lief längs durch den Raum, und ein Vorhang verdeckte die Hintertür. An der Wand hing ein verblaßtes Plakat, das prahlerisch Reklame für Bolso-Seife machte. Die Frau auf dem Bild lächelte über das ganze Gesicht, und ich bemerkte, daß jemand eine Telefonnummer auf ihre Zähne geschrieben hatte. Mitten auf ihre Zähne.

»Hallo, Jungens«, sagte Mrs. O'Brien und kam aus dem Hinterzimmer. Sie war eine nette rundliche Frau mit Pausbacken und vielleicht sechzig Jahre alt. Manchmal erfüllte sie mich mit einer Phantasie, weil ich nie mehr als ihre obere Hälfte sah; der Rest war immer hinter dem Pult. Die Phantasie war, daß sie einen kurzen schwarzen Rock trug und schöne Beine hatte, wie Betty Grable.

»Hallo, Mrs. O'Brien«, sagte ich. »Meine Mutter möchte einen Kartoffelschäler bestellen. Ich hab die zwölf Coupons mitgebracht.«

Sie lächelte und nahm sie mir ab. Sie brauchte etwa eine Stunde, um sie zu zählen, und dann zog sie ein schmutziges altes Notizbuch hervor und schrieb einen Roman rein. Dann trug sie die Coupons nach hinten, und Ruby und ich gingen.

Sowie wir auf die Straße traten, schlug Ruby klatschend mit der Faust gegen die Innenseite seiner andern Hand und sagte:

»Ein Kinderspiel.«

»Was?« sagte ich.

»Du Dummkopf«, antwortete er verächtlich. »Worüber haben wir denn die letzte halbe Stunde geredet? Daß wir den Couponladen abstauben wollen!«

»*Wir* haben darüber geredet?« sagte ich aufgeregt. »Ruby, ich hab kein Wort davon gesagt!«

»Mensch, bist du ein Blödian! Was, denkst du, hab ich all die Zeit getan? Ich hab die ganze Straße ausbaldowert. Ich hab mir sogar schon ein paar Details ausgedacht. Alles, was wir brauchen, sind ein paar Informationen über die Gewohnheiten der alten Dame, und wir können uns an die Arbeit machen!«

»Ruby, ich will keinen Couponladen abstauben! Was sollen wir denn mit den Coupons?«

»Du hast selbst gesagt, daß sie eine Menge Sachen wert sind. Also werden wir uns die Sachen besorgen – immer nur ein paar auf einmal, damit sie keinen Verdacht schöpfen. Dann verscheuern wir das Zeug und haun ab!«

»Aber Ruby«, sagte ich, meine zwei Lieblingsworte gebrauchend, »sie hat Schachteln über Schachteln voll Coupons! Wir können doch nicht einfach mit all diesen großen Schachteln aus dem Laden –«

»Das Austüfteln überlasse nur mir. Den genauen Plan erzähl ich dir am Mittwoch.«

»Aber Ruby«, sagte ich verzweifelt. »Ich bin am Mittwoch nicht hier! Ich muß am Mittwoch zum Arzt! Ruby, du kannst das einer netten alten Dame wie Mrs. O'Brien nicht antun ...«

Seine Augen waren so kalt wie meine Füße, und ich wußte, sobald das große Verbrecherhirn zu ticken begonnen hatte, konnte man nichts tun, um den Zähler abzuschalten.

In einer Beziehung täuschte sich Ruby. Es dauerte fast zehn Tage, bis er imstande war, mir einen kompletten Plan der Sache zu präsentieren. Ich hegte vergeblich die Hoffnung, daß er sich anders besonnen hatte, und als wir uns am Sonntagnachmittag bei Kaffee und Kringeln trafen, stellte sich heraus, daß nur Gründlichkeit an der Verzögerung schuld war.

Er zog ein zusammengerolltes Blatt Papier hervor und breitete es auf dem Tisch aus. Voll Bewunderung starrte ich auf die genaue Zeichnung, die er von der Columbus Avenue angefertigt hatte.

»Das ganze Problem besteht darin, das Zeug rauszukriegen«, sagte er, »und es dann zu verstecken, bis wir verschwinden. Jetzt schau dir mal die Straße an. Siehst du die Stelle, die mit einem X markiert ist?«

Ich glotzte. »Was ist das?« fragte ich.

»Hast du nie bemerkt, was?« kicherte er. »Es nennt sich Bestattungsinstitut Ross und ist vier Häuser neben dem Couponladen. An was mußt du bei einem Bestattungsinstitut denken?«

Ich schluckte. »An Leichen.«

»An was noch?«

»An blaue Sergeanzüge.«

Er schlug mich auf die Schulter. »Du Ochse! An was für ein *Fahrzeug* mußt du denken?«

»Ach, Ruby, ich weiß doch nicht.«

»An einen Leichenwagen, du Idiot! Wenn nun ein Leichenwagen in der Nähe des Couponladens parken würde? Ich meine, wer würde das ungewöhnlich finden – so nahe bei einem Bestattungsinstitut. Hab ich recht?«

»Ich glaub schon.«

»Also – was kommt in einen Leichenwagen?«

»Ruby, mußt du davon reden, während ich esse?«

»Ein Sarg. Ein schöner hölzerner Sarg. Weißt du was Besseres, wo man ein paar tausend Coupons reinstopfen kann?«

»Ruby, du sprichst in Rätseln.«

»Du wirst gleich sehen, worauf ich hinaus will. Wenn es was gibt, worin niemand gestohlene Coupons suchen würde, dann einen Sarg. Sicher, es ist unheimlich, aber gerade das ist ja das Schöne dran. Ich meine, Gangster benützen immer Ambulanzautos und Möbelwagen. Warum keinen Leichenwagen?«

»Aber wo wollen wir einen Leichenwagen herkriegen?«

Ruby grinste über sein ganzes sommersprossiges Gesicht. »Junge, das ist das Leichteste daran. Wenn es was gibt, was man spottbillig bei einem Gebrauchtwagenhändler kriegt, dann einen gebrauchten Leichenwagen. Ich hab mich umgesehen und einen Händler in Yonkers gefunden, der einen hatte. Und ich hab ihn für fünfundvierzig Dollar gekriegt!«

»Ruby«, sagte ich ungläubig, »du hast einen Leichenwagen gekauft?«

»Na ja, er muß vielleicht ein bißchen hergerichtet werden. Die Lenkung ist nicht ganz in Ordnung und er würde neuen Lack brauchen, aber er ist ideal für die Sache. Ich hab auch nach gebrauchten Särgen herumgefragt, aber es scheint einfach keine zu geben.«

»Ich denke, ich werd jetzt heimgehen«, sagte ich.

Er packte mich am Arm. »Setz dich und halt die Klappe«, sagte er drohend. »Dies ist ein Ding, das zwei Mann drehen müssen, und du wirst dich jetzt nicht drücken. Übrigens war ja das Ganze deine Idee.«

»Meine Idee?« kreischte ich.

»Jetzt paß auf. Ich hab's folgendermaßen ausgetüftelt. Als erstes müssen wir einen Nachschlüssel für die Vordertür machen lassen. Dann richten wir den Leichenwagen her und fahren früh am Sonntagmorgen rüber –«

»Am Sonntagmorgen?«

»Es ist die einzige Zeit«, sagte er und zuckte mit seinen schmalen Schultern. »Die alte Dame, Mrs. O'Brien, verläßt nie den Laden, außer jeden Sonntag, wenn sie zur Acht-Uhr-Messe geht. Um diese Zeit ist es ganz ruhig in der Gegend; wir werden keine Schwierigkeiten haben. Wir machen einfach die Tür auf, gehen rein und holen die Schachteln raus. Wir schütten die Coupons in den Sarg, tragen die leeren Schachteln zurück und haun ab. Was Einfacheres gibt's nicht, oder?«

»Aber wir *haben* keinen Sarg«, sagte ich triumphierend. »Also wird das Ganze wohl nicht klappen, hm?«

»Ist doch nichts dabei, einen Sarg zu bauen. Wir machen uns selber einen – in meinem Keller. Heute abend. Okay?«

»Aber ich hab Basteln immer geschwänzt –«

»Ich erwarte dich um halb acht«, sagte Ruby grimmig.

Natürlich gab es gegenüber meinem Svengali keinen Ungehorsam, und so klopfte ich um halb acht an die Tür von Rubys Wohnung. Seine Mutter öffnete glücklich lächelnd. »Ihr wollt also etwas bauen – du und Ruby?« sagte sie. »Ich bin so froh, daß Ruby ein Hobby hat.«

Ich lachte sie an wie ein Verrückter, und Ruby packte mich und führte mich in die Werkstatt im Keller des Hauses. An der Wand lehnten Fichtenholzbretter, und Ruby hatte mit üblicher Gründlichkeit Nägel, Scharniere, Farbe und die Werkzeuge bereitgelegt, die wir für die Arbeit brauchten. Dennoch schien er nicht zu wissen, wie wir anfangen sollten.

»Okay«, sagte er schließlich. »Leg dich auf den Boden.«

»Was?«

»Du hast doch gehört. Leg dich auf den Boden.« Er nahm einen zusammengelegten Zollstock von der Werkbank und klappte ihn auf.

»Das tu ich nicht!« sagte ich. »Kommt nicht in Frage, daß du *mich* für diese Sache abmißt.«

Er runzelte die Stirn. »Schön, wir machen ihn einfach sechs Fuß lang. Nimm die Bretter dort drüben und laß uns anfangen.«

Nun, wenn ich je Gelegenheit hatte, von Rubys Fähigkeiten enttäuscht zu werden, dann an jenem Abend. Er mochte der Welt größter Krimineller sein, doch er war auch der Welt ungeschicktester Zimmermann. Schließlich entschied er, daß die Rolle des Vorarbeiters sich besser für ihn eignete, und Säge und Hammer landeten bei mir. Es dauerte fast vier Stunden, bis wir etwas Ähnliches wie einen Sarg zustande brachten. Wir bemalten das Ding schwarz und schraubten Chromgriffe dran, und so schief es auch war – wir waren irgendwie stolz auf unsere Leistung.

»Jetzt müssen wir diesen Nachschlüssel beschaffen«, sagte Ruby. »Das dürfte nicht schwer sein.«

»So, meinst du?«

»Nein. Wie ich die Sache ausbaldowerte, hab ich gemerkt, daß die alte Dame ihren Schlüssel einfach hinter das Pult legte, wo sie das Notizbuch aufbewahrt. Wir brauchen nichts weiter zu tun, als ihn zu klauen, zu einem Schlosser zu bringen und ein Duplikat herstellen zu lassen und dann das Original zurückzubringen. Sie wird ihn bestimmt nicht vermissen.«

»Aber wie sollen wir ihn klauen?«

»Ganz einfach. Wir gehen mit Coupons rein, und wenn sie nach hinten geht, um sie wegzulegen, schnappen wir ihn vom Pult. Später am Tag kommen wir dann mit ein paar weiteren Coupons wieder und legen ihn zurück.«

»Aber wo kriegen wir die Coupons her?«

»Wo wohl, du Trottel? Wir kaufen Bolso-Seife.«

»Ruby, du weißt doch, daß ich kein Geld hab –«

»Ich geb dir das Geld. Du kaufst am Montag etwa zwei Dutzend Schachteln und schneidest die Coupons ab. Dann bringst du sie hin und klaust den Schlüssel. In der Amsterdam Avenue, gleich um die Ecke von dem Couponladen, gibt's einen Schlosser –«

»Du meinst, *ich* soll den Schlüssel klauen?«

»Ich tu's selbst«, sagte er mürrisch. »Obwohl ich arbeiten muß. Das weißt du doch.«

»Na, klar weiß ich das«, sagte ich.

Er nahm ein paar Scheine aus seiner Brieftasche und gab sie mir. »Das ist für die Seife, und es sollte genug übrigbleiben, um den Schlüssel machen zu lassen. Vergiß nicht, mir das Wechselgeld zu geben.«

»Natürlich geb ich dir das Wechselgeld«, sagte ich wütend. »Wofür hältst du mich? Für einen Idioten?«

Am Montagmorgen trottete ich zum Supermarkt und belud den Wagen mit praktisch all der Bolso-Seife auf dem Regal. Das Mädchen an der Kasse sah mich komisch an, und so stammelte ich zur Erklärung, daß ich eine Wäscherei eröffnen wollte. Dann schleppte ich all die Seife nach Hause und begann, die roten Coupons abzureißen. Es waren vierundzwanzig, als ich das Haus verließ und zur Columbus Avenue ging.

Als ich zu dem Laden kam, begrüßte Mrs. O'Brien mich mit einem so freundlichen Lächeln, daß ich mir wie eine lausige Ratte vorkam. Ich nahm zwölf Coupons aus meiner rechten Tasche und legte sie auf das Pult. »Die wollt ich Ihnen bringen«, sagte ich.

»Schön, und was möchtest du dafür?«

»Gott, ich weiß nicht. Vielleicht noch einen Kartoffelschäler.«

»Du möchtest *zwei* Kartoffelschäler?«

»Wir essen bei uns zu Hause schrecklich viel Kartoffeln«, sagte ich. Sie zuckte die Achseln, trug die Transaktion in ihr Buch ein und brachte die Coupons nach hinten. Einen Moment lang vergaß ich fast, was ich als nächstes tun sollte. Dann fiel es mir ein, und ich griff auf die andere Seite des Pults, wo ihr altes Notizbuch lag. Natürlich hatten Rubys scharfe Augen alles richtig beobachtet; meine Hände berührten die Schlüsselkette, und ich packte sie. Ich steckte sie eben in meine Tasche, als Mrs. O'Brien zurückkam; noch eine Sekunde und sie hätte nach der Polizei geschrien.

»Möchtest du sonst noch was?« sagte sie.

»Nein, Mrs. O'Brien. Ich komm später noch mal vorbei.«

Dann stürzte ich zur Tür.

Der Schlosser in der Amsterdam hatte eine kleine Bude von einem Laden und nicht viel zu tun. Er machte den Nachschlüssel, während ich wartete, und ich konnte nach weniger als einer halben Stunde zur Couponannahme zurücklaufen.

Mrs. O'Brien zwinkerte, als sie mich sah. »Hast du was vergessen?« fragte sie.

»Äh, ja«, sagte ich und zog die restlichen Seifencoupons hervor. »Ich sollte *zwei* Kartoffelschäler holen.«

»*Noch* einen? Möchtest du bestimmt nichts anderes?«

»Bitte«, sagte ich, am ganzen Körper zitternd, »geben Sie mir noch einen Kartoffelschäler, Mrs. O'Brien.«

Als ich heimkam, war der Nachschlüssel in meiner Tasche brennendheiß, so fest umklammerte ich ihn mit meiner Hand. Meine Mutter sah mich merkwürdig an, als ich das Haus betrat, und fragte mich wegen all der Seife, die sie in meinem Schlafzimmer gefunden hatte.

»Es ist ein Geschenk«, sagte ich dämlich grinsend. »Ein Geschenk für dich.«

Sie klatschte verzückt in die Hände und drückte mich fest an sich. Ich konnte meiner Mutter einen Batzen Dreck geben, und sie führte sich auf, als wäre es der Kohinoor-Diamant.

Am Abend rief mich Ruby an und sagte mir, daß der Leichenwagen fertig zum Einsatz war. Ich meldete den Erfolg meiner Mission, und er lachte zufrieden. Alles war bereit, Mrs. O'Brien ihre Coupons und der Bolso Company ihre Prämien zu rauben. Und ich war einem Nervenzusammenbruch nahe.

Zitternd in der morgendlichen Kälte wartete ich am Sonntag früh um drei Viertel acht auf der Vortreppe meines Hauses auf Ruby. Ich war auf den Anblick des Leichenwagens völlig gefaßt, doch als er tatsächlich um die Ecke bog, mußte ich den Drang niederkämpfen, schreiend in die entgegengesetzte Richtung zu laufen. Er war lang und totenschwarz lackiert und hatte an den Fenstern hübsche kleine Vorhänge, und Ruby, der auf dem Fahrersitz saß, trug seinen Konfirmationsanzug. Ich fühlte mich direkt lästerlich in meiner Windjacke und meiner Khakihose, doch als Ruby mich aufforderte, hinten aufzuspringen, sprang ich.

Ich war nicht begeistert davon, die Fahrt zusammen mit einem wenngleich leeren und selbstgebauten Sarg zu machen, doch es war nicht so schlimm, wie ich dachte. Als wir in Richtung Innenstadt fuhren und der uralte Motor hin und wieder keuchte und aussetzte, begann ich mich zu beruhigen. Nach einer Weile machte ich mich daran, meine Umgebung zu erforschen. Vorn war eine kleine Platte, die ich zurückschieben konnte, so daß ich Ruby sah, doch als ich es versuchte, schrie er mich an. Also schaute ich aus dem Seitenfenster, um zu sehen, wo wir waren. Am Columbus Circle sah ich einen alten Strolch auf einer Parkbank sitzen und an einer Flasche nuckeln, und ich konnte nicht widerstehen, ihm durch die Vorhänge eine schreckliche Grimasse zu schneiden. Soviel ich weiß, habe ich ihn geheilt.

Dann blieb der alte Motor murrend stehen, und ich wußte, daß wir da waren. Ruby riß die Hintertür auf und sagte: »Okay, fangen wir an.«

Ich stieg aus und blinzelte in dem Sonnenlicht. Die Straßen waren menschenleer, doch es gab eine Menge geparkter Autos. Ich fühlte mich jetzt sicherer, und die Sache erschien mir wirklich durchführbar.

Ruby vergeudete keinerlei Zeit. Er ging rasch zur Tür des Couponladens, steckte den Nachschlüssel ins Schloß und öffnete es mit solcher Autorität, daß niemand auf den Gedanken kommen konnte, er hätte kein Recht dazu. Ich folgte ihm voll Bewunderung für seine Kühnheit.

Der Laden war tatsächlich leer; die gute Frau war zum Gottesdienst gegangen und hatte ihre kostbaren Coupons ungeschützt zurückgelassen. Ruby ging hinter das Pult und zwischen den dunklen Vorhängen durch; dann hörte ich sein heiseres Flüstern.

»Komm her und hilf mir«, sagte er.

Ich lief schnell zu ihm. In dem Raum muß ein Dutzend großer Pappkisten gestanden haben, zum Überfließen vollgestopft mit den kleinen roten Coupons. Ich steckte meine Hände in den Haufen und kicherte.

»Wir sind reich, reich!« sagte ich.

»Laß das und hilf mir!«

»Ruby, bekomm ich eine Filmkamera? Ich hab mir schon immer eine Filmkamera gewünscht!«

»Pack zu«, brummte Ruby und versuchte, mit seinen dünnen Armen eine Schachtel zu heben. Ich gehorchte, und es gelang uns, sie vom Boden zu heben; ein paar Coupons glitten von dem Berg herunter. »Ruby, was bedeutet entwertet?« fragte ich.

»Wirst du den Mund halten, Herrgott noch mal!«

»Ich hab ja bloß gefragt«, sagte ich achselzuckend. Wir kamen mit der Schachtel an die Hintertür, und die Vorhänge waren uns im Weg. Ruby fluchte, und ich schlug vor, sie ein wenig zu kippen. Jetzt klappte es, und wir schleppten die Schachtel in den vorderen Teil des Ladens.

»Junge, sind die schwer«, sagte Ruby. »Ich hätte nie gedacht, daß Coupons so schwer sein können.« Er sackte plötzlich zusammen und ließ fast seinen Teil der Schachtel fallen. »Was meinst du – entwertet?« sagte er.

»Nichts, nichts«, sagte ich. »Es ist bloß auf all die Coupons draufgeschrieben.«

Jetzt ließ er die Schachtel fallen, mitten auf meine Zehen. Ich schrie auf, und Ruby bückte sich und begann die Coupons zu durchwühlen wie ein Verrückter. »Was ist los, Ruby?« sagte ich.

»Entwertet!« schrie er und warf mir eine Handvoll Coupons ins Gesicht. »Dieses lausige alte Weib hat uns beschissen! All diese Coupons sind entwertet! Das heißt, daß wir sie nicht einlösen können. Sie sind wertlos.«

»Vielleicht könnten wir's ausradieren –«

Er warf die Coupons in die Luft wie Konfetti, und dann sah er jemanden durch die Glasscheibe der Ladentür und richtete sich auf. Er riß die Augen auf und ich die meinen. Es war nur ein Junge, vielleicht elf oder zwölf Jahre alt und in einem Sonntagsanzug mit einem großen weißen Kragen, doch er preßte seine weiche kleine Nase an das Glas und starrte uns an.

»He!« schrie Ruby.

Er stürzte zur Tür, und der Junge verschwand wie eine erschreckte Fledermaus.

»Was sollen wir tun?« quakte ich. »Was sollen wir tun, Ruby?«

»Wir müssen abhauen; das ist alles, was wir tun können!«

Er öffnete die Tür einen Spalt weit und glotzte die Straße hinunter. Sie war immer noch leer; von dem Jungen keine Spur zu sehen. Wir schlichen auf Zehenspitzen hinaus, und dann rannten wir zum Leichenwagen.

»Steig hinten ein und nichts wie weg!« sagte Ruby.

»Laß mich vorn sitzen«, flehte ich ihn an. »Ich fühl mich dort hinten nicht gut, Ruby!«

»Sei nicht so blöd«, knurrte er. »Schon mal von einem Leichenwagen mit zwei Fahrern gehört?«

Ich stieg hinten ein und wartete auf das Anspringen des Motors. Ruby brauchte volle drei schreckliche Minuten, um die alten Kolben in Bewegung zu bringen. Als wir endlich losfuhren, setzte ich mich mit einem erleichterten Seufzer auf den Sarg und legte den Kopf in die Hände. Ich weiß nicht, was mich dazu brachte, zu den Drahtglasfenstern in der Hintertür aufzublicken, doch ich tat es. Da sah ich, daß wir verfolgt wurden.

»Ruby!« rief ich und hämmerte an die Scheibe zwischen uns. »Die Bullen! Die Bullen sind hinter uns her!« Der Motor knatterte so laut, daß er mich nicht hörte. Ich lief zurück und schaute wieder hinaus. Der Wagen, der uns folgte, war groß und schwarz und bedrohlich wie die alten Roadster in den Gangsterfilmen. Ich erwartete jeden Moment eine Maschinenpistole losbellen zu hören.

»Ruby!« schrie ich durch die Scheibe. »Dieser Junge hat uns die Bullen auf den Hals gehetzt!«

»Was hast du gesagt?«

Da wurde mir die Wahrheit bewußt. Es verfolgten uns keine Polizisten. Der Wagen hinter uns war ein Cadillac, und ebenso der Wagen hinter ihm und der Wagen hinter diesem – und wie viele andere? Ich hatte keine Ahnung, was diese unglaubliche Parade bedeuten sollte, bis mir einfiel, wo ich war. Da wurde mir klar, daß wir uns an der Spitze einer Begräbnisprozession befanden.

Jetzt wußte ich, warum an diesem Morgen so viele Autos in der Columbus Avenue geparkt hatten. Sie warteten auf den Beginn einer Beerdigung und hatten uns irrtümlich für die Hauptattraktion gehalten. Wenn

Ruby um eine Ecke bog, bogen all die Cadillacs um die Ecke. Als Ruby den Broadway hinunterfuhr, fuhren die Cadillacs den Broadway hinunter. Es war vermutlich die schnellste Begräbnisprozession, die New York je gesehen hatte.

Schließlich mußte Ruby vor einer Ampel anhalten, und ich sah, wie der erste Cadillac hinter uns stehenblieb und ein großer Mann mit einem Homburg und einem Schnurrbart hinter dem Lenkrad vorkroch und mit saurer Miene ausstieg. Er marschierte zum vorderen Teil des Leichenwagens, und ich hörte, wie er Ruby anschrie, er solle langsamer fahren, verdammt noch mal, was er denn glaube, wo das Feuer wäre.

»Langsamer?« hörte ich Ruby sagen. »Warum, zum Teufel?«

»Hör mal, du respektloser Kerl«, sagte der Mann. »Du fährst langsamer mit diesem klapprigen Leichenwagen oder ich zieh dich raus und brech dir die Nase!«

Dann sah ich, wie er zu seinem Wagen zurückstapfte und einstieg. Inzwischen hupten uns sämtliche Autos auf der Straße an, und Ruby fuhr so schnell los, daß ich umgeschmissen wurde. Ich kletterte zur vorderen Scheibe zurück und rief mit schluchzender Stimme:

»Ruby, was sollen wir tun?«

»Halt's Maul!« schrie er zurück. »Ich denk nach!«

»Ruby, wir können nicht zum Friedhof fahren –«

»Halt's Maul und steig in den Sarg«, sagte er. Ich traute meinen Ohren nicht, auch nicht, als er es wiederholte. »Hörst du?« brüllte er. »Steig in den Sarg. Willst du, daß wir verhaftet werden?«

»Das tu ich nicht!«

»Wenn sie die Hintertür aufmachen und dich da drin sehen, dann sind wir in einer schönen Klemme. Also steig in die Kiste und sei ruhig!«

Der Sarg war mir vorher nicht unheimlich gewesen, doch jetzt, mit einem richtigen Begräbnis hinter mir, war er es. Nachdem ich Ruby noch einmal nutzlos angefleht hatte, schloß ich die Augen, biß die Zähne zusammen und stieg hinein.

Ruby hatte inzwischen beschlossen, auf Nummer Sicher zu gehen, und kroch die Straße entlang wie eine vierzylindrige Schnecke. Ich wußte nicht, wohin er fuhr oder wie er uns aus diesem Schlamassel zu befreien plante, doch ich hing von seiner genialen kriminellen Begabung ab wie noch nie zuvor. Dann befielen mich Zweifel. Was, wenn Ruby kein Ausweg einfiel? Was, wenn er einfach beschloß, mich zu opfern? Er würde einfach hinaus zum Friedhof fahren, und irgendein Gottesmann würde ein paar nette Dinge über mich sagen und dann –

Nun fuhren wir wieder schneller, und mir wurde klar, daß Ruby beschlossen hatte, einen Ausbruchsversuch zu machen. Der alte Leichenwagen raste durch die Straßen, als säße Barney Oldfield am Steuer; er rumpelte über die alten Straßenbahnschienen am unteren Broadway und flitzte auf kreischenden Reifen um

Ecken. Wir müssen hundert gefahren sein, bis die wilde Raserei ein abruptes Ende fand. Der Leichenwagen wurde langsamer, die Bremsen quietschten und es gab einen Ruck, daß der Deckel vom Sarg flog. Ich wußte es damals nicht, aber es waren nicht die Bremsen, die uns stoppten; es war die Rückseite des geparkten Daily-News-Lasters. Später sagte Ruby, er hätte den Unfall absichtlich herbeigeführt, doch ich vermute, daß seine schlechte Sehkraft schuld daran war. Immerhin, wir hatten gestoppt.

Dann wurde die Hintertür aufgerissen und Ruby stand da, weiß wie eine Leiche.

»Los, raus«, schrie er. »Sie kommen.«

Ich setzte mich in dem Sarg auf und sah, wie die Cadillacs hinter uns her die Straße herunterdonnerten. Der erste Wagen hatte uns bereits erreicht, und der Fahrer lief auf uns zu, doch als er mich aus dem Sarg klettern sah, blieb er abrupt stehen und legte seine Hand an den Kopf, und der Homburg fiel herunter.

Ich nahm mir nicht die Zeit, mir den Kopf darüber zu zerbrechen, was der Mann dachte. Ich sprang bloß aus dem Leichenwagen und rannte hinter Ruby her, der schon einen guten halben Block die Straße hinunter war. An der Ecke 34. und Broadway wurden wir getrennt, und soviel ich weiß, kam nie jemand dahinter, warum mitten in Manhattan ein verlassener Leichenwagen stand, und ich persönlich kam nie dahinter, warum ich einen Cousin wie Ruby Martinson haben mußte.

Ruby Martinsons Bank-Job

Mein Cousin Ruby Martinson versetzte mich während der Jahre, in denen ich heranwuchs, in einen ständigen Zustand des Staunens, und bis heute gebe ich ihm die Schuld an meinem leicht glotzäugigen Ausdruck. Es waren nicht nur seine kriminellen Unternehmungen, die dieses Staunen hervorriefen; nach einiger Zeit gewöhnte ich mich an den Gedanken, daß ich mit dem größten Verbrecherhirn des Jahrhunderts Umgang pflegte. Was mich jedoch immer wieder verblüffte, war der Umstand, daß er darauf beharrte, seine Pläne auszuhecken und seine scheußlichen Verbrechen zu begehen, obwohl dabei nie Geld heraussprang. Und nach Geld strebt schließlich der Verbrecher ebenso wie der Geschäftsmann. Als Buchhalter muß Ruby das gewußt haben, doch es schien ihn überhaupt nicht zu kümmern, das heißt, außer in einer denkwürdigen Periode seiner Karriere, in der er eine Phase durchmachte, die ich die Große Depression zu nennen pflege. (Ich weiß, daß es noch eine andere große Depression im Land gab, doch sie beeindruckte mich nicht annähernd so sehr wie Rubys.)

Es ist schwer, zu sagen, wann die Stimmung einsetzte, doch für mich begann sie an einem Donnerstagabend, als ich mich mit dem Weltfeind Nr. 1 in Hectors

Cafeteria am Broadway traf. Ich war frisch von einem erholsamen Tag im Textilviertel, wo ich in sieben Stunden vierzehn Spulen Zwirn zugestellt hatte, und Ruby war aus dem Büro der Buchprüfungsfirma gekommen, bei der er arbeitete. Nun hätte ich nie daran gedacht, nach der Arbeitszeit Zwirn zuzustellen. Doch was glauben Sie, was Ruby tat, als ich in die Cafeteria trat? Er saß am Tisch, stieß mit dem Ellbogen an seinen Kaffee und sein Hörnchen und beugte sein kleines sommersprossiges Gesicht aufmerksam über eine Zahlenkolonne. Ich hütete mich, ihn bei seinen mathematischen Anstrengungen zu unterbrechen, und setzte mich ruhig, um auf das Ergebnis zu warten. Als er es hatte, blickte Ruby mich mit melancholischen Augen hinter seinen großen Brillengläsern an und sprach voll Bitterkeit.

»Achthundertfünfundsechzig Dollar und fünfundneunzig Cent«, sagte er. »Was meinst du dazu?«

»Wozu?«

»Das sind die Piepen, die ich bereits verloren hab. Bei diesen lausigen Dingern, die ich drehe. Wenn ich nur ehrlich werden könnte ... Dann würde ich mir Geld sparen.«

»Ehrlich willst du werden?« sagte oder besser rief ich, mit einer Stimme, die so laut war, daß Köpfe sich zu uns umwandten. Ruby versetzte mir sofort einen Tritt an den Fußknöchel, und ich senkte meine Stimme zu einem bebenden Flüstern. »Meinst du das wirklich, Ruby? Du denkst daran, das Verbrechen aufzugeben?«

Ich weiß nicht, warum ich schockiert war. Immer und immer wieder hatte ich gehofft, daß Ruby sich bessern würde, vor allem, damit ich nicht mehr in seine komplizierten und riskanten Pläne verwickelt wurde. Doch jetzt, da er die Möglichkeit tatsächlich erwähnte, fühlte ich mich, als würde meine Welt zu kleinen, krümligen Stücken zusammenfallen.

»Warum soll ich's nicht aufgeben«, sagte er düster. »Ganz gleich, was ich versuche, ich verliere immer Geld dabei. Ich mache einen Überfall und verdiene nicht den Preis der Kanone. Einen Einbruch, und ich verdiene nicht das Taxifahrgeld, das ich gebraucht hab, um dort hinzukommen. Es ist einfach kein gutes Geschäft, mehr kann ich nicht sagen. Das Klügste wäre, wenn ich das Ganze aufgeben würde.«

»Mensch, Ruby, was ist mit all den großen Plänen, die du hattest? Mit dem großen R. H. Macy-Überfall? Und allem andern?«

»Große Pläne!« brummte er in seinen Kaffee. »Wenn nur einmal ein Profit rausschauen würde, nur *einmal*, dann wäre ich glücklich. Nur noch ein letztes Ding. Und wenn ich noch einen Verlust erleiden muß . . .«

Es klang, als ob Ruby sich ein Ultimatum stellte, und während er seine Gedanken und sein Hörnchen kaute, schluckte und verdaute, wartete ich atemlos und überlegte, welche neue diabolische Missetat er wohl im Sinn hatte. Doch ich wurde enttäuscht, denn Ruby war nicht bereit, sein Ergebnis bekanntzugeben. Tatsächlich mußte ich fast drei qualvolle Wochen warten, bis ich's herausfand. Mich erfüllte eine solche Unruhe, daß meine Arbeit litt. Ich war nicht mal ein guter Zwirnlieferant. Und was könnte schlimmer sein?

Dann war es soweit. Ruby, der mich bei der Arbeit nicht erreichen konnte, rief am Freitagmorgen bei mir zu Hause an und bat meine Mutter, mir auszurichten, daß ich am Samstagmittag *unbedingt* zu Hector kommen solle. Meine Mutter, die Ruby immer für den anständigsten Jungen der Vereinigten Staaten hielt, teilte es mir mit einem wohlgefälligen Lächeln mit. Wie sollte sie auch ahnen, daß das Rendezvous ihren Sohn in einen Bankräuber verwandeln würde?

In der Cafeteria machte Ruby sich wieder mit Bleistift und Papier zu schaffen, doch ich wußte, daß er diesmal nichts ausrechnete. Er ließ mich nicht sehen, was er schrieb, bis er flüsternd sagte: »Junge, wir überfallen eine Bank.«

»Wer? Was?« kreischte ich. »Bist du verrückt?«

»Nicht so laut. Am Montag überfallen wir die Dime Savings Bank. Widersprich mir nicht. Ich hab alles genau überdacht, und es ist so leicht wie einen Brief einwerfen. Ein paar Tausender müssen dabei rausspringen. Hör auf, zu zappeln. Willst du, daß es die Leute merken?«

Zappeln war ein milder Ausdruck. Mein Auge zitterte, mein Fuß zuckte, mein Magen drehte sich um und ein Backenzahn pochte. Ich meine, Überfälle, Einbrüche, Betrügereien – okay. Aber Bankraub? Und nicht nur das, es war meine eigene Bank, die er berauben wollte.

Ich sagte ihm das als erstes. »Das ist meine eigene Bank, Ruby«, stieß ich hervor. »Wir können nicht *meine* Bank berauben!«

»Was soll das heißen, deine Bank? Bist du Teilhaber oder irgendwas? Oder hast du ein Riesenkonto?«

Ich konnte die Frage nicht beantworten. Ich hatte einen Dollar auf dem Sparkonto, den die Dime Savings draufgelegt hatte, um mich als neuen Kunden zu werben. Doch es war nicht Loyalität, die mich beunruhigte; es war die Größe des Plans.

»Ruby, das können wir nicht machen«, protestierte ich schwach. »Es ist eine so *große* Bank. Wir können nicht all diese Leute überfallen. Wir haben nicht mal Kanonen. Oder einen Wagen für die Flucht. Ich meine, man braucht eine große *Bande*, um so eine Bank zu überfallen.«

Er lachte wie Jack LaRue. »Schon gut, mein Junge, schon gut. Ich plane keinen *gewöhnlichen* Überfall. Der ist für eine Organisation, nicht für Burschen wie wir. Nein, wir machen's auf die einfache Tour. Ohne viel Drumherum. Und ohne Kanonen. Alles, was wir brauchen, ist *dies.*«

Jetzt reichte er mir das Papier. Ich las es.

MEIN PARTNER RICHTET EINE PISTOLE AUF IHREN KOPF. GEBEN SIE IHR GANZES BARGELD HERAUS ODER SIE STERBEN. DAS IST ERNST GEMEINT. VERSUCHEN SIE KEINE TRICKS.

Einen wirren Moment lang dachte ich, die Botschaft

sei an mich gerichtet. Dann wurde mir klar, daß es ein *billet-doux* für irgendeinen unschuldigen Bankkassierer war. Blitzartig sah ich die ganze finstere Szene, doch ich tat, als ob ich nicht verstand; wohl in der Hoffnung, daß Ruby zu dem Schluß kommen würde, daß ich zu dumm war, um seinen Partner zu spielen.

»Was soll das heißen – du verstehst nicht?« brummte er. »Es ist ein Kinderspiel, du Trottel. Du trittst einfach mit diesem Zettel in der Hand an den Schalter des Kassierers. Du schiebst ihn durch das Fenster, als ob's ein Einzahlungsschein oder irgendwas ist. Der Kassierer sieht es, denkt, er sitzt in der Patsche und gibt dir das Geld. Du nimmst es, haust ab – und das ist alles.«

Ich hatte noch nie eine Rede mit so vielen »Dus« darin gehört, und keins von ihnen gefiel mir.

»Was soll das heißen – *ich?*« sagte ich mit bebender Stimme. »Wie meinst du das?«

»Du bist der Bursche, der es tun wird«, antwortete er klar und deutlich. »Ich meine, sie kennen mich in dieser Bank; deshalb ist es die einzige Möglichkeit. Aber keine Angst. Ich werde dort sein – an einem der Pulte.«

»Sie kennen *dich*? Was ist mit mir? Es ist auch *meine* Bank.«

»Bist du schon mal dort gewesen? Ich meine drinnen?«

»Nicht direkt. Moment mal, ja! Ich bin einmal reingegangen, um einen Kalender zu holen.«

Ruby lachte spöttisch.

»Keine Sorge, man wird dich nicht erkennen. Du hast noch nie auf so leichte Weise Geld gemacht, mein Junge – mein Wort drauf.«

»Aber warum kann *ich* nicht am Pult stehen? Oder warum suchen wir nicht eine *andere* Bank aus. Ich meine, das Geld ist doch überall das gleiche, oder?«

»Ich weiß nichts über andere Banken. Aber diese kenne ich wie meine Hosentasche. Ich hab sogar die Kassiererin ausgesucht, eine Kassiererin, die nicht mal piep sagen wird. Das ist das Wichtigste.«

»Wie kannst du so sicher sein?«

»Hör zu, ich mach mit dieser Dame seit Jahren Geschäfte. Sie hat Angst vor ihrem eigenen Schatten. Einmal hab ich sie nach Bankräubern gefragt, und sie ist schon beim bloßen Reden darüber grün geworden.«

»Ich tu's nicht!?« sagte ich, ein schwaches Fragezeichen hinzufügend.

»Klar tust du's«, sagte Ruby vertrauensvoll. »Du nimmst einfach das Geld, als ob es eine Abhebung ist, und schlenderst aus der Bank. Dann biegst du um die Ecke und verschwindest in einem Zigarrengeschäft. Aber mach dir keine Sorgen wegen der Details. Ich werd dich später genau informieren.« Er preßte grimmig den Mund zusammen. »Es *muß* klappen, Junge, verstanden? Diesmal muß es klappen.«

»Ruby«, sagte ich. »Bitte zwing mich nicht dazu.«

Doch er hörte gar nicht zu. »Wenn ich bei dieser Sache Geld verliere«, murmelte er, »bin ich wirklich fertig. Wenn diesmal kein Profit rausschaut, gebe ich meine Verbrecherlaufbahn für immer auf. Mehr hab ich dazu nicht zu sagen.«

»Ruby –«

»Montag um halb drei, Kleiner«, sagte er. »Und jetzt wollen wir das Ganze besprechen.« Und er befeuchtete die Spitze seines Bleistifts und begann Grundrisse auf Hectors Servietten zu zeichnen.

Ich habe einen Onkel, der eines Tages mit dem unwiderstehlichen Verlangen aufwachte, ein Pferd zu erschießen. Er sitzt heute noch in der Klapsmühle, und meine Mutter ist nie darüber hinweggekommen. Ich hatte Glück, daß sie mein Benehmen an jenem Wochenende nicht bemerkte. Erstens redete ich eine Menge mit mir selbst. Ich sagte mir immer wieder, daß ich keine Angst zu haben brauchte, daß Ruby zu clever war, um irgend etwas schiefgehen zu lassen. Dann hatte ich Tagträume; das heißt, ich malte mir aus, wie das Leben im Gefängnis sein würde. Ich fragte mich, ob ich wohl einen netten, sauberen Job in der Gefängnisbibliothek kriegen würde. Dann bekam ich Angst, daß man mich gegen meinen Willen zu einem Ausbruch zwingen würde. Ich preßte mich an die Steinmauer, während Scheinwerferstrahlen um meine Füße tanzten und Maschinengewehre auf den Wachtürmen knatterten. *Ihr dreckigen Schweine!* schrie ich und drohte den grinsenden Wärtern mit den Fäusten. Wohlgemerkt, all dies geschah, während ich *wach* war; von meinen *Träumen* will ich lieber gar nicht reden.

Am Montagmorgen sprang ich aus dem Bett und maß sofort meine Temperatur. Ich hoffte, daß das Thermometer über siebenunddreißig anzeigen würde, doch ich hatte kein Glück. Ich zog mich langsam an, und dann versuchte ich, zu frühstücken. Ich war nicht sehr hungrig, und meine Mutter fragte, ob ich mich nicht wohl fühlte. Sie legte ihre Hand auf meine Stirn, um zu sehen, ob ich Fieber hatte, doch ich konnte ihr mit Sicherheit sagen, daß ich keins hatte. Übrigens, meine Mutter legte dauernd ihre Hand andern auf die Stirn. Wenn ich als kleines Kind einen Freund mitbrachte, dann schüttelte sie nicht seine Hand, sondern legte ihre Hand auf seine Stirn. Sogar als ich eines Tages einen Hund heimbrachte, befühlte sie dauernd seinen Kopf. Ich glaube, das muß wohl eine Art Komplex sein, den Mütter haben.

Als ich das Haus verließ, bereitete es mir einige Mühe, den Zettel zu finden, den Ruby für die Bankkassiererin geschrieben hatte, und mir brauchte kein Sigmund Freud zu sagen, warum. Ich *wollte* das Ding nicht finden. Unglücklicherweise sah ich das weiße Stück Papier unter einem Buch auf dem Küchenbüfett. Ich steckte es in die Tasche und machte mich auf den Weg, um Zwirn zuzustellen und eine Bank zu berauben.

Es war ein schlimmer Vormittag. Ich mußte dreißig Spulen bei sechs verschiedenen Firmen im Textilviertel abliefern, und es war ein Wunder, daß mir die Aufträge nicht durcheinander gerieten. Um halb eins traf ich Ruby an der Ecke 45. Street – Seventh Avenue, und wir schoben und drängten und wanden uns durch die vielen Menschen, die zum Mittagessen gingen. Ruby benahm sich so schuldbewußt, daß ich jeden Moment mit unserer Verhaftung rechnete. Ein Verkehrspolizist rief mir etwas zu, als ich die Straße überquerte, und ich hätte fast die Hände hochgehoben und mich ergeben. Er sagte nichts weiter, als daß ich auf den Gehsteig zurücktreten sollte, doch mir wäre eine Verhaftung nur zu recht gewesen.

Dann waren wir an der Tür der Bank.

»Entspann dich«, sagte Ruby dauernd. »Entspann dich, Junge. Benimm dich *normal*, um Gottes willen.«

Ich grinste wild und rollte die Augen und machte eine meiner Meinung nach ganz normale Miene, und er boxte mich gegen den Arm.

»Laß das«, brummte er. »Normal hab ich gesagt, nicht verrückt. Denk daran – du gehst nur rein, um Geld abzuheben. Du bist nur ein Kunde.«

»Ich hab Zahnschmerzen«, wimmerte ich. »Meine Zunge tut weh, Ruby. Mein Nacken ist steif.«

»Los, geh«, sagte er und stieß mich durch die Drehtür.

Ich hatte ganz vergessen, was für bedrohlicher Ort die Dime Savings Bank war, was für ein finanzielles Tadsch Mahal. Alles vom Boden bis zur Decke war aus Marmor; selbst die Schalter waren große Brocken Marmor auf klobigen Marmorsockeln. Am andern Ende des Raums stand ein riesiger marmorgesichtiger Wärter und bewachte den Eingang zu dem Raum, wo die Bankangestellten Hypotheken für verfallen erklärten oder was sie sonst taten. Ruby überließ mich prompt mir selbst, sobald wir drinnen waren, und ging zu einem Pult, wo Formulare ordentlich in Fächern lagen. Er machte sich mit einem der Bank gehörigen Bleistiftstummel flink an die Arbeit, und ich ging in einer traumhaften Trance zum ersten Fenster mit seinem Messingschild und seiner nervösen Kassiererin.

Es standen vier Leute vor mir, und ich fragte mich, wie sie wohl reagieren würden, wenn sie wüßten, daß ein verwegener Verbrecher hinter ihnen stand und den Zettel mit der Drohung in seiner Tasche befingerte. Während ich wartete, daß ich drankam, warf ich einen Blick auf Ruby, der versunken auf einem Einzahlungsschein herumkritzelte. Die leichte Rolle, die er spielte, erfüllte mich mit Groll, und der Groll dämpfte meine Nervosität. Als ich das Fenster erreichte, war ich bereit, einen Teil meines Zorns an der schlaksigen, kraushaarigen Blondine auszulassen, die Geld verteilte wie ein Kartenspiel.

Der Name auf dem Schild war MISS LASTVOGEL. Gerade als ich an den Schalter trat, kippte sie es um, und nun stand NÄCHSTES FENSTER darauf. Ich plapperte irgendwas, und sie sagte: »Oh, schon gut, ich nehm Sie noch dran.« Ich lächelte dankbar. Was für eine nette Person, dachte ich. »Nun?« sagte Miss Lastvogel. Ich blinzelte sie an, und dann fiel mir der Zettel in meiner Tasche ein. Ich nahm ihn heraus und schob ihn ihr zu. Sie sah ihn eine Sekunde schielend an und nahm ihn dann in die Hand. Als sie meinen Blick erwiderte, grinste ich wie ein Idiot. »Was ist das?« sagte sie. Ich grinste einfach weiter und schaute mit einer dämlichen Zuneigung in ihr häßliches Gesicht. Sie hatte die größten Zähne, die ich je gesehen habe. »Würden Sie mir bitte sagen, was das ist?« sagte sie scharf.

Das riß mich aus meiner albernen Stimmung. Ich schluckte und bemühte mich, meine Stimme hart zu machen.

»Sie können doch lesen, oder?« sagte ich. »Tun Sie, was auf dem Zettel steht.«

»Sie müssen verrückt sein.« Sie schüttelte den Kopf und schob mir den Zettel zu. Sie sah überhaupt nicht nervös aus; überhaupt nicht so, wie Ruby sie geschildert hatte. Im Gegenteil, sie war seelenruhig.

»Einen Moment«, sagte ich und schob den Zettel zu ihr zurück. Prompt schob sie ihn zurück, und es wurde eine Art Spiel. Hin und zurück, hin und zurück. Schließlich spitzte sie den Mund über ihren gigantischen Zähnen und sagte: »Wenn Sie nicht damit aufhören, hol ich den Wärter.«

Das genügte. Ich packte den Zettel, schob ihn in die Tasche und wich von dem Fenster zurück. Sie sah mich mit funkelnden Augen an, doch sie rief nicht den Wärter. Dann wandte ich mich ab und marschierte rasch zur

Tür, ohne mich darum zu kümmern, ob Ruby mir folgte. Doch er tat es.

»Was ist passiert? Was ist passiert?« sagte er aufgeregt, packte mich am Ellbogen und schob mich die Straße entlang. »Was hast du getan, du Idiot? Was ist passiert?«

»Ich weiß nicht«, jammerte ich. »Ehrlich, Ruby, ich hab genau getan, was du gesagt hast –«

»Du Trottel!« flüsterte er heiser. »Du blöder Trottel! Wie konntest du das bloß verpatzen? Wie?«

»Ich schwöre, ich weiß es nicht, Ruby! Ich hab ihr den Zettel gegeben und alles. Sie hat ihn einfach zurückgegeben!« Ich zog ihn aus meiner Tasche und fuchtelte damit in der Luft herum. Ruby riß ihn mir aus der Hand, schaute ihn an und heulte wie ein Nebelhorn.

»Was ist los?« quiekte ich. »Was ist los, Ruby?«

»Du Idiot! Das ist nicht der Zettel!«

»Nicht der Zettel?«

Wir waren einen Block weit von der Bank vor einem Geschäft stehengeblieben, und Ruby schob mir das Stück Papier unter die Nase.

»Lies das! Los, lies das!«

Ich las es. Auf dem Zettel stand: *Drei Flaschen Milch, einen Becher Schlagsahne, einen Becher Kaffeesahne, eine Schok.-Milch, zwei Dtzd. Eier, Kl. A, bitte weiß.* Dann blickte ich zu Ruby auf. »Das ist nicht der Zettel«, stimmte ich ihm zu. »Weißt du, was ich glaube? Ich glaube, das ist der Zettel, den meine Mutter für den Milchmann geschrieben hat.«

»Clever«, sagte Ruby. »Fein, wie du das rausgekriegt hast.«

»Ja. Ich meine, du brauchst es ja bloß zu lesen. Meine Mutter hat das für den Milchmann geschrieben, und ich dachte, es ist der Zettel, den du für mich geschrieben hast –«

»Brillant«, sagte Ruby nickend. »Du bist sehr schnell von Begriff, mein Junge. Ich bin stolz auf dich.«

Ich machte kein erfreutes Gesicht, weil ich irgendwie spürte, daß es ironisch gemeint war.

»Verstehst du, was passiert ist?« sagte ich freundlich lächelnd. »Ich bekomm all diese Notizblöcke von der Zwirnfirma, und du hast deine Botschaft auf das gleiche Papier geschrieben wie meine Mutter – Mensch, Ruby, mein Arm! Du tust mir weh!«

»Hau ab«, sagte Ruby mit geschlossenen Augen.

»Was soll das?«

»Hau ab, Junge. Verdufte. Zieh Leine. Ich möcht nicht mehr drüber reden.«

»Ach, Ruby, es tut mir leid. Aber wir können ja immer noch einen andern Zettel –«

»Bin nicht mehr interessiert, verstanden? Ich hab diese Bank drei Wochen lang ausbaldowert, und nun hast du das Ganze verpatzt. Hau bitte ab, ja?«

»Aber Ruby, sei doch nicht so! Ich meine, wir haben doch diesmal nichts *verloren*, oder? Ich meine, es ist nicht so, daß du einen *Verlust* gehabt hast. Hör doch auf.«

Er antwortete mir nicht. Doch ich sah etwas in seinen Augen, was ich in Ruby Martinsons Gesicht nie zu sehen erwartet hatte – das dunkle Glühen aufsteigender Ehrlichkeit.

Niedergeschlagen, deprimiert und erschöpft ging ich nach Hause. Meine Mutter legte mir zur Begrüßung wie immer die Hand auf die Stirn, und als ich sie endlich überzeugte, daß ich nur müde war, ließ sie mich in Ruhe. Ich ging ins Schlafzimmer und warf mich quer aufs Bett. Ich las zwanzig Minuten in einem Comic-Heft, war jedoch in solch einem Zustand, daß mir die Lektüre Mühe bereitete. Alles, was ich denken konnte, war, wie leer das Leben ohne Ruby Martinsons abscheuliche Verbrechen sein würde.

Um halb sieben rief mich meine Mutter zum Abendessen. Ich kam, doch mit wenig Appetit. Ich saß am Tisch und löffelte apathisch etwas Hühnersuppe. Ich war beim vierten Löffel, als meine Mutter sagte:

»Also, heute ist etwas furchtbar Komisches passiert. Du kennst doch den Milchmann, den großen, dicken?«

»Milchmann?« stieß ich hervor.

»Ja, den Milchmann, du kennst ihn. Ich glaube, der ist nicht ganz richtig im Kopf, wenn du mich fragst. Weißt du, was heute passiert ist? Ich hör ihn an die Tür kommen, und dann ist es plötzlich ganz ruhig. Nicht mal die Flaschen klapperten. Das nächste, was ich weiß, ist, daß etwas auf dem Fußboden klirrte und er die

Treppe runterrannte. Also hab ich die Tür aufgemacht, und was glaubst du, was er getan hat, dieser Idiot? Nicht eine Flasche Milch hat er hingestellt, nicht einen Tropfen. Aber auf dem Fußboden lagen vier Dollar und fünfundsechzig Cent. Mitten auf dem Fußboden! Kaum zu glauben, so was!«

»Vier Dollar und fünfundsechzig Cent?« sagte ich.

»Ja! Was sagst du dazu?«

Es dämmerte.

»Ma«, sagte ich langsam, »Ma, hast du dem Milchmann heute morgen einen Zettel hingelegt?«

»Das tu ich doch immer.«

Ich sprang so schnell vom Stuhl auf, daß ich meine Suppe verschüttete. Meine Mutter schimpfte empört, doch ich hatte keine Zeit, mich zu entschuldigen. Ich hatte etwas viel Wichtigeres zu tun als Hühnersuppe zu essen: Ich mußte Ruby Martinson anrufen und ihm von dem überraschenden Ertrag unseres Banküberfalls erzählen. Sicher, es waren nur vier Dollar und fünfundsechzig Cent, doch es war ein *Profit*, und was zählte sonst? So sah es auch Ruby, und ich war noch nie in meinem Leben so erleichtert. Natürlich gab ich dem Milchmann sein Geld zurück und sagte ihm, das Ganze sei ein harmloser Scherz gewesen. Ich gab Ruby den Betrag von meinem eigenen Geld, doch er glaubt bis zum heutigen Tag, daß er es auf legitime Art verdient hat – durch Verbrechen.

Ruby Martinson – auf den kannst du setzen

Als ich achtzehn war, hatte ich drei chronische Sorgen: a) Arbeitslosigkeit, b) Mädchen und c) meinen Cousin Ruby Martinson. Alle drei fügten meinem Nervensystem dauerhafte Narben zu, doch schließlich gewöhnte ich mich an die ersten zwei Probleme. An Ruby konnte man sich nicht gewöhnen. Er vereinigte das Hirn und die Seele eines Meisterverbrechers im mageren Körper eines 23 Jahre alten Buchhalters, erfand ständig teuflische Pläne für die Anhäufung illegaler Beute, und was das Schlimmste war – er beschäftigte mich als seinen Gefolgsmann, Komplizen und Mob zugleich und machte meine Jünglingsjahre zu einer Zeit irrsinnigen Terrors und Tumults. Sein völliger Mangel an Erfolg entmutigte ihn nie, und bei jedem Treffen in Hectors Cafeteria am Broadway wußte ich, er würde mit einem neuen diabolischen Plan herausrücken, den ich zusammen mit meinem Kaffee und meinen Kringeln verdauen mußte.

Eines Dienstagabends, nach einem erfolglosen Tag der Jobsuche, den ich hauptsächlich in Spielsalons verbracht hatte, traf ich Ruby bei Hector und fand ihn tief in Literatur versunken. Es war eine merkwürdige Publikation, gedruckt mit grüner Farbe.

»Hallo, Ruby«, sagte ich. »Was liest du denn da? Kann ich's mal sehen?«

»Ruhe«, brummte er. »Ich rechne den fünften aus.«

Das war ziemlich rätselhaft, und so lehnte ich mich zurück und wartete auf Erleuchtung.

»Ich hab's«, sagte er schließlich. »Knopfauge liebt schweres Geläuf.«

»Herzlichen Glückwunsch«, sagte ich. »Wieviel wiegt denn das Baby?«

»Sei nicht albern«, sagte er. »Das ist eine Wett-Zeitung über Pferde, und ich arbeite die Rennen aus. Aber diesmal mach ich's gerissen. Ich hab's satt, Gimpelwetten zu machen. Von jetzt an kommen die Gimpel zu mir!«

»Mensch, Ruby, ich wußte gar nicht, daß du auf Pferde setzt. Verdienst du denn Geld damit?«

»Bis jetzt keinen Cent. Aber ich hab was ausgetüftelt. Wir werden ein Vermögen machen, mein Junge!«

Dies war eine vertraute Behauptung aus Rubys Mund, doch sie bewirkte immer wieder, daß ich die Augen vor Neugier weit aufriß.

»Dieser Bursche, der meine Wetten annimmt, verläßt die Stadt«, sagte er. »Er geht nach Florida, und das bedeutet, daß sein Laden für einen smarten Unternehmer frei ist. Ich hab ihn gefragt, ob ich die Konzession haben kann, und er sagte: Klar, warum nicht?«

»Ich versteh nicht, Ruby. Du nimmst einen andern Job an?«

»Sei nicht so ein Trottel! Dieser Kerl ist ein Buchmacher! Er ist ein Unabhängiger und arbeitet von der Venetian Pool Hall in der 33. Street aus. Und wir übernehmen den Laden!«

»Ein Buchmacher?« stammelte ich. »Ruby, ist das nicht ungesetzlich?«

Er sah mich mitleidvoll an. »Es gibt eine Million Buchmacher in dieser Stadt, und keinem passiert was. Warum sollen wir uns nicht ein bißchen von diesem fetten Braten abschneiden? Du brauchst nichts weiter zu tun, als mit einer rotgestreiften Krawatte vor dem Venetian rumzuhängen und Wetten von den Gimpeln anzunehmen. Und dann bringst du das Buch und die Moneten zu mir.«

»Moment mal! Du meinst, *ich* nehme die Wetten an?«

»Wer sonst? Du bist arbeitslos – ich nicht. Du bist mein Läufer, verstanden? Ich geb dir vierzig Prozent vom Profit. Es ist das leichteste Geld, das du je in deinem Leben verdient hast.«

Irgend etwas stimmte nicht an Rubys Rechnung; offenbar sollte ich für 40% des Gewinns 100% des Risikos übernehmen. Ich sagte ihm das und bekam einen Schlag auf den Ellbogen als Antwort. Es ist nur gut, daß Ruby so ein leichter kleiner Kerl war, denn er unterstrich seine Worte immer mit Stößen und Schlägen.

»Aber Ruby, um diese Billardhalle treibt sich eine schreckliche Menge gefährlicher Kerle rum. Was für eine Gesellschaft ist das für einen jungen Burschen wie mich?«

»Hier«, sagte er und reichte mir die grünen Blätter,

»das ist die Aufstellung der morgigen Rennen. Kauf dir eine rotgestreifte Krawatte und ein Notizbuch und melde dich morgen um zehn im Venetian.« Er sah mich spöttisch an. »Du hast einen Job, mein Junge. Deine Mutter wird froh darüber sein.«

So hatte ich das Ganze gar nicht betrachtet. »Mensch, du hast recht. Es ist eine Art Job, nicht?«

Als ich am Abend heimkam, berichtete ich meiner Mutter die guten Neuigkeiten, und sie lächelte über das ganze Gesicht.

»Was für ein Job ist es denn?« fragte sie.

»Es ist eine Art Buchhalterstellung«, sagte ich. Junge, das machte sie vielleicht glücklich.

Am nächsten Morgen kaufte ich mir bei einem Kerl mit unstetem Blick eine bonbonfarbige gestreifte Krawatte. Dann besorgte ich mir ein Notizbuch und einen Drehbleistift und ging zur Billardhalle. Ich fühlte mich richtig wie ein Geschäftsmann.

Es war erst zehn Uhr morgens, doch vier große Kerle spielten bereits Billard. Jeder von ihnen sah aus wie George Raft. Es roch wie in der Umkleidekabine eines türkischen Bades, und der Fußboden war eine Ewigkeit nicht gekehrt worden. Um elf marschierten drei andere Ganoven herein, und mittags sah das Ganze aus wie eine Versammlung von Gangsterbossen. Schließlich kam ein Kerl mit einem drei Tagen alten Bart zu mir und blickte nachdenklich auf meine rotgestreifte Krawatte.

»Wo ist Lou?« fragte er.

»Lou ist nicht hier«, sagte ich. »Lou ist in Florida.«

»Und was ist mit der Krawatte? Das ist Lous Krawatte.«

»Ich nehme jetzt Lous Wetten an«, sagte ich leicht grinsend. »Wollten Sie nicht eine Wette machen, Mister?«

Er blickte nachdenklich, und dann nahm er die grünen Blätter aus meiner Tasche und sah sie schnell durch. »Sweet Pickle im dritten in Jamaika«, sagte er. Dann gab er mir einen zerknüllten Fünfer. »Auf die Nase.«

»Ja, Sir!« sagte ich. Er ging weg, wobei er einen Billardstock wie einen Marschallstab schwenkte, und ich machte eine Notiz in meinem kleinen Buch. Ich war sehr stolz darauf. Ganz plötzlich wußte ich, warum Ruby so gern Buchhalter war. Ich dachte daran, mir einen grünen Augenschirm zu kaufen und Gummibänder um meine Hemdsärmel zu tragen.

Eine halbe Stunde später erschien ein zweiter Kunde. Er spielte Billard in einem T-Shirt, und ich habe nie in meinem Leben so viele Muskeln gesehen. Alle nannten ihn Duke, und als er zwanzig Dollar auf ein Pferd namens Panicky Pete setzte, war das eine Art Zeichen, daß ich in Ordnung war, und die Wetten kamen schneller herein. Gegen Mittag hatte ich an die hundert Dollar in meine Jeans gestopft. Als ich Ruby um sechs bei Hector traf, war ich glühendrot vor Aufregung. Ich zeigte ihm eine Handvoll Scheine und rief:

»Was für ein Geschäft, Ruby! Fast hundert Dollar!«

Wir zählten sie, und es waren genau siebenundneunzig. »Hab ich's dir nicht gesagt«, grinste Ruby. »Das ist wesentlich besser als einen von diesen Textilkarren schieben, oder?«

»Wirklich, Ruby, du hast recht. Wann krieg ich meine vierzig Prozent?«

»Warte einen Moment, du Trottel, wir können nicht das ganze Geld behalten. Wir müssen vielleicht ein paar Dollar auszahlen.«

Diesen Teil der Operation hatte ich ganz vergessen. Ich sah Ruby zu, wie er den Sportteil der Abendzeitung aufschlug und die Rennresultate nachsah. Er sagte, ich solle mein Notizbuch aufschlagen.

»Hier sind die Ergebnisse von Jamaika«, sagte er. »Sind Pferde im ersten Rennen?«

»Zwei«, sagte ich. »Attila auf Sieg, Serenade auf Platz.«

Ruby lachte.

»Verlierer«, sagte er.

Wir gingen die nächsten acht Pferde durch, und alle waren Verlierer. Uns erfüllte eine Art Ekstase, bis wir zu Panicky Pete kamen. Ich hatte es für reichlich dumm von Duke gehalten, soviel Geld auf dieses Pferd zu setzen, denn in den grünen Blättern stand ganz deutlich, daß es die Gewohnheit hatte, Rennen zu verlieren. Doch es muß panischer als gewöhnlich gewesen sein, denn es gewann sein Rennen mit mehreren Längen, und die Quote betrug sechzehn Dollar für zwei.

»Was für ein Jammer«, sagte ich. »Es wird uns nicht viel übrigbleiben, was, Ruby?«

Ruby schwitzte über den Zahlen. Als er aufblickte, machte auch er einen ziemlich panischen Eindruck.

»Uns fehlen dreiundsechzig Dollar«, sagte er. »Wieviel Geld hast du? Ich meine, eigenes Geld?«

»Ich? Einen Dollar und drei Cent.«

Ruby durchsuchte seine schäbige Brieftasche. Er hatte zwölf Dollar.

»Es kann nicht immer so sein, Ruby«, sagte ich. »Ich meine, Buchmacher müssen an manchen Tagen Geld verdienen.«

»Sicher tun sie das«, sagte Ruby. »Aber wenn wir mit diesen Wettgeldern durchbrennen, kriegen wir nie mehr andere. Außerdem – diese Burschen im Venetian mögen Wettschwindler. Sie sind imstande, mit ihnen menschliches Billard zu spielen, wenn du weißt, was ich meine.«

Ich sah plötzlich meinen Kopf vor mir, wie er in ein Seitenloch rollte.

»Ruby«, sagte ich mit bebender Stimme, »ich glaube, ich ziehe mich aus dem Buchmachergeschäft zurück. Möchtest du eine Krawatte kaufen?«

»Wir müssen an das Geld rankommen!« Ruby schlug mit seiner kleinen Faust auf den Tisch. »Es kann nicht immer alles schiefgehen. Es gibt kein Zurück!«

»Ruby, es ist ein lausiges Geschäft«, flehte ich. »Mir gefallen die Kunden nicht. Sie haben Muskeln, Ruby.«

»Du mußt morgen wieder hingehen. Sag ihnen, du zahlst sie in einer Woche aus oder so. Es ist die einzige Möglichkeit.«

»Ich kann morgen nicht hingehen! Sie bringen mich um, Ruby!«

»Ich bring dich heute abend um, wenn du nicht hingehst! Ich beschaffe diese fünfzig Dollar, keine Sorge!«

»Mein Gott, jetzt fällt mir was ein«, sagte ich. »Morgen ist der Tag, an dem ich meine Heuschnupfenspritze kriege.«

Ruby legte seine Hand auf den Knoten meiner neuen Krawatte und drückte zu. »Du bist morgen dort, mein Lieber! Du drückst dich jetzt nicht, verstanden?«

Ich verstand, aber es gefiel mir gar nicht.

Am nächsten Vormittag um elf schlich ich ins Venetian. Ich hoffte, genug neues Wettgeld einzunehmen, um die Differenz aufzubringen. Doch es dauerte nicht lange, bis Duke kam und mich angrinste. Er hatte sogar in seinem Mund Muskeln.

»Her damit«, sagte er. »Hundertsechzig Dollar, mein Junge.« Ich gab ihm alles Geld, das ich hatte.

»Sir«, sagte ich und räusperte mich, »ich möchte mit Ihnen über etwas reden.«

Er drehte seinen Billardstock um, so daß ich das stumpfe Ende sehen konnte Dann lächelte er freundlich. »Ja, mein Junge?« sagte er.

»Sir«, sagte ich, »infolge von Umständen, die außerhalb unserer Macht –«

Er legte den Stock unter mein Kinn und drückte meinen Kopf nach oben. »Du schuldest mir fünfzig Dollar, mein Junge«, sagte er, immer noch lächelnd. »Bist du ein kluger Junge? Schaut her, Freunde, ein kluger Junge.« Die andern kamen näher, und ich dachte, das ist das Ende. »Wie ist das, kluger Junge? Nimmst du Lous Wetten an oder bist du ein Schwindler? Weißt du, was wir mit Wettschwindlern machen?«

»Ich besorge Ihnen das Geld«, sagte ich heiser. »Ich schwöre es!«

»Klar wirst du das«, sagte Duke liebenswürdig. »Wir erwarten dich um fünf Uhr, mein Junge.« Er nahm den Stock weg und ging ruhig zu seinem Spiel zurück. Das gleiche taten die andern. Ich saß da und fragte mich, welche Schiffe am Nachmittag den Hafen verließen und wie leicht aus einem ein blinder Passagier wurde. Es wäre schön gewesen, wenn ich ein Schiff in die Südsee gekriegt hätte. Ich mochte heißes Wetter, doch ich wußte nicht, ob ich all diese tropischen Pilze vertragen würde. Ich bekam schon Fußpilz, wenn ich bloß ein Inserat für Turnschuhe las. Den Kopf voller solcher verrückter Gedanken, trat ich auf die Straße. Ich erwog, mich vor die nächste Limousine zu werfen und meinen Haftpflichtanspruch mit dem Besitzer gleich auf der Stelle zu regeln. Dann entschied ich mich, etwas Vernünftigeres zu tun; ich ging zu einer Telefonzelle und rief Ruby an.

»Ich hab Zeit bis fünf Uhr«, sagte ich hysterisch. »Dann bringen sie mich um. Was soll ich tun?«

»Beruhige dich«, sagte Ruby.

»Mein Gott, danke, daran hab ich gar nicht gedacht, Ruby, vielen Dank.«

»Hör mal, Kleiner, ich bin in einer Besprechung mit meinem Boss. Halt sie einfach hin, das ist alles. Sie werden dir nichts tun.«

»Aber, Ruby«, sagte ich. Das Telefon klickte.

Ich trat wieder auf die Straße hinaus. Als ich an der Ecke einen Polizisten sah, kam mir eine Idee. Wenn ich verhaftet wurde, konnten sie mir nicht vorwerfen, daß ich nicht im Venetian auftauchte. Ich brauchte nichts weiter zu tun, als den Bullen vors Schienbein zu treten, dann war ich in Sicherheit.

Ich ging zu dem Bullen. »Sir?« sagte ich.

»Ja?« sagte er.

»Nichts«, sagte ich. Ich vergaß zu erwähnen, daß ich ein Feigling bin.

Ich ging eine halbe Stunde lang durch die Straßen und wünschte, ich hätte etwas zu verpfänden. Alles, was ich zu Hause hatte, waren ein Stapel Kaugummi-Baseball-Karten, eine Kugel Stanniolpapier, die so groß wie mein Kopf war, und eine Sammlung Colaflaschenkapseln, mit der ich begonnen hatte, als ich elf war. Irgendein Junge hatte mir gesagt, sie würden vielleicht eines Tages gesetzliches Zahlungsmittel werden, und ich glaubte ihm optimistisch. Obwohl ich es besser wußte, sammelte ich sie aus Gewohnheit weiter. Ich habe eine Menge Gewohnheiten.

Dann wurde mir klar, daß ich etwas zu verkaufen hatte. Mein Blut!

Ich ging in einem Drugstore zu einem Telefonbuch und suchte die Blutbanken heraus. Es gab eine in der 41. Street – Ecke Madison. Ich fuhr mit einem Bus hin.

Sie können sich vorstellen, wie verzweifelt dieser Schritt war – ich war einer von diesen Leuten, die todkrank werden, wenn sie das Blut eines anderen sehen, von meinem eigenen ganz zu schweigen –, doch ich hatte das Gefühl, daß ich auf jeden Fall Blut verlieren würde, und so schien es mir besser.

Das Büro der Blutbank war im fünfzehnten Stock, und es sah aus wie eine Krankenhausstation. An einem Schreibtisch saß eine Frau in einer weißen Uniform.

»Was kann ich für Sie tun?« sagte sie.

»Wieviel zahlen Sie für Blut?« sagte ich.

»Zehn Dollar für einen halben Liter«, sagte sie. »Möchten Sie ein Spender werden?«

Ich rechnete schnell nach. »Ich möchte zweieinhalb Liter verkaufen«, sagte ich. »Wo muß ich hingehen?«

Sie lächelte. »Ich fürchte, so einfach ist das nicht. Erstens müssen Sie ärztlich untersucht werden. Und Sie können nicht mehr als einen halben Liter auf einmal spenden. Füllen Sie bitte diese Karte aus, und wir geben Ihnen einen Termin für den Arzt.«

»Aber ich muß mein Blut *jetzt* spenden«, japste ich. »Ich bin nicht sicher, ob ich später noch welches hab.«

Sie blickte zweifelnd drein, nahm aber das Telefon auf ihrem Schreibtisch ab und sprach mit jemandem. Ein paar Minuten später kam ein grauhaariger Typ in einem weißen Mantel heraus und sah mich prüfend an. Dann forderte er mich auf, in sein Büro zu kommen.

Ich setzte mich an einen Schreibtisch, und er zog einen langen Bogen Papier hervor. Ich starrte ihn an, offenbar voll Furcht, denn er grinste und sagte: »Was ist los, mein Sohn? Angst vor Ärzten?«

»Wer, ich? Oh, nein! Ich kenne *Hunderte* von Ärzten!«

»So?« Er runzelte die Stirn. »Waren Sie viel krank?«

»Krank? Ich?« Ich lachte laut. »Ich war nie krank! Keinen einzigen Tag! Ich hab nur Kleinigkeiten. Ich bin in Behandlung wegen meiner Stirnhöhle. Und ich bekomme Heuschnupfenspritzen.«

»Heuschnupfen?« Er legte das Formular in die Schublade zurück. »Tut mir leid, mein Sohn, wir können Sie hier nicht brauchen. Wir können nicht Blut von jemandem nehmen, der an einer Allergie leidet.«

»Aber Sie müssen mich nehmen. Können Sie mein Blut nicht für Experimente oder irgendwas verwenden?«

»Tut mir leid«, sagte er.

Es tat ihm nicht halb so leid wie mir. Als ich das Gebäude verließ, warf ich einen Blick auf eine große

Uhr vor einem Juweliergeschäft, und sie sagte mir, daß ich noch drei Stunden Zeit hatte, die Gangster zu bezahlen.

Als ich düster in das Fenster eines Bekleidungsladens schaute, kam mir die rettende Idee. Der Bursche im Fenster setzte einer nackten Puppe eine blonde Perücke auf den Kopf, und mir fiel ein, über den Markt für menschliches Haar gelesen zu haben. Nun, wenn es etwas gab, was ich reichlich hatte, dann waren es Haare. Büschel davon wuchsen auf meiner ganzen Kopfhaut, die meisten gerade aufwärts. Ich rannte wie wild zum nächsten Telefonbuch und suchte die Liste der Perückenmacher heraus. Es waren ziemlich viele, und am bequemsten gelegen war eine Firma namens Desiree Transformations, die sich an der Ecke Fifth Avenue – 39. Street befand. Ich rannte den ganzen Weg dorthin, voll Dankbarkeit, daß ich meinen monatlichen Haarschnitt versäumt hatte.

Für ein Fifth-Avenue-Gebäude war es ziemlich schäbig, und das Büro der Desiree Company sah eher aus wie eine Hutfabrik. Überall standen Pappkartons und kahle Puppenköpfe, und die Frau an der Telefonvermittlung knurrte, als ob sie mich haßte. Als ich ihr sagte, daß ich jemanden wegen des Verkaufs von Haaren sprechen wollte, brummte sie und holte einen kleinen, dicken Mann heraus, der seine Krawatte locker um den Hals trug. Er hatte Sandwichkrümel im Mundwinkel, und er keuchte wie ein Pferd.

»Was willst du, mein Junge?« sagte er.

»Ich möchte etwas Haar verkaufen«, sagte ich. »Sie kaufen doch Haare, nicht?«

»Sicher, manchmal. Wo hast du denn das Haar, das du verkaufen willst?«

»Es ist mein eigenes Haar«, sagte ich. »Schaun Sie sich's an. Möchten Sie mein Haar kaufen?«

Er blinzelte mich an, als ob ich verrückt wäre, und stieß ein irres Lachen aus. »Willst du mich aufziehen?« sagte er.

»Möchten Sie's kaufen oder nicht?« sagte ich. »Ich hab eine Menge Angebote für mein Haar. Schnappen Sie sich's lieber.« Ich weiß nicht, warum ich so was Albernes sagte, aber ich war nicht ganz bei mir.

»Hör mal, mein Junge, du weißt nicht, wovon du redest. Wir kaufen Frauenhaar – auch für Männertoupets nehmen wir Frauenhaar. Außerdem, was du da hast, ist ja nicht mal ein halbes Pfund.« Er lachte wieder, mit dieser komischen verrückten Stimme.

»Ich sag Ihnen was«, sagte ich verzweifelt. »Ich verkaufs Ihnen in Raten. Ich meine, mein Haar wächst schnell, ehrlich, und ich komm hierher, solange es dauert.«

Er lachte wieder, so sehr, daß er mit den Füßen aufstampfte und in kleinen Kreisen herumging. Hinter ihm begann die Frau an der Telefonvermittlung zu gackern wie eine hysterische Henne.

»Hör mal«, sagte er, rot im Gesicht vom Lachen,

»was glaubst du eigentlich, was du bist – eine Haarfarm?«

Ich erstarrte vor Würde. »Ich bin nicht hierhergekommen, um mich beleidigen zu lassen«, sagte ich.

In diesem Moment hatte ich noch weniger als zwei Stunden Zeit, um das Geld aufzubringen. Das einzig Vernünftige war, mein Testament zu machen, doch es gab nicht viel, was ich hinterlassen konnte. Ich war nicht mal versichert. Selbst mein toter Körper war nichts wert.

Oder doch? Ich glaubte, von Leuten gehört zu haben, die ihren Körper der Wissenschaft vermachten. Der Gedanke von einem Haufen pickelgesichtiger Medizinstudenten seziert zu werden, reizte mich nicht, doch es schien die einzige Möglichkeit. Aber wohin ging man, um seinen Körper zu verkaufen?

Ich zog wieder das Telefonbuch zu Rate, doch es enthielt nichts unter Körper, Leichen oder Sezierung; ich konnte mich wahrscheinlich in einem Krankenhaus erkundigen, doch bis ich durch all die bürokratischen Kanäle war, würde es zu spät sein. Die nächste Idee war logischer: Ich mußte einen Arzt fragen.

Dr. Baumgarter war nicht direkt unser Hausarzt, denn ich sah ihn immer nur in der Klinik, wo er meine Stirnhöhle behandelte und mir Heuschnupfenspritzen gab. Doch er hatte auch eine private Praxis in der Lexington Avenue, und als ich dort vorsprach, war er zum Glück da. Er war ein wirklich freundlicher alter

Arzt mit weißem Haar wie der Weihnachtsmann, und er war nur ein kleines bißchen taub. Aus irgendeinem Grund mochte er mich, und so begrüßte er mich mit großem Hallo.

»Setz dich, setz dich«, sagte er fröhlich. »Warum warst du denn heute nicht in der Klinik? Wie geht's deiner Mutter?«

»Gut«, sagte ich. »Hören Sie, Dr. Baumgarter, wissen Sie, wo ich meinen Körper verkaufen kann?«

»Eh? Welchen Körper?«

»Meinen Körper. Ich möchte ihn an die Wissenschaft verkaufen. Wissen Sie, wo ich da hingehen muß?«

Er lehnte sich in dem Drehstuhl zurück und starrte mich an. »Manchmal hör ich nicht ganz gut«, sagte er. »Hab ich richtig verstanden? Du möchtest deinen Körper verkaufen?«

»Ja, genau«, sagte ich. »Ich brauche furchtbar dringend Geld, Doktor. Ich muß meinen Körper vor fünf Uhr verkaufen – sonst komm ich in entsetzliche Schwierigkeiten. Können Sie mir helfen?«

Er legte seine Hand auf den Mund und musterte mich mit irgendwie gespannter Miene. »Hm, ich weiß nicht. Es ist kein sehr großer Körper. Wieviel wiegst du?«

»Hundertdreißig Pfund«, sagte ich. »Wird das per Pfund bezahlt?«

»Nein, nicht direkt. Wieso ist das Geld so wichtig?«

»Das kann ich Ihnen nicht sagen. Aber es geht um Leben und Tod. Wenn ich das Geld nicht heute nachmittag kriege, muß ich von zu Hause weglaufen oder irgendwas. Können Sie mir bitte helfen?«

Er räusperte sich mit einem komischen Geräusch und stand auf. Er ging zum Fenster und rüttelte eine Weile an der Jalousie. Als er zurückkam, wischte er sich die Augen. Ich glaube, er war gerührt.

»Tja, ich will dir sagen, was ich tun könnte. Ich könnte einen Antrag für dich ausfüllen, und du könntest deinen Körper mir vermachen.«

»Das geht?«

»Sicher, wenn's so wichtig ist«, sagte er.

»Mein Gott, das wäre prima. Wann könnte ich das Geld kriegen?«

»Wieviel brauchst du?«

»Es müssen fünfzig Dollar sein. Glauben Sie, das ist zuviel?«

Er sah mich nachdenklich mit gesenktem Kopf an. »Hm, ich weiß nicht. Wenn du versprichst, gut für ihn zu sorgen, ihm drei gute Mahlzeiten am Tag zu geben, genug Ruhe und Bewegung – dann könnten wir vielleicht ein Geschäft machen.«

»Ich verspreche es«, sagte ich inbrünstig. »Ich werde gut für ihn sorgen, Doktor, ehrlich.«

»Schließlich gehört dein Körper der Wissenschaft, sobald du das Papier unterzeichnest. Und ein Vertrag ist ein Vertrag.«

»Ich schwöre, daß ich ihn zum gesündesten Leichnam machen werde, den sie je gehabt haben!«

»Also, dann schön.« Er ging zu einem Aktenschrank und kramte darin herum, bis er ein Blatt Papier fand, das mit einer winzigen Schrift bedeckt war. Er brachte es zum Schreibtisch und deutete auf die punktierte Linie am unteren Rand. »Hier mußt du unterschreiben«, sagte er.

Ich unterschrieb. Im gleichen Moment, als ich es tat, hatte ich das Gefühl, etwas zu verlieren. Dann holte er seine Brieftasche hervor und gab mir zwei Zwanziger und einen Zehner.

»Denke an das, was ich gesagt habe«, sagte er ernst. »Paß gut auf dich auf. Ich seh dich einmal im Monat in der Klinik, um alles zu kontrollieren.«

»Keine Sorge«, sagte ich und steckte das Geld ein.

Als ich ging, war es halb fünf. Ich ging schnell zur Billardhalle und machte nur einmal halt – bei einem Lokal namens ›Health House‹. Ich trank ein Glas Karottensaft. Er schmeckte schrecklich.

Als ich Ruby am Abend in Hectors Cafeteria traf, warf er einen Blick auf die Milch, die ich zum Tisch trug, und sagte: »Wieso Milch? Du trinkst doch immer Kaffee.«

»Nicht mehr«, sagte ich mürrisch. »Und du allein bist schuld, Ruby. Ich sag dir eins. Du kannst dir einen andern Buchmacher suchen. Ich hab genug davon.«

»Weshalb jammerst du?« sagte er verächtlich. »Du hast doch diese Kerle ausbezahlt, oder?«

»Ja«, sagte ich bitter. »Aber ich mußte meinen Körper an die Wissenschaft verkaufen, um das Geld zu kriegen.« Ich erschauderte. »Schon der Gedanke daran macht mich krank. All diese Studenten werden mich in winzigkleine Stücke schneiden!«

»Deinen Körper hast du verkauft? Soll das ein Witz sein?«

Ich erzählte ihm die Geschichte. Er hörte mir voll Mitgefühl zu. Dann grinste er.

»Ist das alles, was dich quält? Verdammt, das können wir in Ordnung bringen. Ich geb dir die fünfzig Dollar in einer Woche oder so, und du kannst sie zurückzahlen.«

»So einfach ist das nicht. Ich mußte ein Papier unterschreiben. Ein Vertrag ist ein Vertrag.«

Ruby nagte an seiner Lippe. »Okay. Dann müssen wir den Vertrag eben klauen.«

»Was?«

»Wenn der Bursche dir deinen Körper nicht zurückverkaufen will, dann werden wir diesen Vertrag suchen und zerreißen. Überlaß das nur mir, mein Junge.«

Es war eins der wenigen Verbrechen Ruby Martinsons, mit denen ich völlig einverstanden war. Ich gab ihm eine Zeichnung von Dr. Baumgarters Praxis und der Umgebung und sagte ihm, was ich über die Sprechstunden wußte. Er verdaute alles in dem kriminellen Computer, den er statt eines Gehirns hatte, und spuckte sofort die Antwort aus. Zwei Tage später, am Samstagmorgen, würden wir in Aktion treten.

Es waren zwei furchtbare Tage. Ich hatte Angst, vor Sonntagmorgen getötet zu werden, und so tat ich nichts als die ganze Zeit im Bett zu liegen, die Decke überm Kopf. Meine Mutter dachte natürlich, ich sei krank, und sie ertränkte mich fast in Hühnersuppe. Am Freitagabend war ich tatsächlich krank. Ich glaube, ich hatte die Hühnerpest im Magen, und ich konnte nichts unten behalten. Sie hatte auch dafür ein Heilmittel, nämlich noch mehr Hühnersuppe.

Am Samstag rappelte ich mich trotz ihrer Einwände aus dem Bett auf und traf Ruby an der Ecke von Dr. Baumgarters Haus. Der Plan, den er ausgeheckt hatte, war schön einfach, einer von Rubys weniger komplizierten Plänen. Er hatte sich beim Doktor für halb elf angemeldet. Nachdem er hineingegangen war, sollte ich Dr. Baumgarter anrufen. Das Telefon war im Vorzimmer, und so würde Ruby Zeit haben, im Aktenschrank das Papier zu suchen, mit dem ich meinen Körper den Medizinstudenten vermacht hatte.

Ruby und ich stellten unsere Uhren gleich, und ich blickte ihm nach, wie er ins Haus des Doktors ging. Dann lief ich zu einer Telefonzelle auf der andern Straßenseite und wählte Dr. Baumgarters Nummer.

»Hallo?«

»Ist dort Dr. Baumgarter?«

»Würden Sie bitte etwas lauter sprechen?«

»Ist dort Dr. Baumgarter?« rief ich.

»Ja. Wer ist dort?«

Ich sagte ihm, wer ich war und vertiefte mich in eine lange, komplizierte und laute Schilderung meiner Symptome am Tag zuvor. Ich mußte sie mehrmals wiederholen, aber das gab Ruby nur mehr Zeit, die Akten zu durchsuchen. Am Ende empfahl Dr. Baumgarter genügend Bettruhe. »Und iß ein bißchen heiße Suppe«, sagte er.

Nachdem ich aufgelegt hatte, wartete ich voll Angst auf Ruby. Als er zehn Minuten später auftauchte und den Vertrag schwenkte, hätte ich ihn vor Glück umarmen mögen.

»Du bist ein Genie, Ruby! Ein Genie!«

»Und du bist ein Trottel«, sagte er angewidert und schob mir den Vertrag zu. »Der Bursche wollte gar nicht wirklich deinen Körper. Er war bloß nett zu dir. Schau dir an, was du unterschrieben hast.«

Ich las das Papier. Es war eine Einwilligung zur Vornahme eines Kaiserschnitts, wenn ich mein Baby bekam.

Ich schickte Dr. Baumgarter zwei Wochen später sein Geld, und ich hielt mich von der Venetian Pool Hall fern. Ich habe keine Ahnung, ob Ruby sich je wieder mit Buchmachern einließ, doch eins wußte ich: daß jeder, der es mit meinem Cousin Ruby Martinson aufnahm, ein schreckliches Wagnis einging.

Ruby Martinson, der Katzen-Kidnapper

Müßte ich je die Qualifikationen eines meisterlichen Verbrechers aufzählen, so würde ich an meinen Cousin Ruby Martinson denken und, unter anderem, anführen: 1) Frechheit, 2) Erfindungskraft, 3) Mut und 4) Verachtung für gewöhnliche Tugenden wie Dankbarkeit, Tierliebe und Respekt vor der Mutter. Und wenn es eine Sache gab, bei der sich alle diese vier teuflischen Eigenschaften zeigten, dann war es das Ding mit der gestreiften Katze.

Dies war jedoch nicht der einzige bemerkenswerte Zug, sondern es war, wenn ich an Rubys lange kriminelle Vergangenheit denke, einer der wenigen Fälle, bei denen wir kein Geld verloren. Meistens endeten Rubys geniale Pläne, die voller Schläue an einem hinteren Tisch in Hectors Cafeteria am Broadway ausgedacht wurden, mit einer finanziellen Katastrophe. Dieser Aspekt einer Karriere war für Ruby, der als Buchhalter bei einer Firma in der Madison Avenue weniger als siebzig Dollar pro Woche verdiente, hart genug, doch noch härter war er für mich, der ich achtzehn war und unfähig schien, durch meine Arbeit im Textilviertel mehr als fünfundzwanzig Dollar zu verdienen.

Es begann alles während der Saison. Die Saison war

in Rubys Jargon jene Zeit des Jahres, da Einkommensteuererklärungen verfaßt und eingereicht wurden. Ruby hatte aus persönlicher Gefälligkeit für seinen Boss die Steuererklärung für eine alte Freundin namens Mrs. Herkimer fertiggestellt. Mrs. Herkimer war eine alte Witwe. Ich hatte sie nie gesehen, stellte sie mir aber als eine reizende alte, weißhaarige Dame mit einem schwarzen Umhängetuch und einem engelhaften Lächeln vor. Wenn Ruby jedoch von ihr sprach, war seine Beschreibung bei weitem nicht so freundlich.

»Diese alte Schachtel hat mehr Geld, als sie ausgeben kann«, sagte er mir eines Tages bei Hector. »Sie lebt ganz allein in diesem luxuriösen Haus auf Long Island und schneidet Coupons. Sie gibt mehr Geld für ihre lausige Katze aus, als ich in einem Jahr verdiene.«

»Ihre Katze?« sagte ich.

»Sie ist ganz verrückt wegen dieser blöden Katze. Matilda heißt sie. Sie hat fast darauf bestanden, daß ich sie als Familienangehörige anführe. Kannst du dir das vorstellen?« Er schnaubte. »Diese reichen alten Witwen sind zum Kotzen«, sagte er angewidert und tunkte sein Hörnchen in den Kaffee.

Erst fast drei Monate später, als das erste warme Wetter war, erwähnte Ruby Mrs. Herkimer wieder. Doch inzwischen hatte sich seine Meinung von der alten Dame offenbar gemildert.

»He, was sagst du dazu?« sagte er. »Du erinnerst dich doch an Mrs. Herkimer, diese alte Dame, für die ich die Einkommensteuererklärung gemacht habe? Sie hat mich eingeladen, dieses Wochenende in ihrem Haus auf Long Island zu verbringen. Eine richtig schicke Bude mit Swimming-pool und allem.«

»Mensch!« sagte ich. »Ist ja prima.«

»Ja, aber hör dir das an. Heute nachmittag ruft sie mich im Büro an und sagt mir, daß ihre Schwester, die in Alabama oder irgendwo lebt, krank geworden ist, und daß sie dort runterfahren und bei ihr bleiben muß. Sie will mich aber nicht enttäuschen, und so schickt sie mir eine Garnitur Hausschlüssel durch einen Boten. Sie will, daß ich das Haus trotzdem benütze, und wenn ich will, kann ich sogar einen Freund mitbringen. Das Haus gehört fürs Wochenende mir.«

»Wum«, sagte ich und versuchte Rubys Enthusiasmus zu teilen. »Das wird sicher ein Spaß, Ruby.«

»Vielleicht«, sagte er verschlagen, und in seinen Augen funkelte ein Licht, das ich nicht mochte. »Vielleicht wird's ein Spaß. Ich hab verschiedene Ideen ...« Dann schlug er mich auf die Schulter. »Wie wär's, wenn du mitkommen würdest, Kleiner? Dann kannst du mal sehen, wie die andere Hälfte lebt.«

»Mein Gott, Ruby, meinst du das im Ernst? Ich?«

»Klar, warum nicht? Wir werden uns großartig amüsieren. Wenn's warm genug ist, können wir sogar schwimmen. Was meinst du?«

Ich zögerte, denn plötzlich fürchtete ich, daß hinter der Einladung mehr als Freundschaft steckte. Doch es ist mir immer schwergefallen, Ruby etwas abzuschlagen, und der Gedanke an einen Swimming-pool ohne neun Millionen schreiender Menschen war verlockend. Ich sagte ja und bemühte mich, mein unbehagliches Gefühl zu unterdrücken.

Ruby holte mich am Freitagabend gegen halb acht mit dem Auto seines Onkels zu Hause ab. Ich fuhr sehr ungern mit Ruby, denn er war wirklich ein schrecklicher Fahrer; das sommersprossige Gesicht grimmig angespannt, beugte er sich wie ein Jockey über das Lenkrad und starrte durch seine dicken Brillengläser. Es war ein Wunder, daß wir Mrs. Herkimers Besitz auf Long Island je erreichten.

Nun, ich will nicht sagen, daß Mrs. Herkimers Landhaus mich enttäuschte; ich war nur überrascht. Sicher, es war alles schick, doch auf eine altmodische Weise; jede Minute erwartete ich, daß Walter Pidgeon mit Rüschen auf der Hemdbrust eintreten würde. Überall, wohin man schaute, waren Spitzendeckchen und riesige Gemälde mit eigener Beleuchtung und schwellende Polstermöbel mit Beinen wie Löwenklauen. Doch es war ein reiches Haus, daran gab's gar keinen Zweifel. Ich meine, zum Beispiel das Badezimmer – statt des üblichen Zahnputzbechers stand da ein Champagnerglas. Die Handtücher hingen an hohlen Stangen, die heißes Wasser enthielten, damit die Handtücher angenehm warm blieben. Und es stand sogar ein Fußschemel neben dem – ach, ist ja nicht so wichtig. Es war *schick*.

An jenem ersten Abend saßen Ruby und ich an dem riesigen Kamin, den keiner von uns anzuzünden verstand, und wir räkelten uns wie zwei Millionäre. Ich fühlte mich ausgezeichnet, vor allem, nachdem Ruby mir ein großes Glas mit einer braunen Flüssigkeit, die er Amontillado nannte, gegeben hatte, doch das Zeug wurde in meinem Magen sauer, als er sagte:

»Ich hab alles genau ausgetüftelt, Kleiner. Dieses Ding wird uns ein paar Tausender einbringen – mindestens.«

»Ding?« Ich starrte ihn an »Welches Ding, Ruby?«

»Stell dich nicht blöd, Kleiner. Hast du je eine bessere Gelegenheit als diese gesehen? Das Haus ist unsere Auster; wir brauchen nur die Perlen zu finden, und sie gehören uns.«

Ich versuchte so schnell zu protestieren, daß meine Zähne meiner Zunge ins Gehege kamen. »Aber Ruby, so was *kannst* du nicht machen! Das ist nicht fair! Ich meine, die alte Dame hat dich doch eingeladen. Du kannst ihre Großzügigkeit nicht ausnützen und –«

»Sei nicht so ein Trottel«, fuhr Ruby mich an. »Ich denke nicht daran, irgend etwas zu nehmen. Erstens wäre das nicht sehr klug, oder? Die alte Dame weiß, daß wir hier sind, vergiß das nicht.«

Ich seufzte vor Erleichterung – voreilig.

»Nein«, sagte Ruby. »Wir müssen es ganz gerissen machen. Wir werden ausfindig machen, wo die alte Dame ihren besten Schmuck aufbewahrt. Wir schnappen uns ein paar Stücke und lassen Kopien machen, und dann legen wir die falschen zurück. Sie trägt das Zeug sowieso nie; die Chancen, daß sie je dahinterkommt sind gleich Null.«

Ich wußte, daß all meine Proteste Ruby nicht von seinem gewählten Kurs abbringen würden, und so sank ich nur zusammen und blickte mißmutig drein. Doch Ruby ließ mir nicht lange Ruhe; nach ein paar Minuten machten wir uns auf die Suche nach Mrs. Herkimers Juwelenversteck. Ich hoffte, daß wir es nicht finden würden, daß die alte Frau ihre letzte diamantene Anstecknadel nach Alabama mitgenommen hatte – und während der ersten halben Stunde unserer Suche sah es ganz so aus. Doch dann fand Ruby den Safe.

»He, schau dir das an!« rief er. »Hier hebt sie das Zeug auf!«

Ich schaute, und im Boden eines sonst leeren Schlafzimmerschranks sah ich einen niedrigen häßlichen, schwarzen Kasten. Er schien aus Eisen zu sein, und an der Tür war ein Kombinationsschloß. Ich wußte nicht, ob ich froh oder traurig sein sollte – der Safe sah absolut unbezwingbar aus, doch andererseits wußte ich, daß Rubys Erfindungskraft keine Grenzen hatte.

Er bückte sich, versuchte die Tür zu öffnen und fluchte leise. Dann begann er seine Fingerspitzen am Aufschlag seiner Jacke zu reiben.

»Was machst du, Ruby?« sagte ich.

»Ich poliere meine Finger, was denkst du? Sie polieren immer ihre Finger, wenn sie einen Safe knacken. Weißt du das nicht?«

»Aber warum, Ruby?«

»Woher soll ich das wissen?« knurrte er.

Er legte sein Ohr an die Tür und begann die Scheibe des Schlosses zuerst nach der einen und dann nach der andern Seite zu drehen. Er tat das etwa fünf Minuten, und ich sagte: »Worauf horchst du, Ruby?«

»Die Kombination, du Trottel. Man soll doch hören, wie das einrastet.« Offenbar war die Kombination widerspenstig, denn einen Moment später richtete er sich auf und sagte: »Wenn ich nur etwas Seife hätte –«

»Seife?« sagte ich.

»Ja, Seife, Nitro. Ich würde dieses Ding aufsprengen.«

»Mensch, Ruby!«

»Ich weiß, ich weiß«, murmelte er. »Das kann ich nicht machen; es wäre zu auffällig. Die alte Dame würde uns die Sache anhängen. Wir müssen eine andere Möglichkeit finden ...« Er schien ganz verzweifelt, und ich freute mich, ihn so zu sehen.

Dann schnippte er mit den Fingern, und das Geräusch ließ mich zusammenzucken wie ein Pistolenschuß. Ich wußte, was das Fingerschnippen bedeutete: Ruby war eine Idee gekommen.

»Komm mit«, sagte er und ging zurück zum unten gelegenen Wohnzimmer.

Ich folgte ihm und sah, wie er schnurstracks zum Telefon in der Diele lief. Er schlug das Branchenverzeichnis auf und blätterte es durch. Dann lächelte er, legte einen mageren Finger auf eine der Kolonnen und wählte eine Nummer. Als sich niemand meldete, fluchte er leise und versuchte eine andere. Er mußte fünf Nummern wählen, bis sich jemand meldete.

»Hallo?« sagte er. »Mein Name ist Herkimer und ich habe ein Problem mit einem Safe ... Ja, ich weiß, daß es spät ist, aber es ist wichtig ... Was sagen Sie? ... Nein, es kann nicht bis morgen warten, es ist ein Notfall.« Er sah mich stirnrunzelnd an. »Sie verstehen nicht«, sagte er in den Apparat. »Ich bin hier zu Besuch bei meiner Tante, und ich habe die Tür ihres Safes offen gefunden. Ich schlug sie zu und hörte eine Katze miauen ... *Katze* habe ich gesagt ... Ja, richtig. Dem verrückten Ding gefällt es dort drinnen. Und nun ist der Safe zu, und ich kann meine Tante nicht erreichen, damit sie mir die Kombination sagt ...« Er brach ab, und dann wurde sein Ton ärgerlich. »Schon gut, schon gut!« sagte er. »Ich *werde* die Polizei rufen, wenn das Ihre Einstellung ist!«

Er knallte den Hörer auf die Gabel und wandte sich mir zu. »Wie gefällt dir das?« sagte er wütend. »Sie wollen nicht mal einem armen, schutzlosen Tier aus einem Safe heraushelfen –«

»Was für einem Tier?« sagte ich.

Er ignorierte mich. »Okay. Wenn ich keinen Schlosser kriegen kann, dann hol ich die Polizei.«

»Die Polizei?« rief ich, am ganzen Körper zitternd.

»Warum nicht? Sie ist doch dazu da, um den Leuten zu helfen, oder? Holt sie nicht immer Katzen aus Kanalrohren und dergleichen? Das wenigste, was sie tun kann, ist, die Katze aus dem Safe zu holen –«

»Aber Ruby – es *ist* doch keine Katze in dem Safe.«

»Woher weißt du das?« sagte er. »Hast du Röntgenaugen oder was?«

»Aber Ruby, die *Polizei* –«

»Es ist doch ihre Pflicht, stimmt's? Also, was ist, wenn sie die Katze nicht findet? Dann hab ich mich eben getäuscht. Ich meine, niemand ist vollkommen.«

Er ging wieder zum Telefon, und mein Schutzinstinkt sagte mir, ich solle mich abwenden und rennen, doch ich war zu weit weg von zu Hause. Ich stand benommen daneben, als Ruby das örtliche Revier anrief, sich vorstellte und die wahre Geschichte unseres Besuchs erzählte. Außer der Sache mit der Katze, natürlich. Ich konnte nicht hören, was am andern Ende gesagt wurde, doch Rubys befriedigte Miene verriet mir, daß sein Plan Früchte trug.

Ich glaube, der einzige Grund, warum ich die nächsten paar Stunden überlebte, war das braune Zeug, das ich viermal in das große Glas schüttete. Als die Polizei kam, war ich so betäubt, daß ich wohl tatsächlich glaubte, daß eine Katze in dem schwarzen Safe in Mrs. Herkimers Schlafzimmer saß. Ich glaube, mir war deshalb sogar ein wenig weinerlich zumute.

Die zwei Männer, die erschienen, trugen beide Zivilkleidung, und der eine schien ein paar Dinge über Mrs. Herkimer zu wissen. Sein Name war Kellogg, und er sagte: »He, ist das die Katze, die sie vor ein paar Monaten verloren hat?«

»Verloren?« sagte Ruby ausdrucksIos. »Was meinen Sie?«

»Mrs. Herkimer rief uns vor ein paar Monaten an und meldete, daß ihre Katze vom Haus weggelaufen und nicht zurückgekommen sei. Sie war deshalb ganz außer sich und setzte hundert Dollar Belohnung aus. Ein Haufen Geld für eine Katze.«

Der andere Mann, ein grauhaariger, fünfzigjähriger Kerl mit einem dicken Bauch, lachte. »Vielleicht kriegen wir's, wenn wir den Safe aufbekommen. Würden Sie mir zeigen, wo er ist, Mister?«

»Wenn ihn jemand knacken kann«, sagte Kellogg, »dann Harris. Du hättest einen großen Ganoven abgegeben, was, Al?«

»Sicher.« Der dicke Mann grinste. »Aber ich bin zu nervös. Wenn das ein Typ mit Standardkombination ist, okay, aber erwartet keine Wunder, wenn's eins von diesen modernen Dingern ist. Dazu braucht man eine Spezialausrüstung, und die hab ich nicht.«

»Es ist im ersten Stock«, sagte Ruby.

Wir gingen alle in das Schlafzimmer, und der dicke Polizist machte sich an die Arbeit. Ruby sah ihm aufmerksam zu und versuchte wohl ein paar Tips für die Zukunft aufzuschnappen; ich selbst legte mich aufs

Bett, ruhte mich aus und versuchte das Zimmer, das sich plötzlich zu drehen begonnen hatte, wieder in normalen Zustand zu bringen.

Ich weiß nicht, wie lange der Polizist sich schwitzend und grunzend mit dem Schloß abmühte; es können nicht mehr als zehn Minuten gewesen sein, doch es schienen Stunden. Als ich das Ding zuerst in der Schlafzimmertür sah, dachte ich, ich hätte einen Anfall von Delirium tremens, und ich setzte mich auf und zwinkerte fest mit den Augen, damit es wegging. Doch es ging nicht weg. Es stand ganz ruhig da und verfolgte die Vorgänge voll Interesse. Nach einer Weile wurde mir klar, daß es keine Halluzination war – es war wirklich.

»He!« schrie ich. »Die Katze!«

Sie fuhren alle herum und blickten in die Richtung, in die mein Finger zeigte. Der gestreiften Katze in der Tür schien die Aufmerksamkeit nichts auszumachen; sie hob ihre Vorderpfote und leckte sie gleichgültig.

»Die Katze!« sagte Kellogg. »Nein, so was!«

Ruby glotzte mich mit weit aufgerissenen Augen an, doch ich war so erleichtert, daß die Katze aus dem eisernen Kasten heraus war, daß ich mich nicht darum kümmerte. Erst nach der ersten Reaktion erinnerte ich mich, daß die Katze nie in dem Safe gewesen war. Doch es war zu spät, um etwas zu ändern; der dicke Kerl stand auf, lachte und rief: »Komm, Pussy, Pussy, Pussy!«

Die Katze kam zu ihm, schnupperte an seinen polierten Fingerspitzen und lief dann desinteressiert weg.

Kellogg sagte ein wenig mürrisch: »Hm, Sie haben sich wohl geirrt. Die Katze war gar nicht dort drinnen.«

»Nein«, sagte Ruby leise. »Ha-ha. Es war ein Irrtum.«

»Nicht so schlimm«, sagte der dicke Kerl, der wahrscheinlich froh war, daß er seine Fähigkeiten nun doch nicht zu beweisen brauchte. »Die alte Dame wird jedenfalls glücklich sein.«

»Ja.« Ruby lächelte mühsam. »Sie wird vor Freude ganz außer sich sein.«

»Gehen wir«, brummte Kellogg.

Sie gingen ein paar Minuten später, und wir blieben mit einem ungeöffneten Safe und einer fetten, gestreiften Katze zurück.

Ich brauche Ihnen nicht sagen, wie froh ich war, daß die Sache so endete. Ich versuchte meine gute Stimmung auf Ruby zu übertragen, doch er zog es vor, schlecht gelaunt zu bleiben. Nein, noch schlimmer, er blickte nachdenklich, und ich wußte, daß Ruby Martinson, das böseste Gehirn des Jahrhunderts, sich durch einen Rückschlag nicht von seinem verbrecherischen Weg abbringen ließ.

»Schön«, sagte er mir am nächsten Morgen. »An die Juwelen der alten Dame kommen wir also nicht ran. Aber vielleicht haben wir etwas, das ihr wesentlich mehr wert ist.«

»Hm?« sagte ich. »Was meinst du, Ruby?«

»Ihre Katze, du Trottel. Matilda.«

»Klar«, sagte ich glücklich. »Schließlich hat sie hundert Dollar Belohnung ausgesetzt. Vielleicht können wir die beanspruchen.«

»Hundert Dollar!« sagte Ruby verächtlich. »Wer redet von hundert Dollar? Ich rede von einem Haufen Geld, Idiot.«

»Ein Haufen Geld?«

»Klar! Die alte Dame hat letztes Jahr Tausende für die Katze ausgegeben. Diese räudige alte Katze ist wie ihr *Kind.*«

»Und?«

»Verstehst du denn nicht? Wenn sie denkt, daß die Katze in Gefahr ist, wenn sie denkt, sie wird sie nie wiedersehen – dann wird sie viel mehr ausspucken als schäbige hundert Dollar. Kapiert?«

Ich schüttelte den Kopf.

»Kidnappen werden wir sie!« sagte Ruby barsch. »Wir werden der alten Dame schreiben, daß wir Matilda haben. Wir werden sie ganz genau schildern und sogar etwas von ihrem Pelz mitschicken, damit sie weiß, daß wir keine Witze machen. Wir werden ihr drohen, die Katze in einen Papierbeutel zu stecken und sie in den Fluß zu werfen, wenn die alte Dame nicht mit den Moneten rüberkommt. Mit –« Ruby dachte nach. »Tausend Dollar.«

»Tausend? Für eine Katze?«

»Nicht für *irgendeine* Katze, du Idiot. Für ihre geliebte Matilda. Sie würde fünfmal soviel bezahlen, wenn wir darauf bestehen, aber wir wollen nicht gierig sein. Schließlich sind wir ihre Gäste.« Ruby machte eine Miene, als würde er sich selbst aufopfern, und dann ging er einen Bleistift und Papier suchen.

Ruby schrieb den Erpressungsbrief, in dem er Matilda beschrieb und Mrs. Herkimer aufforderte, tausend Dollar unter dem Namen Fred Feline an Grand Central, postlagernd, zu schicken. Das Schwierigere war, eine Probe von Matildas Pelz zu beschaffen. Die Katze war bis dahin freundlich gewesen und hatte unsere Hände geleckt und geschnurrt wie ein Außenbordmotor, doch sobald Ruby begann, sie mit einer Schere zu verfolgen, wurde sie scheu. Matilda war eine große, fette Katze, groß wie ein gestreifter Ballon. Schließlich, nachdem er mehrere Kratzer an den Handgelenken und der Wange davongetragen hatte, gelang es ihm, sie in eine Ecke zu treiben und ein Stück Pelz abzuschneiden.

Wir gaben den Brief am Morgen auf und behielten Matilda den ganzen Sonntag im Auge, damit sie nicht wieder verschwand. Sie war wirklich eine merkwürdige Katze. Ich hatte vorher noch nie eine so dicke gesehen. Und die Art, wie sie sich benahm, war auch seltsam; sie rollte herum, schlug ohne ersichtlichen Grund mit den Pfoten in die Luft und jammerte. Wir beobachteten sie den ganzen Tag sorgsam und kamen nicht dazu, Mrs. Herkimers Swimming-pool zu benützen.

Als am Sonntagabend die Zeit zum Aufbruch kam, mußte entschieden werden, wer Matilda zu sich nehmen sollte. Ich erbot mich sofort freiwillig, sie Ruby zu überlassen. Der einzige Haken, sagte Ruby, wäre, daß seine Mutter stark allergisch gegen Katzen sei – außerdem gegen Pferde, Hunde, Tabakqualm und Schnurrbärte. Meine Mutter mochte Katzen auch nicht besonders, doch die Entscheidung wurde getroffen, so unangenehm es mir war, für eine Katze verantwortlich zu sein, die offensichtlich verrückt und außerdem glatte tausend Dollar wert war.

Zwei Tage tollte die Katze in unserer Wohnung herum, als ob sie eine Kandidatin für die Tierabteilung von Bellevue war. Meine Mutter konnte nicht begreifen, was ich an so einer irren Katze fand, und sie begann dunkle, aus der alten Welt stammende Bemerkungen über den bösen Blick zu murmeln. Eines Nachts, als ich schlief, sprang diese verrückte Katze auf meine Brust, und ich schrie so laut, daß ich die Nachbarn im obersten Stock weckte. (Wir wohnten im zweiten.) Ich erklärte meiner Mutter, daß ich die Katze nur für Ruby aufbewahrte, und das schien sie zufriedenzustellen – aus irgendeinem Grund hielt meine Mutter alles, was Ruby tat, für gut.

Am dritten Tag hatten wir noch immer nichts von der alten Dame in Alabama gehört, und Matilda benahm sich merkwürdiger denn je. Ich berichtete es Ruby, und er kam in unsere Wohnung, um sie sich anzusehen. Da sagte meine Mutter etwas, das uns beide mit Angst erfüllte. »Glaubt mir«, sagte sie, »diese Katze ist krank.«

»Mensch, Ruby«, sagte ich, »was ist, wenn sie recht hat?«

Er kaute nachdenklich an seiner Lippe. »Das könnte allerdings unangenehm werden. Mrs. Herkimer wird wahrscheinlich kein Theater machen, wenn sie die Katze in gutem Zustand wiederbekommt. Aber wenn Matilda stirbt –« Er machte eine Pause. »Es gibt nur eine Möglichkeit. Wir müssen sie zu einem Tierarzt bringen. In der Lexington Avenue ist eine Katzen- und Hundeklinik. Sehn wir mal, was die sagen.«

Wir riefen in der Klinik an, um zu fragen, ob sie abends Sprechstunden hätten, und man sagte uns, daß ein Arzt bis neun Uhr Dienst hätte. Das hieß, daß wir nur noch eine halbe Stunde Zeit hatten; also nahmen wir ein Taxi. Es kostete uns zwei Dollar, das Honorar des Tierarztes betrug drei und wir waren die Unkosten noch nicht los. Der Katzendoktor warf einen Blick auf Matilda und sagte: »Dieser Katze fehlt gar nichts. Sie ist nur schwanger.«

»Schwanger?« rief Ruby. »Sie meinen, sie kriegt ein Baby?«

»Im allgemeinen sind es Kätzchen«, sagte der Tierarzt trocken.

»Deshalb war sie also so komisch«, sagte Ruby stirnrunzelnd. »Wann wird's soweit sein, Doc?«

»Schwer zu sagen. Aber ich glaube, in höchstens ein oder zwei Wochen. Sie brauchen sich keine Sorgen zu machen; eine Katze weiß, was sie zu tun hat. Sorgen Sie nur dafür, daß sie gut gefüttert wird und daß sie einen schönen warmen Platz hat, wohin sie sich zurückziehen kann. Am besten ist ein Schrank.«

»Aber das kann sie nicht tun!« rief ich aufgeregt. »Nicht in meinem Haus, Ruby!«

Ruby biß sich in die Lippe. »Okay. Wieviel würde es kosten, Matilda hier unterzubringen, Doc? Bis die Kätzchen kommen?«

»Zehn Dollar pro Woche.«

»Meinetwegen«, sagte Ruby und griff nach seiner Brieftasche. »Ich glaube, das ist es wert.«

So ließen wir Matilda dort, und ich war froh, sie los zu sein. Ich begann sogar, die Sache gut zu finden und mir vorzustellen, wie ich die fünfhundert Dollar einstecken würde, wenn das Lösegeld kam. Am nächsten Tag rief Ruby mich an und sagte mir, ich solle mich mit ihm bei Hector treffen, und im Moment, da ich sein Gesicht und das purpurne Kuvert in seiner Hand sah, wußte ich, daß die Nachricht schlecht war.

»Lies das«, sagte er und reichte mir das zusammengefaltete Blatt Papier aus dem Kuvert. Ich tat es.

Meine Herren, lautete der Brief. *Leider kann ich Ihnen kein Geld schicken, da die Katze in Ihrem Besitz offenbar nicht Matilda ist. Matilda war ein Manx-Kater mit orangefarbenen und gelben Streifen. Wenn Sie ihn ausfindig machen, beträgt die Belohnung einhundert Dollar. Vielen Dank für Ihr Interesse.*

Hochachtungsvoll
(Mrs.) Irene Herkimer

»Ein Kater?« sagte ich und starrte Ruby an. »Ein Kater?«

»Ja«, antwortete er mürrisch. »So was Verrücktes von dieser alten Schachtel, einen Kater Matilda zu nennen.«

»Wo ist dann die andere Katze hergekommen? Was hat sie dort gemacht?«

Ruby zuckte die Achseln. »Frag mich nicht. Ich nehme an, sie war Matildas Freundin und sie kam, um ihre Sorgen mitzuteilen. Wie findest du das?« stöhnte er.

Nun, wie ich schon zu Beginn sagte, es war kein totaler Verlust. Unsere schwangere Katze gebar zwei Wochen später einen Wurf süße schwanzlose Manx-Kätzchen mit orangefarbenen und gelben Streifen. Ruby gab sie Mrs. Herkimer, und sie drängte ihm trotz seiner schwachen Proteste fünfundzwanzig Dollar auf. Das hieß, daß wir bei der Sache wenigstens die Unkosten hereinbrachten, und für meinen Cousin Ruby Martinson war das gar nicht übel.

Ruby Martinson – sag, daß es nicht so ist

In manchen Nächten, als ich das verwirrende Alter von achtzehn und neunzehn Jahren durchmachte, lag ich nachts wach und fragte mich, was mein Cousin Ruby Martinson wohl *nicht* tun würde. Mit dreiundzwanzig hatte Ruby bereits sämtliche denkbaren Delikte begangen, ohne daß sich das Verbrechen bisher für Ruby gelohnt hatte, doch ich wußte, daß sein fruchtbarer und ruchloser Geist ihn eines Tages nach Sing-Sing oder in den Yacht-Klub bringen würde.

Doch wenn es ein Verbrechen gab, das ich nie mit Ruby in Verbindung bringen konnte, dann war es die Manipulierung eines Baseballspiels. Ruby war einer von diesen schreienden, schluchzenden Baseballfans, die man hin und wieder sieht, und jedes Frühjahr konnte ich mich auf eine Änderung seiner Stimmung gefaßt machen, je nachdem, ob die Dodgers (damals noch Brooklyns Stolz) gewannen oder verloren. Ich ging manchmal sogar mit ihm nach Ebbets Field, lehnte mich zurück und betrachtete die riesige Brille auf seiner winzigen Nase, seinen mageren Körper, der angespannt war wie eine Feder, seine Sommersprossen, die in der Sonne noch reichlicher wurden, und dann fragte ich mich, ob das der gleiche Mann war, der einst einen narrensicheren Plan ausgearbeitet hatte, um R. H. Macy in einem Hinterzimmer seines eigenen Ladens für ein Lösegeld festzuhalten.

Das Ganze begann mit Dorothy, dem Mädchen, mit dem Ruby verlobt war. Dorothy war ein richtig süßes Ding, eine Lehrerin, die keine Ahnung hatte, was ihr mit dem größten Verbrecher der Welt bevorstand. Ruby und Dorothy waren damals ziemlich vernarrt ineinander, und ich bekam ihn nicht viel zu sehen, doch nach einem Monat ohne Ruby erhielt ich eines Tages die Nachricht, daß ich meinen alten Posten in Hectors Cafeteria wieder einnehmen sollte. Es war fein, Ruby wiederzusehen, selbst wenn er so niedergeschlagen aussah wie der Weißfisch, der mit traurigen Augen im Delikatessenbüfett nahe unserem Tisch lag.

»Mensch, was ist los, Ruby?« sagte ich. »Fühlst du dich nicht gut?«

»Ich fühl mich lausig«, brummte er.

Ich stellte keine Fragen, weil ich wußte, daß Ruby mir die Geschichte zur rechten Zeit erzählen würde. Und genau das geschah.

Wie gesagt, Ruby und Dorothy waren verliebt und machten Pläne für die Zukunft und alles war in Butter. Selbst als Dorothy den Brief von ihrer Tante Katie in Duluth bekam, in dem die unmittelbar bevorstehende Ankunft ihres Sohnes Harold angekündigt wurde, vermutete keiner von ihnen, daß die Hand des Schicksals sich zur Faust ballen würde. Tatsächlich war Ruby ziemlich interessiert, zu erfahren, warum Harold nach dem Osten kam.

Der elf Jahre alte Harold war ein Baseballgenie, und die örtlichen Kundschafter der Kleinen Liga hatten sich ihn geschnappt. Falls Sie das nicht wissen – die Kleine Liga ist eine Art kleine Ausgabe der Großen Liga, und die Kinder spielen mit der gleichen Intensität, wie man sie im Yankee-Stadion findet. Harold hatte einen Gewinn- und Verlustrekord von 10:1 im Jahr, was ziemlich gut ist. Besser gesagt, es ist nicht ziemlich gut, sondern hervorragend. Im Jahr zuvor war er der einzige 30-Spiele-Gewinner in der Liga gewesen und hatte sein Team, die Duluth Demons, zum ersten Platz geführt. Die östlichen Klubs gaben wahrscheinlich schon auf, wenn sie hörten, daß die Demons auf ihrem Spielplan standen. Harold war eine richtige Berühmtheit, und Ruby fühlte sich deshalb irgendwie geschmeichelt.

Bis er Harold kennenlernte.

Rubys Schilderung von Harold würde der Mutter des Jungen nicht direkt gefallen. Er war, wie Ruby sagte, ein kleiner, gedrungener Kerl mit einer Stupsnase und vorstehenden Zähnen und noch mehr Sommersprossen als Ruby. Er plapperte die ganze Zeit und kaute immer an einem Streichholz, und sein schmutziges Hemd hing dauernd aus der Hose.

Jedenfalls, Ruby war an dem Tag, als Harold zu Besuch kam, in Dorothys Wohnung; der Junge wohnte mit dem übrigen Team in einem Jugendheim am Stadtrand. Als erstes sagte er zu Ruby: »Junge, was für 'ne Visage. Wann nimmst du die Maske ab, Großer?«

Ich konnte mir gut vorstellen, welche Wirkung das auf Ruby hatte.

»Was ist los, Vierauge«, fuhr der Junge fort, »hat dich 'ne Katze in die Zunge gebissen?«

»Aber Harold«, sagte Dorothy steif. »So darfst du doch nicht mit deinem Schwager Ruby reden.«

»Mein Schwager?« sagte Harold spöttisch. »He, du denkst doch nicht wirklich dran, diesen Trottel zu heiraten, Dotty?«

Dorothy intervenierte, bevor ernstlicher Schaden entstand, und sie schlossen einen Waffenstillstand. Sie gingen zusammen zum Dinner, und der Junge verschlang drei Portionen Truthahn, zwei Gläser Schokoladenmilch, zwei Stücke Bananencremetorte und das Dessert. Als sie mit der U-Bahn zurückfuhren, kotzte der Junge das Ganze auf Rubys besten Anzug.

Natürlich war Ruby nicht gerade begeistert von dem kleinen Harold, und er sagte das Dorothy. Dann verließ er die Wohnung und schlug die Tür zu.

Später am Abend rief er Dorothy in einem Reueanfall an, und sie sagte: »Ist alles in Ordnung, Ruby. Harald tut es leid, daß er sich so benommen hat, und er möchte sich entschuldigen.«

Ruby zuckte zusammen und hörte, wie der Junge in süßem Ton sagte:

»Ruby? Hier ist Harold. Tut mir leid, daß ich dich angekotzt hab.«

»Ist okay«, sagte Ruby.

»Ich wollte dich nicht kränken. Ich mein, du kannst ja nichts dafür, daß du so aussiehst.«

»Schon gut«, sagte Ruby und knirschte mit den Zähnen.

»Dann bis morgen abend«, sagte Harold.

»Was?« Doch Harold war weg und Dorothy war am Telefon und erklärte: »Ruby? Ich hab versprochen, daß du dir mit Harold morgen abend Radio City anschauen wirst. Ich würde mitkommen, aber ich hab noch eine späte Sitzung in der Schule. Macht es dir wirklich nichts aus?«

»Nein«, sagte Ruby, an dem Wort würgend. »Es macht mir gar nichts aus.«

Nach Rubys Schilderung war sein Abend mit Harold der Spanischen Inquisition kaum vorzuziehen. Er war erleichtert, als das Kino und die Eisrevue vorbei waren, und sie gingen zu einem Schlummertrunk in ein nahes Restaurant. Er sah Harold zu, wie er zwei riesige Portionen Eis vertilgte und bemühte sich, Konversation zu machen.

»Na«, sagte er, »wann ist das große Spiel, Harold?«

»Nächsten Samstag«, sagte der Junge. »Verlaß dich drauf, ich erschlag diese Burschen wie Fliegen.«

Ruby lächelte mühsam. »Ich glaube, du bist ziemlich gut. Kaum anzunehmen, daß du verlierst, was?«

»Ausgeschlossen.«

»Wie ist das eigentlich? Die Leute wetten nicht auf Spiele der Kleinen Liga, oder?«

»Daheim hatten wir ein paar Burschen, die haben auf jedes Spiel gewettet. Mensch, du bist aber reichlich bekloppt, wie?«

Ruby war nicht beleidigt. Er dachte zu angestrengt nach.

»Ich glaube, du hast recht. Die Leute wetten auf alles. Aber ich glaube, die Wetten bei diesem Spiel wären absurd –«

»Ich würde sagen hundert zu eins.«

»Hundert zu eins! Da könnte man richtig abstauben, was?«

»Keine Chance. Ich werd mit der linken Hand mit ihnen fertig.«

»Aber falls ihr verlieren *würdet*. Ich meine, du könntest ja mal einen schlechten Tag haben oder krank werden oder irgend so was.«

»Ich nicht, mein Lieber. Ich hab einen prima Ruf. Und das bleibt so.«

Ruby leckte sich die Lippen; das heiße kriminelle Blut in seinen Adern begann zu kochen.

»Aber wenn du *beschließen* würdest, zu verlieren, Harold? Niemand könnte es dir verübeln, wenn du mal *ein* Spiel verlierst. Ein paar smarte Burschen könnten dann einen richtig guten Schnitt machen, wenn sie richtig wetten. Du verstehst, was ich meine?«

»Nein.«

»Ich meine, daß du *absichtlich* verlierst, Harold. Dann könntest du und dein Partner sich die Moneten teilen – vielleicht einen Tausender.«

»*Tausend* Dollar?« sagte Harold mit aufgerissenen Augen. »Hast du *tausend* Dollar gesagt?«

»Denk an all die Bananen-Splits, die du dir dafür kaufen könntest, Harold. Ich wette, du hast noch nie in deinem Leben soviel Geld gesehen, stimmt's?«

»Nein«, sagte Harold mit gerunzelter Stirn. »Ich hab noch nie mehr als fünf Dollar auf einmal gehabt.«

»Und es ist leicht, Harold, glaub mir. Ich würde die ganze Arbeit machen, all das Kapital investieren. Du brauchst nichts weiter zu tun als ein paar Bälle so auf den Mann su servieren, daß sie deine Angaben schön um den Platz schlagen können. Mehr wäre nicht nötig, Harold. Was meinst du dazu?«

»Mensch, ich weiß nicht –«

»Komm schon, Harold! Ist ja bloß ein lausiges Spiel. Du kannst alle andern Spiele in diesem Jahr gewinnen und trotzdem eine Menge gutes Geld verdienen.«

Der Junge blickte auf; ein verschlagenes Grinsen breitete sich auf seinem sommersprossigen Gesicht aus.

»Okay«, sagte er. »Was ist schon ein Spiel? Abgemacht, Partner!«

Er streckte seine klebrige Hand aus, und Ruby drückte sie.

Nun, die Sache war geritzt, und Ruby war ganz außer sich. Natürlich fand er ein paar Burschen, die interessiert waren, auf den Ausgang des Spieles zu wetten und die wohlinformiert über Harolds Tüchtigkeit schienen. Die Quoten waren nicht direkt hundert zu eins, wie Harold gemeint hatte, doch sie waren immer noch sehr gut – zwölf zu eins. Ruby flitzte in der Stadt herum wie ein verrücktes Huhn und versuchte möglichst viel Geld aufzutreiben, und schließlich bekam er zweihundertfünfundsiebzig Dollar zusammen, die er schnell in die heißen Hände der Wettenannehmer legte. Er war ganz glücklich. Wer wäre das nicht mit einem Gewinn von dreitausend in Aussicht?

Dorothy war entzückt über Rubys Wandlung, obwohl sie nicht den wahren Grund wußte. Doch Ruby behandelte den kleinen Harold, als ob er eine Art Prinz zu Besuch sei, und der Junge leckte das richtig auf. Am Mittwoch, drei Tage bevor das große Spiel im Reiss-Park in der Bronx stattfinden sollte, erschien Ruby in Dorothys Wohnung mit zwei Schachteln Bonbons, von denen eine ausdrücklich für Dorothys ballspielenden kleinen Cousin bestimmt war.

»Das ist aber wirklich nett von dir, Ruby«, sagte Dorothy. »Ich bin so froh, daß du und Harold Freunde geworden seid.«

»Ja«, wieherte der Junge. »Nichts geht über eine gute Freundschaft, was, Vierauge?«

»Genau«, sagte Ruby.

Harold nahm ein Cremebonbon aus der Schachtel. »Die Dinger sind aber gut, Ruby. Aber ich darf natürlich nicht zuviel essen. Muß in Kondition bleiben.«

»Klar«, sagte Ruby grinsend.

Harold zwinkerte. »Ich möchte am Samstag wirklich mein Bestes tun. Wenn du weißt, was ich meine.«

»Natürlich.«

»Schließlich hab ich meiner Mam und meinem Paps versprochen, daß ich gewinnen werde. Und Dotty hab ich's auch versprochen. Ich darf sie doch nicht enttäuschen, oder?«

Ruby schluckte mühsam. »Harold«, sagte er mit belegter Stimme. »Kann ich dich einen Moment allein sprechen?«

»Weshalb, Ruby?«

»Ach, kümmert euch nicht um mich«, sagte Dorothy fröhlich. »Ich hab noch Geschirr in der Küche. Unterhaltet euch gut, ihr beiden Männer.«

Sie ging hinaus, und Ruby sprang von seinem Stuhl auf und stürzte zum Sofa, wo der Junge vergnügt ein Stück Nougat kaute.

»Was soll dieses Gerede?« sagte Ruby heiser. »Vergiß nicht unsere Abmachung, Mensch.«

»Abmachung?« Harold zog die Augenbrauen hoch. »Was für eine Abmachung denn, Ruby. Hm?«

»Soll das ein Witz sein? Wegen dem Spiel am Samstag. Du weißt doch.«

»Ich versteh dich nicht, Cousin Ruby«, sagte der Junge lächelnd wie ein Engel mit Pferdezähnen. »Ich werde mir natürlich alle Mühe geben, zu gewinnen. Du kannst auf mich zählen.«

»Zu gewinnen? Hör mal, du kleine Kröte, ich hab fast dreihundert Dollar auf das andere Team gesetzt. Schmier mich ja nicht an!«

»Aber, Cousin Ruby! Du weißt doch, daß du auf Spiele der Kleinen Liga nicht wetten sollst. Was würden die Leute sagen? Was würde Dorothy sagen?«

Ruby packte ihn am Kragen. »Machst du mit oder nicht?« sagte er grob. »Wirst du dieses Spiel verlieren oder nicht?«

»He-he-he«, sagte Harold durch seine zugedrückte Kehle. »Des Verbrechens Kraut trägt bittere Frucht. Der Große Bruder sieht dich!«

Ich glaube, Ruby hätte ihn in diesem Moment umgebracht, wäre nicht Dorothy zurückgekommen. Doch er wußte mit Sicherheit, daß der Junge nicht die Absicht hatte, das Spiel zu verlieren. Er würde die Duluth Demons zum Sieg führen, und Ruby würde sein schwerverdientes Geld über den Horizont des Reiss-Parks verschwinden sehen.

»Was hast du denn, Ruby?« sagte Dorothy. »Du siehst so blaß aus.«

»Ich glaube, er muß kotzen«, sagte Harold. »Geh weg von mir, Vierauge, dies ist mein bester Anzug.«

So, das war die Geschichte, die Ruby mir bei Hector erzählte, und ich hörte mit allem Mitgefühl, das ich aufbrachte, zu. Doch offen gesagt, mich erfüllte auch Erleichterung, denn dies war eine Sache, in die Ruby mich nicht hineingezogen hatte, und ich war dankbar. Doch ich war zu früh dankbar.

»Jedenfalls«, sagte er, »– der Junge hat mich richtig am Haken. Er wird morgen dort hinausfahren, um das Spiel zu gewinnen. Nur um mich zu ärgern.«

»Morgen?« sagte ich. »Du meinst, das Spiel ist schon morgen?«

»Ja. Und deshalb bleiben mir nur ein paar Stunden, um etwas zu unternehmen. Aber keine Sorge. Ich hab das Ganze schon ausgearbeitet; alles, was ich jetzt brauche, ist ein bißchen Hilfe.«

Ich schrumpfte etwa dreißig Zentimeter zusammen; ich wußte, was als nächstes kommen würde.

»Es ist eine schöne und einfache Idee«, sagte Ruby und beugte sich eifrig vor. »Die einzige Möglichkeit, dafür zu sorgen, daß die Demons dieses Spiel verlieren, besteht darin, dafür zu sorgen, daß Harold nicht spielt. Stimmt's?«

»Stimmt«, sagte ich unsicher.

»Und wie kann ich Harold davon abhalten, zu spielen? Indem ich dafür sorge, daß er nicht zu dem Spiel kommt. Stimmt's?«

»Stimmt«, seufzte ich.

»Und genau das werde ich tun«, sagte Ruby triumphierend. »Ich hab den ganzen Plan ausgearbeitet, und *du* bist der wichtigste Teil davon.«

»Mein Gott, Ruby«, sagte ich.

»Halt den Mund und hör zu. Gestern abend, als Harold sich mit Schokolade vollstopfte, hab ich diesen lausigen Handschuh, den er immer trägt, genommen und hinter Dorothys Sofa versteckt. Ich hab Dorothy gebeten, ihn heute im Jugendheim anzurufen und ihm zu sagen, daß er ihn morgen in ihrer Wohnung abholen kann – ein paar Stunden vor dem Spiel. Und er kommt tatsächlich und holt ihn; er *liebt* diesen blöden Handschuh.«

»So?«

»Jawohl. Er wird morgen vormittag gegen elf in Dorothys Wohnung auftauchen. Aber Dorothy wird mit mir ausgehen. Ich hab sie überredet, sich schon früh mit mir zu treffen, gegen halb elf wegzugehen und mit dem Bus zum Reiss-Park zu fahren.«

»Wie soll er dann seinen Handschuh kriegen?«

»Jemand anderer wird da sein, du Idiot. Du.«

»Ich?«

»Ja, du, ganz allein in Dorothys Wohnung. Und noch mehr – du darfst ihn nicht rauslassen.«

»Nicht rauslassen?« Ich schluckte einen halben Kringel und erstickte fast.

»Bei deinem Leben nicht. Du wirst ihn nicht rauslassen, bis das Spiel im Reiss-Park richtig im Gang ist. Du mußt ihn gefangenhalten, bis sicher ist, daß ich diese Wette gewinne!«

Nun, wenn ich je gegen einen von Rubys Plänen protestiert habe, dann tat ich's jetzt. Das Ganze war praktisch Kidnapping. Und wie sollte ich hoffen, ein kleines Monstrum wie Harold in Dorothys gemütlicher kleiner Wohnung festzuhalten?

»Ruhig, ruhig«, sagte Ruby barsch. »Ich hab auch das genau ausgearbeitet. Du verwickelst ihn in ein Gespräch – über Baseball und so. Ihr merkt beide gar nicht, wie die Zeit verfliegt. Und noch mehr; du hast, bevor er kommt, sämtliche Uhren in der Wohnung zurückgestellt. Der Junge hat nie eine Uhr bei sich – er wird gar nicht merken, was passiert. Alles klar?«

»Es wird nie klappen«, schluchzte ich. »Ehrlich, Ruby, so was kann ich nicht machen –«

»Schon gut, schon gut!« sagte er scharf. »Ich weiß, was dir nicht recht ist. Aber keine Sorge – ich beteilige dich mit zehn Prozent an dem Kies, den ich kassieren werde.«

»Aber es ist nicht das Geld, Ruby, ehrlich –«

»Genug jetzt«, sagte Ruby schroff und stand auf. »Halt den Mund und sei morgen um halb elf in Dorothys Wohnung. Das übrige liegt bei dir. Verstanden?«

Ich nickte schlapp. Ich wußte nicht, was ich sonst tun sollte.

Der nächste Morgen begann schlecht: Ich wachte auf. Je mehr ich über das, was Ruby von mir wollte, nachdachte, um so schrecklicher war mir der Gedanke, aus dem Bett zu steigen und zu Dorothys Wohnung zu fahren. Es war ein Wunder, daß ich es überhaupt schaffte.

Dorothy und Ruby waren für ihren Ausgang bereits angezogen, und sie sahen aus wie zwei glückliche Schulkinder. Dorothy war es gar nicht recht, daß ich auf Harold warten sollte, während sie fortgingen. Doch Ruby versicherte ihr, daß es mir überhaupt nichts ausmache, oder? Nein, sagte ich, es mache mir nichts aus.

»Wir sehen dich um eins im Reiss-Park«, sagte Dorothy. »Okay?«

»Ja«, sagte ich und lächelte schwach.

Sie gingen und ließen mich allein, und ich machte mich auf die Suche nach Uhren und ging in der ganzen Wohnung herum. Eine große Uhr war auf dem Kaminsims, eine Kuckucksuhr in der Diele und eine elektrische Uhr in der Küche. Ich stellte sie alle eine Stunde zurück. In letzter Minute fiel mir ein, daß ich auch meine eigene Armbanduhr zurückstellen mußte.

Ich wartete daumendrehend und versuchte Dorothys *Ladies' Home Journal* zu lesen. Ich las alles über die Problematik der Scheidung im mittleren Alter, und dann klingelte es an der Tür.

Ich öffnete und sah, daß Ruby nicht übertrieben hatte. Harold hatte Zähne, die vorstanden wie ein Pferdegebiß, und eine Unmenge Sommersprossen.

»Ich komme wegen dem Handschuh«, sagte er, ein halbes Pfund Kaugummi zwischen seinen Zähnen wälzend. »Wer bist du?«

»Ich bin ein Freund von Dorothy«, sagte ich. »Möchtest du nicht reinkommen?«

»Okay«, sagte er achselzuckend.

Er machte es sich auf dem Sofa bequem, während ich so tat, als ob ich den Handschuh suchte.

Ich sagte: »Ich hab gehört, du bist ein prima Baseballspieler.«

»Es geht«, sagte er bescheiden.

»Ich interessiere mich für Baseball.«

»Eins zu null für dich, Paps. He, sag mal, kann man in dieser Bude was zu trinken kriegen?«

»Zu trinken?«

»Vielleicht eine Limonade?«

»Oh«, sagte ich. »Ich hol dir eine.«

Ich ging in die Küche und brauchte fast zwanzig Minuten, um einen Krug Limonade zu machen. Sie schmeckte wie Batteriesäure, doch Harold schüttete sie ohne Schwierigkeiten hinunter. Sie muß ihn hungrig gemacht haben, denn er bat mich um etwas zu essen. Ich fand in Dorothys Kühlschrank ein halbes Huhn, Erdnußbutter und Apfelmus; er aß zu jedem ein Sandwich, und dann aß er ein Riesenstück Marmorkuchen. Mir wurde allein vom Zusehen schlecht.

Ich weiß nicht, wie es mir gelang, die nächsten paar Minuten seine Aufmerksamkeit zu fesseln, doch schließlich brach der Bann, und er sagte: »Wie spät ist es?«

»Halb zwölf«, stieß ich hervor und deutete mit dem Kopf auf die Uhr auf dem Kaminsims.

»Ich werd lieber gehen«, sagte er. »Ich muß um eins im Reiss-Park sein.«

»Du hast genug Zeit«, sagte ich. »Iß noch etwas Kuchen!«

»Nein, ich geh lieber. Danke für das Essen, Kumpel.«

»Du kannst nicht gehen!« sagte ich.

»Wer sagt das?«

Ich rannte zur Tür und lehnte mich mit ausgebreiteten Armen dagegen. »Du kannst nicht! Ich kann dich nicht lassen!«

»Bist du verrückt oder irgendwas?«

»Tut mir leid«, sagte ich mit zitternder Stimme. »Ich kann dich nicht gehen lassen. Du mußt hierbleiben.«

»Hierbleiben? Du bist wohl übergeschnappt!«

Er versuchte sich an mir vorbeizudrängen; zum Glück war er nur ein kleiner Bursche.

»He, du Idiot, laß mich hier raus!«

»Ich kann nicht –«

Prompt trat er mich vor die Schienbeine.

»Au! Laß das!«

»Läßt du mich raus?«

»Nein!«

Er griff mich an, und es war eine Pracht. Ich meine, ich bin kein sehr sportlicher Typ, und selbst ein elfjähriger kleiner Junge kann mir weh tun. Und er tat mir weh. Ich war grün und blau, bis mir klar wurde, daß er es ernst meinte.

»Okay«, sagte er, »wenn du's gern so möchtest.«

Er wandte sich ab und rannte zum Fenster. Bevor ich

es verhindern konnte, hatte er das Fenster auf und schrie: »Hilfe! *Hilfe!* Ich bin gefangen!«

»Hör auf!« rief ich und zog ihn weg.

»Helft mir!« brüllte er. »Feuer! Polizei!«

»Laß das!« schrie ich und kämpfte mit den neun Armen, die ihm plötzlich gewachsen waren. »Ich möchte dich nicht fesseln –«

»Hilfe! Mord! POLIZEI!«

Es hatte keinen Zweck; ich mußte drastische Methoden anwenden. Ich schleppte ihn zum Sofa, und in einem Kampf, der mich fast eine Schicht Haut kostete, gelang es mir, seine Hände und Füße zu fesseln und seinen Mund mit den Kordeln von Dorothys Wohnzimmervorhängen zu knebeln. Es war ein Alptraum; ich fühlte mich wie eine Art Teufel. Doch der Gedanke an Rubys Tadel, wenn mir die Sache mißlang, war noch furchtbarer.

Schließlich lag er ruhig da. Ich blickte auf die große Uhr auf dem Kaminsims, und es war zwanzig nach zwölf. Das bedeutete, daß es in Wirklichkeit zwanzig nach eins und das Spiel im Gang war. Sie können sich nicht vorstellen, wie erleichtert ich war.

Etwa zehn Minuten später klingelte das Telefon. Ich wußte nicht, was ich tun sollte; also ließ ich es klingeln. Junge, das war vielleicht ein Geklingel. Es machte mich fast verrückt, also beschloß ich, es abzunehmen. Ich tat es und hörte Rubys Stimme.

»Du Schwachkopf!« rief er.

»Was?« sagte ich.

»Du Trottel! Du Idiot!«

»Ist dort Ruby?« sagte ich.

»Natürlich bin ich Ruby! Wie konntest du das vermasseln, du Idiot? Wie ist das nur möglich?«

»Was denn?« sagte ich.

»Harold ist dort draußen und pitching, du Blödmann! Er hat gerade den ersten Durchgang gewonnen. Die Demons führen vierzehn zu null. Wie konntest du ihn nur weglassen?«

Ich blickte auf den gefesselten Jungen auf der Couch, und meine Knie wurden weich.

»Aber ich hab ihn *hier*«, sagte ich. »Das auf dem Spielfeld kann nicht Harold sein.«

»Es *ist* Harold. Wie konnte er dir bloß entwischen?«

»Aber Ruby –«

»Dreihundert Dollar!« stöhnte Ruby. »Dreihundert Dollar!«

»Ruby, hör mich an –«

Er legte auf.

Ich ging zurück zum Sofa und lockerte den Knebel im Mund des Jungen.

»Wer bist du?« sagte ich.

»Ich? Ich bin Flash.«

»Wer?«

»Flash Horowitz. Ersatz-Zwischenspieler für die Demons. Und ich sollte jetzt beim Spiel sein. Wart nur, Mensch, dir werd ich's zeigen!«

»Flash Horowitz? Dein Name ist nicht Harold?«

»Nein. Harold ist mein Freund. Ich bin nur vorbeigekommen, um seinen Handschuh für ihn abzuholen.«

Die Welt zerfiel vor meinen Augen; ich schwöre, ich konnte die Atomkernspaltung voraussehen.

»Laß mich hier raus«, jammerte Flash. »HILFE!«

»Schon gut, schon gut«, sagte ich. »Es war nur ein Scherz. Ich laß dich gehen.«

Ich band ihn los, und zum Dank versetzte mir Flash einen Tritt gegen die linke Wade. Dann stürzte er zur Tür hinaus.

Ich setzte mich und wartete auf Ruby. Ich machte die Schachtel Bonbons leer, aß drei Stück Marmorkuchen und trank die saure Limonade, wohl in der Hoffnung, daß ich so krank aussehen würde, wenn der größte Verbrecher der Welt zurückkam, daß er Mitleid mit mir hatte.

Ruby Martinsons großer Pelzraub

Wenn Sie jemanden von der Polizei fragen, wer das größte Verbrechergehirn aller Zeiten hat, werden Sie garantiert eine falsche Antwort bekommen. In Wirklichkeit war mein Cousin Ruby Martinson im zarten Alter von dreiundzwanzig Jahren, was Verschlagenheit, Schlauheit und List betrifft, der Champion. Und ich, im noch zarteren Alter von achtzehn, betrachtete sein teuflisches Gebaren mit einer Ehrfurcht, die andere Jugendliche heute Mickey Mantle oder Albert Schweitzer entgegenbringen. Nicht daß ich es billigte; ich lebte als sein Komplize in ständiger Angst, doch ich war ebenso hilflos wie einer von Fu Manchus Untertanen.

Nur um Rubys Täuschungskunst zu beweisen – seine eigene Verlobte hatte keine Ahnung von seinem Geheimleben. Dorothy nahm einfach an, daß Ruby war, was er zu sein schien: ein magerer, sommersprossiger, bebrillter Buchhalter. Wie er die Täuschung aufrechterhielt, werde ich nie erfahren. Allerdings bestand nie die Gefahr, daß sie Verdacht schöpfte, weil er plötzlich den reichen Mann spielte. Rubys Verbrechen mögen Geschichte gemacht haben, doch brachten sie nie auch nur das geringste Geld ein.

Dorothy war schuld daran, daß wir beide in den großen Pelzraub verwickelt wurden. Ich mache ihr natürlich keinen Vorwurf, denn Dorothy war wirklich ein nettes Mädchen, und Frauen waren, wie ich eben entdeckte, seltsame, launenhafte Geschöpfe, die man erdulden mußte. Doch ich muß zugeben, daß ich an dem Tag, an dem ich Ruby in Hectors Cafeteria traf und von Dorothys unvernünftigem Geburtstagswunsch erfuhr, wütend war.

»Sie will eine Nerzstola«, sagte Ruby und ergründete die Tiefen seiner Kaffeetasse. »Was sagst du zu der Dame? Eine Nerzstola will sie, bloß weil sie Geburtstag hat.«

»Großer Gott«, sagte ich. »Nerze kosten ein *Vermögen,* Ruby. Wieso will ein nettes Mädchen wie Dorothy einen Nerz?«

»Keine Ahnung. Wir sind an diesem Pelzgeschäft Lynn in der Hopkins Street vorbeigekommen, und sie hatten einen im Fenster. Sie ist bei seinem Anblick fast zerschmolzen. Was kann ich also tun?«

»Sag ihr, sie soll's vergessen. Dorothy ist ohnedies kein Nerztyp.« Ich war irgendwie empört. Es war, als ob meine Mutter sich schwarze Netzstrümpfe wünschte.

»Sag du's ihr«, sagte Ruby dumpf. »Ich weiß nur, daß ich's versprochen hab.«

»Was hast du?«

»Versprochen hab ich's!« schrie Ruby. »Was ist los, bist du taub? Ich hab ihr gesagt, daß ich ihr eine Nerzstola beschaffen werde, und das muß ich jetzt tun.

Sobald du mit deinem Hörnchen fertig bist, gehen wir rüber zu Lynn und baldowern den Laden aus.«

Mit zitternder Hand stopfte ich den Rest des Hörnchens in den Mund. »Ruby, du denkst doch nicht etwa dran, *Lynn* auszurauben. Ein so elegantes Geschäft?«

»Ich möcht mir bloß die Preise anschauen«, sagte Ruby grimmig. »Dann werden wir sehen.«

Die Aussichten waren denkbar düster, und den Weg zu dem Pelzgeschäft in der Hopkins Street legte ich mit bleiernen Füßen zurück. Ich war noch nie in dem Laden gewesen, doch an den mit Samt drapierten Fenstern und den etikettlosen Pelzen sah ich, daß Lynns Preise außerhalb der Reichweite der sechzig Dollar pro Woche lagen, die Ruby verdiente. Das hieß mit ziemlicher Wahrscheinlichkeit, daß Ruby wieder einmal ein Ding zu drehen beabsichtigte.

Wir traten in das Geschäft, und das erste, was wir sahen, war eine ›Mitteilung an Einbrecher‹, die an der Glasscheibe der Tür klebte. Die Firma Lynn hatte eine nette Vereinbarung mit der Detektivagentur Burns, und sie war stolz darauf. Als nächstes sahen wir drei fischäugige Verkäufer, aber keine Kunden. Sie blickten voll Verachtung auf Rubys billigen Anzug. Sie können sich also vorstellen, wie sie *mich* ansahen. Ich trug einen grünen Lumberjack, ein gelbes Sporthemd, eine khakifarbene Hose und schmutzige weiße Turnschuhe.

»Ich möchte eine Nerzstola sehen«, sagte Ruby würdevoll.

»Ja, Sir«, gähnte ein Verkäufer. »Möchten Sie Ranchnerz, Naturnerz, gefärbten Nerz oder Nutria?«

»Ich weiß nicht«, sagte Ruby. »Wieviel kostet die Stola, die Sie im Fenster haben?«

»Der Preis beträgt achthundertfünfzig Dollar plus Steuer«, sagte der Verkäufer und polierte seine Fingernägel. Wäre der Teppich um meine Knöchel nicht so dicht gewesen, dann wäre ich ohnmächtig geworden und hätte Rubys Zorn auf mich gezogen.

»Haben Sie etwas Billigeres?« sagte Ruby nicht mehr so würdevoll.

»Unsere billigste Stola kostet vierhundertfünfundzwanzig Dollar.« Dann schnaubte er.

Ich sah, wie Rubys Sommersprossen dunkel wurden, als er blaß wurde, doch er behielt seine nonchalante Pose bei. Er begann herumzugehen und sich die angezogenen Puppen anzusehen, als sei er ernstlich interessiert. Auch ich wanderte herum und merkte, daß sämtliche Augen in dem Laden mir folgten. Als ich eine Pelzjacke streicheln wollte, stießen alle drei Verkäufer auf mich herab wie Geier.

Einer räusperte sich und sagte: »Nicht anfassen, junger Mann. Der Pelz ist sehr empfindlich.«

»Warum warten Sie nicht draußen auf Ihren Freund?« sagte ein anderer. Der dritte starrte mich nur düster an, als sei ich Al Capone. Ruby war der einzige echte Gauner in dem Laden, und sie verdächtigten alle *mich*.

Ein paar Minuten später gingen wir, und ich habe Ruby nie so niedergeschlagen gesehen.

»Es hat keinen Sinn«, sagte er. »Ich kann nicht mal vierhundertfünfundzwanzig *Cents* rechtzeitig zu Dorothys Geburtstag aufbringen. Ich muß mir einfach irgendwas ausdenken.«

»Laß mich dir helfen«, plapperte ich. »Ich arbeite jetzt, Ruby, vielleicht kann ich dir etwas Geld leihen.«

»Wieviel verdienst du?« fragte er verächtlich.

»Sechzehn-fünfzig pro Woche. Aber ich könnte Überstunden machen.«

Ruby lachte spöttisch und verließ mich an der Ecke Fifth Avenue – 42. Street, im Geist bereits verzweifelt Pläne schmiedend. Ich ging zur Arbeit zurück und fragte mich, ob ich ein weiteres Martinson-Ding überleben würde.

Ich arbeitete im Textilviertel und lieferte dicke Bündel von Stoffmustern an Firmen in der Umgebung. Es war der erste Job, den ich in sechs Monaten hatte, und ich war großzügig gewesen, als ich Ruby mein Gehalt sagte. Nach den ersten zwei Wochen waren meine Beine so müde, daß ich anfing, Taxis zu jeder Adresse zu nehmen, die mehr als sechs Blocks entfernt war. Sie würden staunen, wie sich diese Taxifahrten in mein Nettogehalt hineinfraßen.

Doch an diesem Nachmittag war's mir egal. Ich saß auf den Rücksitzen von Taxis und dachte mir kleine Phantasien über Rubys Pelzraub aus. Ich sah mich nachts bei Lynn mit einer Taschenlampe herumschleichen. Ich hörte die Alarmanlage schrillen. Ich sah die Detektivagentur Burns mit gezogenen Pistolen hereinstürmen. Ich tat nicht einmal so, als ob ich kämpfte. »Ich bin noch ein Kind«, wimmerte ich.

Zwei Abende später rückte Ruby mit dem Plan heraus, und es war eine totale schreckenerregende Überraschung.

»Komm«, sagte er und zog mich aus der Cafeteria heraus. »Wir müssen hin, bevor sie zusperren.«

»Du meinst, zu Lynn?« keuchte ich. »Du meinst, du willst das Ding jetzt drehen?«

»Sei nicht so blöd«, sagte Ruby. »Ich hab einen schlaueren Plan. Ich werde mir einen von diesen Nerzen beschaffen, ohne einen Cent dafür zu zahlen, und du wirst mir helfen. Ob du's glaubst oder nicht«, kicherte er, »du bist der Bursche, von dem ich die Idee hab.«

»Ich?« rief ich. »Ruby, du weißt, daß ich noch nie eine Idee hatte.«

»Los, komm«, sagte er. »Gehen wir rüber zum Thrift House.«

Ich dachte, das Thrift House würde sich als eine elegante Bank herausstellen, doch ich täuschte mich. Es war ein schäbiger, kleiner Laden in einer Seitenstraße, hinter dessen schmutzigem Fenster nichts stand als ein paar alte, zersprungene Töpfe und eine Dose aus angelaufenem Silber. Der Name des Besitzers war mit Bleistift auf eine Karte geschrieben, die an dem Glas klebte.

Sowie wir eintraten, meldete sich meine Stauballergie, und ich begann zu niesen. Als meine Augen zu tränen aufhörten, sah ich, daß der Laden aus einem Raum bestand. Darin befanden sich ein paar Regale mit Nippsachen, einige Packkisten voller Geschirr, eine Schachtel mit Büchern und ein Gestell mit Kleidern, die auf die Beschlagnahme durch das Gesundheitsamt warteten.

»Was für ein Müllhaufen!« flüsterte ich Ruby zu. »Was wollen wir denn *hier*?«

»Halt's Maul«, sagte Ruby.

Nach einer Weile kam eine alte Dame, die aussah wie Popeye mit einer weißen Perücke, aus dem Hinterzimmer und bedachte Ruby mit einem zahnlosen Lächeln. »Ah, Mr. Martinson!« gackerte sie. »Sie haben sich also entschlossen, ja? Die Stola gefällt Ihnen?«

»Ja«, sagte Ruby. »Sie gefällt mir. Aber ich glaube nicht, daß ich fünfzig Dollar dafür zahlen kann. Wie wär's mit vierzig?«

»Vierzig Dollar? Für einen echten Lapin? Wie soll ich das machen?«

»Tut mir leid, aber mehr kann ich mir nicht leisten.«

Sie wiegte sich vor und zurück und jammerte über ihre hohen Unkosten, und sie begannen ernstlich zu feilschen. Ich wußte nicht, was ich tun sollte, und so wanderte ich herum und sah mir den Kram an. Die Bücher waren interessant. Sie hatten Titel wie *Kostenberechnung in der Gürtelindustrie* und *Mit den US*

Marines in Nikaragua. Schließlich schienen Ruby und die alte Dame zu einem beiderseits annehmbaren Preis zu gelangen, und sie ging nach hinten, um den Pelz zu holen.

Nun, ich verstand nicht viel von Pelzen, und soviel ich wußte, war Lapin der beste Nerz, den es gab, doch die Stola sah nicht direkt aus, als stamme sie aus einem *Vogue*-Inserat. Doch dann bürstete die Besitzerin sie ein wenig und hängte sie um ihre mageren Schultern, und sie wirkte gar nicht so übel.

»Wie gefällt sie dir?« fragte mich Ruby.

»Sieht wirklich gut aus«, sagte ich. »Ich wette, Dorothy wird sie prima gefallen.«

»Ja«, sagte Ruby und lächelte geheimnisvoll. Er nahm seine Brieftasche heraus und gab der alten Frau fünfundvierzig Dollar, und sie stellte eine Quittung aus. Dann legte sie die Stola in einen alten Pappkarton, auf dem *Joe & Paul's* stand.

Als wir herauskamen, war ich so glücklich, daß ich ihn hätte umarmen mögen. »Das war klug von dir!« sagte ich. »Jetzt hast du etwas Kluges getan. Warum all das Geld bei diesem protzigen Lynn ausgeben? Es ist eine wirklich gutaussehende Stola, Ruby.« Natürlich war der Grund für meinen Überschwang rein egoistisch; es war mir erspart geblieben, an einem von Rubys Verbrechen teilzunehmen.

Doch ich hätte es besser wissen müssen.

»Du Trottel«, sagte Ruby bissig. »Du denkst, ich

schenke Dorothy so eine schäbige Stola? Sie kriegt einen Lynn-Pelz und damit hat sich's.«

Ich war perplex. »Aber Ruby«, sagte ich. »Worauf willst du hinaus? Du *hast* doch bereits eine Stola. Und sie ist *schön.* Ich meine, Lapin ist der beste Nerz, den es gibt. Das hab ich immer gehört.«

»Es ist ein Stück Dreck«, sagte Ruby. »Aber wir werden sie für etwas wesentlich Besseres einhandeln. Ich meine, *du* wirst das tun. Gehen wir zu Hector, und ich erzähl dir die Einzelheiten.«

Aus purer Nervosität trank ich fünf Tassen Kaffee, während Ruby mir seinen ruchlosen Plan darlegte. Ich konnte danach zwei Nächte nicht schlafen.

»Es ist eine große Idee«, sagte Ruby, und in seiner Brille schimmerte das Licht des diabolischen Genies. »Du hast gesehen, wie diese widerlichen Verkäufer bei Lynn dich angeschaut haben, oder?«

»Ja«, sagte ich. »Als wäre ich Jack the Ripper.«

»Eben. Sie dachten, du führst etwas im Schild, weil du so schlampig aussahst. Aber andererseits – du hast nicht eben so ausgesehen, als ob du in einen feinen Laden wie Lynn gehörst.«

»Ich glaube nicht«, sagte ich kläglich. »Ich glaube, ich bin bloß ein Ferkel. Ich werde mich umbringen.«

»Du wirst etwas Besseres tun. Du wirst zu Lynn gehen, und du wirst eine Nerzstola in deinem Lumberjack haben.«

»Ich werde was?« stieß ich hervor.

»Du hast doch gehört. Du wirst diese Nerzstola in deinem Lumberjack verstecken und in diesen feinen Laden gehen. Du wirst dort herumhängen, bis du ihnen richtig verdächtig vorkommst.«

»Aber sie werden mich fassen!« stotterte ich. »Ruby, sie werden denken, ich hab *ihnen* den Nerz gestohlen.«

»Klar.« Ruby lachte leise. »Genau das werden sie denken. Sie werden dich fassen und dir die Stola wegnehmen. Sie werden wahrscheinlich sogar die Polizei holen und versuchen, dich verhaften zu lassen.«

»Tu mir das nicht an«, flehte ich. »Ruby, ich will nicht ins Gefängnis. Ich hab gerade erst ein paar Mädchen kennengelernt.«

»Du kommst nicht ins Gefängnis«, sagte Ruby. »Du wirst nicht mal aufgeschrieben. Verstehst du denn nicht? Du hast den Nerz nicht gestohlen. Du hast eine Quittung, mit der du beweisen kannst, daß du ihn gekauft hast. Du hast ihn nur verglichen, um zu sehen, ob du für dein Geld was Gutes gekriegt hast. Daran ist doch nichts Schlimmes, oder?«

Hoffnungsvoll blickte ich auf. »Das stimmt. Ich hab ihn nur verglichen. Ich hab ihn nicht gestohlen. He, so was können sie mit mir nicht machen! Sie haben kein Recht dazu!«

»Eben.« Ruby lachte. »Sie haben kein Recht dazu. Sie beschuldigen einen Unschuldigen. Sie wollen einen ehrbaren Käufer verhaften lassen. Du kannst sie *verklagen*, jawohl, das kannst du!«

»Worauf du dich verlassen kannst!« sagte ich wütend. »Ich werde sie um jeden Cent, den sie haben, verklagen! Um Tausende!«

»Das wirst du nicht«, sagte Ruby. »Du wirst genau achthundertfünfzig Dollar verlangen, den Preis einer dieser eleganten Stolas. Sie sind bestimmt einverstanden, denn so brauchen sie nicht zu Gericht gehen und all diese hohen Gebühren bezahlen. Sie *müssen* zahlen, weil sie im Unrecht sind. Und wenn du kassiert hast, bekommt Dorothy ihren Nerz und alle sind glücklich.«

Irgendwie steckte Rubys Begeisterung mich an, und ich lachte laut. »Junge, o Junge!« sagte ich. »Das ist eine prima Idee, Ruby, das ist das Größte, was ich je gehört hab. Nur eins«, sagte ich lächelnd, »meinst du nicht, *du* solltest das Ganze machen? Du hast doch die Stola gekauft? Ich meine, du kannst dich doch so schlampig wie ich anziehen. Ich leih dir sogar meine Kleider.«

»Nein«, sagte Ruby kühl. »Du bist der Bursche, der das macht.«

»Aber auf der Quittung steht doch *dein* Name, Ruby.«

»Nein«, sagte er. »Ich hab der alten Dame im Thrift House gesagt, daß in Wirklichkeit du der Käufer bist, daß du dich aber scheust, es zuzugeben. Deshalb steht *dein* Name auf der Quittung, Kumpel, und die Stola gehört dir.«

Er klatschte mir die Quittung in die Hand, und ich war gar nicht mehr so glücklich.

Ich hatte drei Tage, um das bevorstehende Projekt zu überdenken, denn Ruby entschied, daß ein Samstagnachmittag die günstigste Zeit war. Bei Lynn würde es dann von Leuten wimmeln, und die Verkäufer würden soviel zu tun haben, daß sie mich nicht immer im Auge behalten konnten. Das würde ihren Verdacht bekräftigen, wenn sie die Stola bei mir fanden.

Am Samstagvormittag spielte ich ein paar Stunden Schlagball und suchte das schreckliche Projekt zu vergessen. Ich sah fürchterlich aus, als ich heimkam, und meine Mutter sagte mir, ich solle mich umziehen, weil ich aussah wie ein Strolch. Ich wechselte meine Kleider, doch zum Glück sah sie nicht, was ich anzog. Ich trug den gleichen grünen Lumberjack, aber mit einer Hose, die aussah, als sei sie benützt worden, um den Heizraum der *Queen Mary* aufzuwischen, und einem Sporthemd, das an sechs Stellen Löcher hatte. Ich nahm die *Joe-&-Paul*-Schachtel aus meinem Schrank und legte die Stola um meinen Bauch wie einen Gürtel. Dann zog ich meinen Lumberjack an. Ich sah aus, als hätte ich vierzig Pfund zugenommen.

Ich brauchte eine Menge Mut, um in meiner Verfassung in den Laden zu schlendern. Deshalb tat ich's nicht. Ich hing vielleicht eine Stunde vor dem Geschäft herum und beobachtete all die gutgekleideten Frauen, die aus und ein gingen. Eine von ihnen sah mich an, als erwarte sie, daß ich einen Schuhplattler aufführen und danach Geld einsammeln würde. Ich fürchtete, daß ich die Schlampigkeit übertrieben hatte, und so ging ich auf die Toilette einer Cafeteria, machte mein Haar naß und strich es zurück. Das dauerte etwa eine halbe Stunde, denn mein Haar neigt dazu, gerade in die Höhe zu stehen. Weitere fünfzehn Minuten verbrachte ich damit, möglichst viel Seife aus dem Spender herauszuholen. Dann tat ich etwas wirklich Dummes. Ich nahm die Stola aus meiner Jacke und legte sie um die Schultern. Ich weiß nicht, was in mich fuhr, aber ich war allein und wollte sehen, wie es aussah. Wenn jemand hereingekommen wäre, hätte er gedacht, ich sei ein Transvestit oder irgendwas.

Zum Glück passierte nichts.

Schließlich gab es keine Möglichkeit mehr, das Unvermeidliche aufzuschieben. Ich hatte Angst vor meinem Auftrag, doch Rubys Zorn fürchtete ich noch mehr. Deshalb ging ich in das Geschäft.

Es war voll, aber nicht so voll, daß ich nicht auffiel. Ein Verkäufer erspähte mich und ließ seine Kundin stehen, um mir den Weg zu versperren.

»Was können wir für Sie tun?« fragte er stirnrunzelnd.

»Ich möchte mich umsehen«, sagte ich. »Ich denke daran, meiner Mutter einen Pelzmantel zu kaufen. Es ist doch okay, wenn ich mich umschaue, oder?«

Unschuldsvoll starrte ich zu ihm auf, als sei ich eben vom Land gekommen.

Er wußte nicht, wie er reagieren sollte, und seine Kundin stampfte ungeduldig mit dem Fuß auf.

»Schön«, sagte er. »Schauen Sie sich um. Ich komme in ein paar Minuten.«

»Lassen Sie sich Zeit«, sagte ich fröhlich.

Ich begann mich umzusehen. Ich schlängelte mich zwischen den Kunden hindurch und zog die Aufmerksamkeit sämtlicher Verkäufer auf mich. Sie beobachteten mich, aber sie mußten sich auch um das Geschäft kümmern. Zehn Minuten vergingen so, ohne daß ich bedient wurde, aber das machte nichts. Ich ging zu den Kleiderständern und begann die Pelze zu befummeln, und die ganze Zeit verschob sich meine Stola von hinten nach vorn und bildete einen grotesken Wulst unter meinem Lumberjack.

Schließlich war es Zeit, einen entscheidenden Schritt zu unternehmen. Ich duckte mich unter einen der Ständer und trat tapfer pfeifend auf der andern Seite hervor. Ich muß schrecklich schuldig ausgesehen haben, denn ich *fühlte* mich schrecklich schuldig, und das nächste, was ich weiß, ist, daß sich eine Hand um meinen Unterarm schloß wie eine riesige Handschelle.

»Moment mal«, sagte eine Stimme. Ich blickte zu einem neuen Gesicht auf, das durch schwarze zusammenhängende Augenbrauen und einen fast ebenso langen Schnurrbart ordentlich in drei Teile geteilt war.

»Was tun Sie hier eigentlich?« fragte die neue Stimme unheilverkündend.

»Wer, ich?« quiekte ich. »Nichts.«

»Mr. G.!« bellte der Mann. »Mr. G., würden Sie einen Moment hierherkommen?«

Ein Verkäufer eilte schnell an seine Seite; das neue Gesicht muß ein großes Tier gewesen sein, wahrscheinlich der Geschäftsführer. »Ja, Mr. Bush«, sagte ergebungsvoll der Verkäufer. »Was gibt's, Mr. Bush?«

»Schauen Sie sich den an«, sagte Bush trocken.

»Ja, Mr. Bush«, sagte der Verkäufer. »Ich wollte ihn nicht hereinlassen, aber er sagte, er will einen Pelzmantel für seine Mutter.«

»Das glaub ich gern«, sagte Bush. »Ich wette, du wolltest einen Pelzmantel, was, Sonny?«

»Ja«, krächzte ich. »Natürlich.«

Inzwischen beobachteten uns sämtliche Leute im Laden, und so drängten Mr. Bush und Mr. G. mich zum Hinterzimmer, wo der Geschäftsführer sein Büro hatte. Bush verbeugte sich ironisch, als er mir die Tür aufhielt, und dann machten sie die Tür zu.

»So«, sagte Mr. Bush. »Wären Sie jetzt bitte so freundlich, den Reißverschluß aufzumachen, junger Mann?«

»Ich?«

Bush stemmte die Hände in die Seiten. »Ja, Sie«, sagte er zornig. »Darf ich fragen, wer sonst noch einen Lumberjack trägt?«

»Bitte nicht«, sagte ich.

Mr. G.'s ergebungsvolles Gehabe verschwand. »Mach den Reißverschluß auf, du kleine Ratte!« sagte er. »Oder du kriegst eins auf die Schnauze.«

Das war deutlich genug, und so öffnete ich den Reißverschluß, und die Stola fiel direkt vor ihre Füße.

»Ei, ei«, sagte Bush und zupfte an den Enden seines Schnurrbarts. »Ein kleines Bündel vom Himmel. Mr. G., rufen Sie die Polizei an und sagen Sie, daß wir einen Ladendieb für sie haben.«

»Das würde ich nicht tun«, sagte ich. »Hören Sie, ich hab diese Stola nicht genommen.«

»Natürlich nicht«, sagte Mr. G. höhnisch. »Sie ist zufällig in deinen Lumberjack gefallen.« Er ging zum Schreibtisch, auf dem ein Telefon stand.

»Sie machen einen Fehler«, sagte ich. »Ich hab diese Stola woanders gekauft. Ich bin nur reingekommen, um sie mit Ihren Pelzen zu vergleichen. Nur um zu sehen, ob ich einen guten Kauf gemacht hab.«

»Aha«, sagte Bush lächelnd. »Ein Vergleichskäufer. Das ist sehr klug, junger Mann.«

»Sie glauben mir nicht?« sagte ich voll Sorge, er könnte mir wirklich glauben.

»Nein«, sagte Bush freundlich.

Ich seufzte vor Erleichterung.

Es dauerte etwa zehn Minuten, bis die Polizei kam. Es waren zwei, einer in Uniform und einer in einem grauen Anzug. Sie sprachen eine Weile mit Bush und

Mr. G. vor dem Büro, und dann kam der Kriminalbeamte herein, um allein mit mir zu reden. Es war ein großer, kräftiger Kerl mit struppigen Augenbrauen. Er hörte fast nie zu lächeln auf, doch es wirkte gequält, als erfordere es ständige Anstrengung.

»Na, mein Junge«, sagte er liebenswürdig. »Ich möchte, daß du mir alles sagst. Vergiß nicht, daß ich hier bin, um dir zu helfen.«

»Deshalb sind Sie hier?«

»Natürlich. Also. Hast du diesen Nerz hier gestohlen?«

»Nein, Sir«, sagte ich. »Ich werde dieses Geschäft wegen unrechtmäßiger Verhaftung verklagen. Das ist doch mein Recht, oder?«

Er seufzte. »Mein Junge, so hilfst du dir nicht.«

»Aber ich hab's diesen Burschen gesagt. Ich hab die Stola nicht *genommen*, ich hab sie *gekauft*. Ich hab sie in einem Laden in der 49. Street namens Thrift House gekauft, und sie hat fünfundvierzig Dollar gekostet. Ich hab sie nur mitgenommen, um sie mit den Pelzen, die sie hier haben, zu vergleichen!«

»Du erwartest wirklich, daß ich dir das glaube?«

»Klar, weil es wahr ist.«

»Es ist also wahr, hm? Dann hast du vermutlich die Quittung für die Stola bei dir?«

Jetzt war ich an der Reihe, zu lächeln. »Natürlich«, sagte ich. Dann griff ich in meine Tasche und zog sie heraus. Doch sie war nicht in meiner Hand.

»Na«, sagte der Kriminalbeamte.

Ich blickte nieder auf meine Brusttasche und sah, daß sie leer war. Ich versuchte es bei einer andern Tasche, doch es war nichts darin, als ein paar Staubwuzeln und ein alter Kaugummi. Verzweifelt durchsuchte ich die Taschen meines Lumberjacks, doch ich fand keine Quittung. Ganz plötzlich lächelte auch ich gequält.

»He-he«, sagte ich. »Ich glaube, ich hab sie vergessen.«

»So, vergessen?«

»Ja. Sie muß in einer andern Hose sein. Ich hab mich beim Schlagballspielen schmutzig gemacht, und so hab ich meine Hose gewechselt, bevor ich hierhergekommen bin.«

Er blickte auf meine schmutzige Hose und lächelte traurig und verzerrt. »Ja, die ist wesentlich sauberer. Es lohnt sich, ordentlich zu sein, was?«

»Hören Sie, es dauert nur eine halbe Stunde, wenn ich nach Hause laufe und die Quittung hole.« Ich schwitzte jetzt wirklich. »Ehrenwort, es ist die Wahrheit. Ich hab diese Stola nicht gestohlen«, sagte ich hysterisch. »Sie müssen mir glauben.«

Er klopfte mir auf die Schulter. »Gehen wir«, sagte er. »Ich fürchte, ich muß dich anzeigen, mein Junge.«

»Das können Sie nicht tun!« schrie ich. »Hören Sie, können Sie nicht das Thrift House *anrufen*? Ich meine, es kann doch nicht schaden, dort anzurufen, oder? Sie haben sicher eine Kopie von der Quittung, nicht?«

Er spitzte die Lippen, und dann ging er zum Telefon. »Okay«, sagte er und nahm den Hörer ab. »Aber erzähl mir lieber nicht irgendwelchen Unsinn, Junge. Ich mag's nicht, wenn man einen Affen aus mir macht.«

»Es ist in der 49. Street, Nähe Lexington«, sagte ich mit bebender Stimme.

Er wählte die Auskunft und fragte nach der Nummer. Es gab eine lange Pause, bis die Telefonistin sich wieder meldete, und ich hörte nicht, was sie sagte. Dann legte er auf und wandte sich zu mir um.

»Okay, du Schlaumeier«, sagte er.

»Haben Sie die Nummer?« krächzte ich. »Warum rufen Sie nicht an?«

»Der Anschluß ist seit Freitag außer Betrieb. Sie haben geschlossen. Du hast das gewußt, nicht? Deshalb hast du dir dieses falsche Alibi ausgedacht.«

»Geschlossen? Das kann nicht sein!«

»Diese Läden öffnen und schließen jede Woche. Gehen wir, mein Junge.«

Es hatte keinen Sinn. Der Moment, den ich während der ganzen Verbrecherlaufbahn Ruby Martinsons gefürchtet hatte, war gekommen. Ich war nicht mehr sicher, daß die Quittung noch existierte, daß ich sie nicht beim Schlagballspielen verloren hatte. Mein Glück war zu Ende, und ich kam ins Kittchen, während das Superhirn frei ausging. Und das Komische war, ich konnte nur an eins denken: wie schlampig ich auf dem Polizeirevier aussehen würde, in meinem grünen Lumberjack, meinem zerrissenen Hemd und meiner schmutzigen Hose. Meiner Mutter würde es gar nicht recht sein, wie ich morgen früh auf dem Foto in der *Daily News* aussah.

Als wir das Büro verließen, sagte der uniformierte Polizist etwas zu dem Kriminalbeamten, und sie gingen zu einer weiteren Besprechung beiseite. Niedergeschlagen wartete ich, während sie über mein Geschick diskutierten.

Dann kam der Kriminalbeamte wieder zu mir, in der Hand den Thrift-House-Nerz.

»Erzähl's mir noch mal«, sagte er und sah mich prüfend an. »Du sagst, du hast diesen Nerz in einem Gebrauchtwarenladen gekauft?«

»Ja«, sagte ich heiser.

»Und du wolltest nichts weiter tun als ihn vergleichen?«

»Richtig.«

Bush rief »Ha!« Dann riß er dem Kriminalbeamten die Stola aus den Händen und schüttelte sie mir ins Gesicht.

»Hör mal«, sagte er. »Ist dir nichts Besseres eingefallen, als mit einer Pelzstola unter deiner Jacke in so ein Geschäft zu kommen?«

»Es tut mir leid«, murmelte ich.

»Ich hätte große Lust, dich zu verklagen, weißt du das?« sagte Busch. »Wegen Geschäftsstörung.«

Meine Stimmung hellte sich auf. »Heißt das, Sie glauben mir? Sie glauben mir wirklich?«

»Ja«, knurrte Bush. »Ich glaube dir. Aus einem einzigen Grund.«

»Aus welchem?«

»Aus *diesem*«, sagte er und schwenkte die Stola wie eine Fahne. »Lynn würde so einen Plunder nie verkaufen. Du kannst die Stola nicht bei uns gestohlen haben, weil wir Kaninchen nicht führen.«

»Kaninchen?« sagte ich erstaunt. »Aber das ist kein *Kaninchen*. Das ist echter *Lapin*.«

»Und was, glaubst du, bedeutet Lapin? Kaninchen, du Idiot! Und jetzt nimm diesen Plunder und mach, daß du hier rauskommst!«

Er schob mir die Stola in die Hände. Ich starrte sie verwirrt und erleichtert an und stürzte zur Tür. Ich rannte fast den ganzen Weg nach Hause und zog den Pelz hinter mir her. Ich wette, selbst die Kaninchen, die gehäutet wurden, haben sich nie in ihrem ganzen Leben so schnell fortbewegt.

Nun, Dorothy bekam einen echten Lapin zum Geburtstag, und laut Ruby freute sie sich wahnsinnig darüber. Das ist das Erstaunliche an meinem Cousin Ruby Martinson: er landet immer auf den Füßen. Was mich betrifft, so taten meine Füße nach meinem Marathonlauf so weh, daß ich bei jedem Lieferauftrag in der nächsten Woche ein Taxi nahm. Es kostete mich fünf Dollar mehr als ich verdiente, aber wenigstens tat ich ehrliche Arbeit.

Ruby Martinsons Liebeserklärung

Wenn Sie von dem großen Delikatessenraub, dem Ding mit den Ohrringen oder dem großen Badezimmereinbruch wissen, dann ist Ihnen bekannt, daß mein Cousin Ruby Martinson der berüchtigtste Verbrecher der Neuzeit ist. Es ist einfach teuflisch, wie Rubys Verstand arbeitet, vor allem wenn man bedenkt, daß dieser Verstand listigerweise im mageren, sommersprossigen Körper eines dreiundzwanzig Jahre alten Buchhalters versteckt ist. Und wahrscheinlich wissen Sie, daß Rubys Verbrechen, so diabolisch genial sie waren, ihm nie ein Vermögen eingebracht haben (er *verlor* Geld, wenn Sie die Wahrheit wissen wollen). Doch bevor ich mit der Niederschrift dieser Enthüllungen begann, wußte auf der weiten Welt niemand außer mir von Ruby Martinsons kriminellen Eskapaden. Ich war sein einziger Vertrauter und Gefolgsmann, und zwar ein ziemlich untauglicher. Ich war achtzehn und verstand es nicht einmal, mir auf *ehrliche* Weise meinen Lebensunterhalt zu verdienen.

Es war für mich leicht verständlich, wieso Rubys Eltern nie von seinem abscheulichen Geheimleben erfuhren. Seine Mutter, meine Tante, war eine kleine, runde Frau, die Hühnersuppe kochte und Ruby für klüger als Einstein und schöner als Valentino hielt (oder vielleicht anders herum). Sein Vater gab Klavierstunden und dachte an nichts außer Noten und Schachspielen im Park. Doch wie Ruby seine ungesetzlichen Aktivitäten vor Dorothy verbarg, wird mir immer ein Rätsel bleiben.

Dorothy war Rubys Puppe oder Weib oder Flamme. Ich meine, so nannte Ruby sie, doch in Wirklichkeit ist sie nur sein Mädchen. Sie ist ein nettes, hübsches Mädchen, das Blusen mit Matrosenkragen trägt und Klavierstunden bei Rubys Vater nimmt, und sie wäre zutiefst entsetzt, wenn sie die Wahrheit wüßte.

Manchmal lud Ruby mich in Dorothys Wohnung in der 76. Street ein, und dann saßen die beiden nur da und tranken Kaffee und redeten. Ich fühlte mich in ihrer Gesellschaft meistens reichlich unbehaglich. Diese Schöntuerei war mir irgendwie peinlich, doch vor allem fürchtete ich immer, daß Ruby unsere düstere Vergangenheit enthüllen würde. Doch der Tag, an dem Ruby und Dorothy den Krach hatten, war der schlimmste.

Es war ein Freitagabend im März, und da Ruby pleite war, gingen wir hinauf in Dorothys Wohnung, um herumzusitzen. Rubys riesiges Verbrecherhirn schlief seit fast einem Monat, und ich war erleichtert, daß er mich nicht in weitere teuflische Pläne verwickelt hatte. Vor allem hatte Ruby eben eine neue Stellung bei einer Buchprüfungsfirma angenommen, und die Einkommensteuersaison hielt ihn auf Trab. Doch ich wußte, daß die

Ruhe nur vorübergehend war; ich hatte jede Hoffnung auf eine Besserung Rubys längst aufgegeben.

Wir aßen Strudel und tranken Kaffee und redeten über Filmstars, als der Streit begann. Dorothy war ganz hingerissen von Van Johnson und Ruby war es nicht. Dann sagte Dorothy etwas über einen Burschen namens Buckholtz, und Rubys schmales, kleines Gesicht wurde ganz gespannt, und seine Haut wurde so rot, daß die Sommersprossen sich wie helle Tupfen abhoben. Dieser Bill Buckholtz war ein Klassenkollege von Ruby und Dorothy im City College, und Dorothy fand, daß er Van Johnson ähnlich sah. Das brachte Ruby aus der Fassung. Die Dinge, die er über Buckholtz sagte, ließen meine Wangen brennen. Ich will versuchen, das Gespräch genau wiederzugeben, doch ich war so verlegen, daß ich meine Ohren schloß.

»Buckholtz?« sagte Ruby. »Dieser Clown? Der sieht eher Mortimer Snerd ähnlich, wenn du mich fragst. Nein, das nehme ich zurück. Mortimer Snerd sieht besser aus.«

»Ich finde das nicht sehr nett«, sagte Dorothy gespreizt. »Du weißt doch, daß er zum beliebtesten Jungen gewählt wurde.«

»Klar«, sagte Ruby höhnisch. »Buckholtz, das Leben jeder Party. Er und seine lustigen Streiche.«

Ich hatte den Eindruck, daß Ruby Buckholtz nicht mochte, und daß eine Menge der lustigen Streiche auf Rubys Kosten gegangen sein mußten. Das Gespräch ging eine Weile so weiter, und die beiden wurden immer hitziger und hitziger, bis Dorothy zu einem richtigen Schwinger ausholte.

»Übrigens«, sagte sie, »Bill hat mich neulich angerufen.«

»*Was* hat er?« Ich habe nie einen Schlaganfall gesehen, doch ich glaube, Ruby hatte einen. »Was wollte er von dir?«

»Er wollte, daß ich heute abend mit ihm in ein Konzert gehe. Ich hab ihm gesagt, daß ich dich treffe.«

»Hör mal, welches Recht hat dieser Kerl –«

»Dabei geht's um kein *Recht*«, sagte Dorothy. »Es ist nichts dabei, daß Bill Buckholtz mich um eine Verabredung bittet, oder? Ich meine, schließlich sind wir ja nicht *verlobt* oder irgendwas.«

Das Wort machte alle verlegen, und so schwiegen wir eine Minute. Dann stand Ruby auf, und sein Gesicht sah aus wie eine George-Raft-Maske.

Doch er sagte nichts weiter als: »Ich finde, du solltest Buckholtz nicht sehen, Dorothy.«

»Ist das ein Befehl?«

»Du kannst so einem Burschen nicht trauen –«

»Ach?« Ich hatte Dorothy noch nie so prüde dreinblicken sehen. Sie strich über ihr Haar und blickte ganz sanft. Es war unerträglich.

Ruby sagte: »Was ich meine, ist, er ist so ein Clown. Er zieht einem den Sessel unterm Hintern weg. Du weißt doch, wie er ist.«

»Es ist zwei Jahre her. Vielleicht hat er sich geändert.«

»Hör mal, wenn Bill Buckholtz seinen Fuß in dieses Haus setzt –«

»Ja?«

»Ruby«, krächzte ich, um die Situation zu entschärfen. »Magst du Betty Grable?«

»Wenn er seinen Fuß in –«

»Ja?« sagte Dorothy drohend.

»Ruby«, sagte ich, »wer, findest du, ist ein schwererer Junge? Edward G. Robinson oder –«

»Dann tu ich's nicht mehr!« rief Ruby.

Er ging mit langen Schritten zur Kleiderablage und riß seinen Mantel vom Haken. Alles fiel herunter, einschließlich Dorothys gutem Bibermantel. Ich rannte hin und half ihm, und dann packte ich meine Windjacke, denn ich wollte nicht mit Dorothy alleingelassen werden.

Ich folgte Ruby hinaus auf die Straße, und er redete über sein Mädchen, als wollte er ihr die Kehle durchschneiden. Ich fühlte mich schrecklich wegen des Krachs. Als ich heimkam, konnte ich nicht schlafen. Meiner Mutter machte das Sorgen, und da sie dachte, mir wäre kalt, steckte sie mir eine Heißwasserflasche unter die Decke. Irgendwie rutschte das verdammte Ding während der Nacht nach oben, und als ich am Morgen aufwachte und das monströse rote Ding neben meinem Kissen sah, schrie ich, weil ich dachte, ich blute.

Den ganzen nächsten Tag, den ich damit verbrachte, Arbeit zu suchen, fühlte ich mich nicht gut. Ich war aus meiner früheren Stellung im Textilviertel gefeuert worden und suchte irgendeinen Weißen-Kragen-Job. In der Zeitung war eine Anzeige, in der ein tüchtiger junger Mann für die Reklamebranche gesucht wurde. Ich antwortete darauf, zusammen mit vierzig andern tüchtigen jungen Männern, doch als ich mich vorstellte, machte sich meine schlaflose Nacht bemerkbar. Als der Mann hinter dem Tisch mir die erste Frage stellte, öffnete ich den Mund zu einem großen Gähnen und starrte ihn bloß hilflos an. Es war vielleicht ein Gähnen, das kann ich Ihnen sagen. Es dauerte etwa eineinhalb Stunden, und er saß da, klopfte mit einem Bleistift auf den Schreibtisch und wartete, daß ich aufhörte. Ich hatte den leisen Verdacht, daß ich den Job nicht kriegen würde, und das stellte sich als richtig heraus.

Offen gesagt, Rubys und Dorothys Entzweiung bereitete mir aus einem sehr guten Grund Sorgen. So wie ich Ruby kannte, fürchtete ich, er würde damit reagieren, daß er ein neues Ding in Erwägung zog, und nach den Dingern, die Ruby drehte, saß ich immer schrecklich in der Patsche. Als ich ihn in Hectors Cafeteria traf, wartete ich dauernd darauf, daß er mit den Details eines von ihm geplanten neuen Verbrechens herausrücken würde. Doch er tat es nicht. Er redete nur von Dorothy.

»Sie sieht ihn«, sagte er eines Abends.

»Wen?«

»Buckholtz. Dorothy hat sich am letzten Freitag mit ihm getroffen. Und gestern abend hat sie ihn wieder gesehen. Sie waren im Roxy.«

»Woher weißt du das?« sagte ich.

»Was meinst du?« fuhr Ruby mich an. »Ich hab sie beobachtet.«

»Mein Gott, Ruby. Findest du, daß das richtig ist?«

»Warum nicht. Wer hat mehr Recht dazu?«

»Ich weiß, aber –«

»Hör zu!« sagte er und starrte mich mit Killeraugen an. »Dorothy ist meine Puppe, und alles, was sie tut, ist meine Sache. Verstanden?«

»Klar, aber –«

»Wenn ich sie beobachten will, dann beobachte ich sie. Ich muß dafür sorgen, daß dieser Kerl sie nicht ausnutzt.«

Fast einen Monat lang brütete Ruby über Dorothy und ihre neue Flamme, und ich habe ihn nie so verdrossen gesehen. Eines Abends schleppte er mich mit, als er sie beschattete, und zum ersten Mal bekam ich diesen Bill Buckholtz zu Gesicht. Ich gab das Ruby gegenüber nicht zu, aber er sah Van Johnson wirklich ein wenig ähnlich. Ich meine, er war einer von diesen großen, kräftigen Burschen mit blondem Haar und Tweedjacketts. Wir folgten ihnen ins Kino, wir folgten ihnen ins Howard Johnson, und wir folgten ihnen zu Dorothys Haus. Ruby bestand sogar darauf, draußen zu warten, bis Buckholtz auftauchte. Als der große Kerl herauskam, wischte er sich mit einem Taschentuch den Mund ab. Es könnten Strudelkrümel gewesen sein, die er wegwischte, doch Ruby war sicher, daß es Lippenstift war, und sein Gesicht war eine Maske.

Am nächsten Abend jagte Ruby mir den Schreck des Jahrhunderts ein. Er beugte sich bei Hector über den Tisch und sagte: »Ich werde diesen Burschen umbringen.«

Ich prustete den Kringel, den ich eben aß, über alles.

»Immer mit der Ruhe«, sagte Ruby. »Wenn dieser Bursche hat, was ich denke – dann leg ich ihn um.«

»Wenn er was hat?« fragte ich und schreckliche Gedanken gingen mir durch den Kopf.

»Ihr Bild.«

»Was?«

»Dorothys Bild. Wenn sie ihm eins gegeben hat –«

»Du meinst dieses Graduierungsbild?«

»Ja.«

Ruby holte seine ziemlich schäbige Brieftasche heraus und klappte sie auf. In dem kleinen Plastikfenster war ein Foto von Dorothy, das an ihrem Graduierungstag aufgenommen worden war. Es war ein wirklich nettes Bild, aber um ganz offen zu sein, reichlich retuschiert. Dorothy sah darauf aus wie Lana Turner oder irgendwer. Sie mochte das Bild gern und hatte drei Stück in ihrer Wohnung stehen. Sie gab mir sogar eines Tages einen Abzug, doch ich hab ihn verloren.

»Ach, Mensch, Ruby«, sagte ich. »Was macht es denn schon aus, wenn sie ihm ihr Bild gegeben hat? Das bedeutet doch nichts.«

»Mir schon«, sagte Ruby grimmig.

»Aber wie willst du's rausfinden? Dorothy wird's dir nicht sagen.«

»Nein. Aber Bill Buckholtz. Ich muß einen Blick in seine Brieftasche werfen, und du wirst mir helfen. Wir werden ihn überfallen.«

Obwohl das nicht so schlimm war, als wenn er Buckholtz umgebracht hätte, zuckte ich wie vom Blitz getroffen zusammen, als er ›überfallen‹ sagte.

»Warum nicht?« sagte er. »Dieser Kerl hat mir mein Mädchen geraubt. Warum soll ich ihm das nicht zurückzahlen? Du wirst morgen abend Dorothy treffen. Ich hab gehört, wie er sich mit ihr für morgen verabredet hat. Und du wirst mich zu ihm führen.«

»Das tu ich nicht!« kreischte ich. Ruby hatte schon vorher Verbrechen begangen, aber nichts so Dreistes wie einen Überfall. »Außerdem«, sagte ich, plötzlich hoffnungsvoll, »hast du keine Kanone.«

Ruby lächelte. »So, meinst du?«

»Hast du eine?«

»Unterschätze mich nicht, mein Junge. Wir treffen uns morgen um elf vor Dorothys Haus. Dann erteile ich dir die restlichen Instruktionen.«

Ich war diese Nacht kein Opfer der Schlaflosigkeit, doch das wäre mir lieber gewesen als meine verrückten

Träume. Um drei Uhr hatte ein Auto eine Fehlzündung, und ich wachte schreiend auf. Es war Frühling, und das Thermometer zeigte um die zwanzig Grad, doch meine Mutter bestand darauf, mir wieder die Heißwasserflasche ins Bett zu legen. Ich ging den ganzen nächsten Tag wie betäubt herum, und es wurde viel schneller elf als sonst.

Ich traf Ruby vor dem verdunkelten Fenster der chinesischen Wäscherei gegenüber von Dorothys Apartmenthaus.

Er trug einen großen Mantel mit hochgeschlagenem Kragen, und in seiner rechten Tasche war eine verdächtige Ausbuchtung.

»Okay, paß auf«, sagte er und zog mich in einen Hauseingang. »Buckholtz ist mit Dorothy Kegeln gegangen, und sie dürfte in einer Stunde zurück sein. Sobald sie reingehen, läufst du nach oben und klopfst an die Tür. Dann brauchst du nur rumzuhängen, bis dieser Joker geht.«

»Aber Ruby«, protestierte ich. »Was soll ich denn sagen?«

»Sag einfach, du warst in der Gegend und wolltest mal reinschauen. Und wenn Buckholtz geht, sagst du zu ihm: ›Mensch, ist das finster draußen. Würde es Ihnen was ausmachen, mich zur U-Bahn zu bringen?‹« Den letzten Satz sagte Ruby mit einer leisen mädchenhaften Stimme, womit er offenbar mich imitierte. Ich wäre ernstlich beleidigt gewesen, doch ich war zu nervös.

»Zur U-Bahn bringen? Darum kann ich ihn doch nicht bitten!«

»Warum nicht? Sag ihm einfach, du hast Angst vor der Dunkelheit.«

Die *hatte* ich, um ehrlich zu sein.

»Aber er wird mir nicht glauben –«

»Widersprich mir nicht! Du gehst mit ihm die 74. Street runter, und dann sagst du, du kennst eine Abkürzung. Du führst ihn die Straße runter, auf der südlichen Seite. Dort warte ich auf dich.«

Gegen Viertel eins fuhren Dorothy und Buckholtz in einem Taxi vor. Zehn Minuten später ging ich, durch einen Stoß Rubys angetrieben, über die Straße und in das Haus. Ich läutete bei Apartment 6-B, und Dorothy öffnete die Tür und sah mich erstaunt an.

»Hallo«, sagte ich. »Ist Ruby da?«

»Ruby? Natürlich nicht.«

»Oh«, sagte ich und zog den Reißverschluß meiner Windjacke rauf und runter. »Ich dachte, er ist vielleicht hier. Wie geht's dir, Dorothy?«

»Gut«, sagte sie, über ihre Schulter blickend. »Möchtest du reinkommen?«

»Okay.«

Sie runzelte die Stirn, doch ich folgte ihr ins Wohnzimmer. Buckholtz stöberte im Bücherregal. Er wandte sich um und hob eine Augenbraue, als er mich sah. Dorothy machte uns bekannt, und er drückte mir mit einem knochenzermalmenden Griff die Hand. Sie schien nicht sehr glücklich über die Umstände, aber ich hatte meine Befehle. Ich setzte mich und schaute, als hätte ich die Absicht, zu bleiben.

»Ich mach nur etwas Kaffee«, sagte Dorothy. »Möchtest du welchen?«

»O ja, sehr gern.«

Als wir allein waren, faßte Buckholtz mich ins Auge und sagte: »Sie sind also ein Freund von Ruby Martinson?«

»Ein Cousin«, sagte ich.

»Brillanter Bursche, dieser Ruby. Wir waren zusammen auf dem College, wissen Sie.«

»Das ist nett.«

»Ja, ich werd den alten Ruby nie vergessen. Ich trag sogar sein Bild mit mir herum.«

»Tatsächlich?«

»Klar. Wollen Sie's sehen?«

Ich nickte, und er griff in die Tasche und holte eine Schlüsselkette hervor, an der ein Miniaturfernrohr aus Plastik hing.

»Halten Sie's ans Auge und schauen Sie ins Licht«, sagte Buckholtz. »Drehen Sie's, dann sehen Sie das Bild.«

Ich drehte es und sah das Bild, aber es war nicht Ruby. Es war eine üppige Blondine, die drei Spielkarten trug, alle drei Asse. Ich wurde blutrot. Buckholtz lachte und nahm mir das Ding weg. Als Dorothy mit dem Kaffee ins Zimmer zurückkam, wurde sein Gesicht wieder ernst, und er sagte: »Mein Gott, Dorothy, ich wußte gar nicht, daß du Dostojewski magst. Er ist mein Lieblingsautor. Du hast aber, was Bücher betrifft, einen guten Geschmack.«

»Wirklich?« sagte sie und blickte erfreut drein. Dann reichte sie mir meine Tasse und rief: »Um Gottes willen! Was ist denn mit deinem Auge?«

»Mit meinem Auge?«

»Was hast du getan? Bist du gegen eine Tür gerannt?«

Ich sprang vom Sofa und ging zu einem Wandspiegel. Um mein eines Auge war ein schwarzer Ring. Ich wischte ihn mit dem Taschentuch weg und bedachte Van Johnson mit einem gemeinen Blick. Er setzte wieder eine unschuldsvolle Miene auf, und begann über russische Romanciers zu plaudern.

Ich saß da, hörte ihm eine Weile zu und empfand mehr und mehr Sympathie für Ruby. Gegen zwei Uhr begann Dorothy zu gähnen, und er verstand den Wink. Wir gingen zusammen.

Als wir mit dem Lift hinunterfuhren, zwang ich mich zu sagen: »Mein Gott, es ist spät, was? Ich hab immer ein bißchen Angst, so spät allein auf der Straße zu gehen. In letzter Zeit hat's eine Menge Überfälle gegeben.«

Er lachte, und seine Brust schwoll. »Sie brauchen keine Angst zu haben.«

»Vielleicht brauchen *Sie* keine zu haben«, sagte ich.

»Aber ich muß fünf Blocks bis zur U-Bahn laufen. Würden Sie mich begleiten?«

»Okay«, sagte er.

Es klappte prima. Wir gingen zusammen die Straße hinunter und Buckholtz machte so lange Schritte, daß ich gezwungen war, wie ein Hund neben ihm her zu trotten.

Als wir die 74. erreichten, sagte ich: »Hören Sie, ich kenne eine Abkürzung. Wenn wir hier runtergehen –«

»Nie von einer Abkürzung gehört.«

»Doch, doch«, sagte ich. »Ich nehm sie im allgemeinen nicht, weil die Straße so leer ist. Aber wenn's Ihnen nichts ausmacht –«

»*Mir* nicht«, sagte er, der große Angeber.

Ich versuchte ihn dazu zu bringen, etwas langsamer zu gehen, damit er nicht an seinem versteckten Rivalen vorbeisegelte. Doch ich brauchte mir um Ruby keine Sorge zu machen. Wir waren nicht mehr als zwanzig Meter gegangen, als er aus dem Nichts auftauchte.

»Hände hoch!«

Ich zuckte überzeugend zusammen, vor allem, weil ich überzeugt war. Ich erkannte Ruby überhaupt nicht. Er hatte ein dunkelgrünes Taschentuch vor seinen Mund gebunden und hielt eine schwarze Automatik in der Hand.

»Habt ihr gehört!« rief Ruby. »Nehmt die Hände hoch. Und keinen Laut!«

»He, was ist los?« sagte Buckholtz frech und hob

nicht einmal die Hände. Ich hatte gehofft, daß er nicht so tapfer sein würde.

»*Das* ist los, du Idiot!« Ruby fuchtelte drohend mit seiner Pistole. »Her mit der Brieftasche!«

»G-g-geben Sie sie ihm«, flehte ich.

Er sah Rubys schlanke Gestalt von oben bis unten an, und dann zuckte der große Kerl die Achseln und griff in sein Jackett. Er holte eine Schweinslederbrieftasche hervor, und Ruby riß sie ihm aus den Händen.

»Ich hab nur ein paar Dollar«, sagte er verächtlich. Doch Ruby hörte nicht zu. Er sah eifrig die Brieftasche durch, völlig mit seiner Suche beschäftigt. Er wich vor uns zurück und hielt die Automatik locker in der Hand, die Augen auf die Brieftasche geheftet. Es war zu finster, um zu sehen, was er wollte, doch ich wußte, daß sein Benehmen für einen bewaffneten Räuber reichlich sorglos war. Unglücklicherweise bemerkte es auch Buckholtz, denn er holte plötzlich aus und schlug Ruby mit einer Faust, so groß wie ein Baseball, auf die Nase. Ruby war so überrascht, daß er nicht einmal schlau genug war, hinzufallen. Er taumelte auf einem Bein zurück, wie ein betrunkener Strauß, und Buckholtz schlug wieder zu, diesmal mit einer linken Geraden. Ruby stürzte auf den Gehsteig und die Pistole und Buckholtz' Brieftasche mit ihm. Die Brieftasche machte ein lauteres Geräusch als die Pistole; die Automatik fiel mit einem blechernen Laut aufs Pflaster, der sofort ihre wahre Natur enthüllte.

»Ein Spielzeug«, sagte Buckholtz spöttisch. Er hob seine Brieftasche auf und wandte sich zu mir. »Holen Sie schnell einen Polizisten. Ich halte Dillinger hier fest.«

Er zerrte Ruby vom Boden hoch, und ich sagte: »Ach, lassen Sie ihn laufen. Er hat uns ja nichts getan –«

»Soll das ein Witz sein?«

Ich dachte so schnell und verzweifelt wie noch nie in meinem Leben. Ich blickte aufgeregt die Straße hinauf und hinunter, und dann rief ich: »Schaun Sie, dort ist ein Polizist!«

»Wo?« sagte Buckholtz und ließ Rubys Mantelaufschlag los.

»Dort unten!« schrie ich und rannte zwischen ihm und seinem Gefangenen durch, auf die Ecke zu. Ruby verstand, denn er lief hinter mir her, mit seinen mageren Beinen derart stampfend, daß er mich fast überholte. Ich hörte, wie Buckholtz uns nachrief, doch ich kümmerte mich nicht darum. Ich rannte weiter, bis ich um drei Ecken gebogen und an der U-Bahnstation war. Nach Luft ringend flitzte ich die Treppe hinunter. Ich wartete ein paar Minuten, um zu sehen, ob Ruby mir nachkam. Als er es nicht tat, fuhr ich mit dem stadteinwärts fahrenden Expreß nach Hause, völlig verwirrt durch Rubys erfolglosen Überfall.

Ich schlief am nächsten Tag bis Mittag, und wahrscheinlich hätte ich bis zum Abend geschlafen, würde Ruby mich nicht durch seinen Telefonanruf geweckt haben. Nach allem, was passiert war, überraschte es mich, von ihm zu hören; ich dachte, er würde im Bett liegen und seine Wunden lecken. Doch seine Stimme klang fröhlich.

»Kleiner?« sagte er. »Wir treffen uns bei Hector, zur selben Zeit wie immer. Hab einen wichtigen Auftrag für dich.«

»Aber Ruby, nach der letzten Nacht –«

»Macht nichts. Komm zu Hector und bleib kühl.«

Ich traf ihn um sechs in der Cafeteria, doch ich war nicht kühl. Zwischen Überfällen und Heißwasserflaschen zeigte das Fieberthermometer bei mir 38 Grad. Es half nichts, Ruby entspannt und guter Laune hinter Kaffee und Apfelkuchen zu sehen.

»Ich möchte, daß du heute abend Dorothy besuchst«, sagte er.

»Wieder?« kreischte ich.

»Keine Sorge wegen Buckholtz, er wird nicht dort sein. Ich möchte, daß du diesen Brief für mich abgibst.«

Er reichte mir ein schäbiges Kuvert ohne Adresse. Ich zwinkerte und sagte: »Mensch, Ruby, kannst du ihr das nicht mit der Post schicken?«

»Nein. Ich möchte wissen, was sie sagt, wenn sie's liest.«

Ich seufzte, widersprach aber nicht. Ich habe nie einen Streit gegen Ruby gewonnen.

Als Dorothy mir an diesem Abend ihre Wohnungstür öffnete, blickte sie noch erstaunter als am Abend zuvor. Doch sie war nicht als einzige erstaunt. Ruby hatte sich getäuscht, denn Bill Buckholtz saß, groß und blond wie das Leben, im Wohnzimmer.

»Hallo!« rief er und begrüßte mich mit einem großen Van-Johnson-Grinsen. »Da ist ja unser Freund. Ich hab Dorothy eben von unserem Überfall in der letzten Nacht erzählt.«

Dorothy kaute an ihren unlackierten Nägeln. »Es muß furchtbar gewesen sein. Nur gut, daß Bill bei dir war.«

»Ja«, sagte ich. »He-he.«

»Man muß es verstehen, mit solchen Burschen umzugehen«, sagte Buckholtz. »Ein Jammer, daß die dreckige Ratte entkommen ist.«

»Ja«, stieß ich hervor. »Dorothy, kann ich dich allein sprechen? Nur eine Minute?«

Sie sah mich verblüfft an, sagte aber okay. In der Küche gab ich ihr Rubys Brief. Zuerst benahm sie sich ganz hochnäsig und wollte ihn nicht mal nehmen. Dann wurde sie wohl neugierig, und schließlich erklärte sie sich bereit, ihn zu lesen. Ich sah, wie sie ins Schlafzimmer ging und die Tür hinter sich schloß. Ich ging zurück ins Wohnzimmer.

»Sagen Sie, mein Junge«, sagte Buckholtz freundlich. »Würden Sie mir einen Gefallen tun?«

»Was für einen Gefallen?«

»Erzählen Sie Dorothy nichts von der Pistole. Ich hab ihr nicht gesagt, daß es nur ein Spielzeug war.«

»Warum sollte ich's ihr sagen?«

»So ist's brav, mein Junge«, sagte er, und einen Moment dachte ich, er wollte mir anerkennend auf den Rücken klopfen.

Ich haßte ihn.

Ein paar Minuten später kam Dorothy mit einer merkwürdigen Miene heraus. Sie sagte: »Bill, könnte ich dich einen Moment sprechen – allein?«

Er blickte auf und grinste wölfisch. »Und ob.«

Er ging mit Dorothy in die Küche, und ich wartete und hoffte, etwas von ihrem Gemurmel verstehen zu können, ohne daß ich tatsächlich lauschte. Nach ein paar Minuten hörte ich, wie Dorothy ihre Stimme wütend erhob, und dann ging Buckholtz' Stimme eine Oktave hinauf, und es klang wie ein Protest. Das nächste, was ich wußte, war, daß der große Kerl mit dunkelrotem Gesicht und hochgezogenen Schultern aus der Küche stürzte. Er ging zum Schrank, riß seinen Hut und Mantel heraus und stampfte zur Wohnungstür hinaus.

Das Ganze war rätselhaft, doch Dorothy gab mir keine Erklärung. Sie trottete in ihr Schlafzimmer, schloß die Tür und überließ mich mir selbst. Ich wußte nicht, was ich tun sollte; also wartete ich zehn Minuten und ging dann.

Ich wußte nicht, was wirklich passiert war, bis ich am nächsten Abend Ruby in Hectors Cafeteria traf. Er trug seinen besten blauen Anzug und sah aus, als hätte er eben Hectors täglichen Bedarf an Sahne geschluckt.

»Was ist mit dir?« sagte ich. »Du siehst schrecklich glücklich aus.«

»Bin ich auch«, sagte Ruby. »Ich hab heute abend eine Verabredung mit Dorothy.«

»Tatsächlich?«

»Klar. Sie ist mit diesem Buckholtz fertig. Hat sie's dir nicht erzählt?«

»Nein, sie hat mir nichts gesagt. Was, zum Teufel, hast du in diesem Brief geschrieben?«

»Ach, nicht viel. Ich hab ihr nur gesagt, daß sie einen Fehler begeht, daß Buckholtz noch immer der alte Clown ist, der er immer war. Und wenn sie einen Beweis brauchte, sollte sie nur in seine Brieftasche schauen.«

»Wonach?«

»Nach ihrem Graduierungsfoto. Hier – Dorothy hat es mir als Andenken gegeben. Das hatte Buckholtz bei sich.«

Er griff in seinen blauen Sergeanzug und gab mir ein glänzendes Foto. Es war Dorothy, doch sie war etwas verändert. Unter der Nase hatte sie einen schwarzen Schnurrbart, und ihre Augen schielten hinter großen Brillengläsern. In ihrem lächelnden Mund fehlten zwei Vorderzähne. Es war ein sehr komisches Foto, und ich mußte kichern.

»Siehst du, was ich meine?« sagte Ruby. »Als sie das

sah, wußte sie, was für ein Lump er ist. Wir gehen heute abend ins Kino. Aber in keinen Van-Johnson-Film.«

Er lehnte sich glücklich lächelnd in seinem Sessel zurück, und da wußte ich, was er in der Nacht des Überfalls wirklich getan hatte. Er hatte nicht nur etwas aus Buckholtz' Brieftasche herausgenommen. Er hatte etwas hineingetan. Es war ein ziemlich schmutziger Trick, doch ich mußte seine Schlauheit bewundern. Ich glaube, es war die einzige Art Liebeslied, die Ruby zu singen verstand. So ist mein Cousin. So ist Ruby Martinson.

Ruby Martinsons zweites Gesicht

Als ich achtzehn war, las ich ein Buch über die großen ungelösten Verbrechen, doch ich fand sie längst nicht so faszinierend wie die großen unbegangenen Verbrechen meines Cousins Ruby Martinson. Ruby führte die Liste seiner Pläne in einem Hauptbuch, das er bei der Buchprüfungsfirma, wo er sein legitimes Einkommen verdiente, geklaut hatte. Ich habe nie in seine linierten Seiten geguckt, doch Ruby gab mir Proben von seinem Inhalt. Zum Beispiel hatte er drei meisterliche Pläne, R. H. Macy auszurauben. Nicht die Kurzwaren- oder Herrenbekleidungsabteilung, sondern das *ganze* Kaufhaus. Ich habe nie erfahren, was er danach damit zu tun plante; ich meine, wo kann man so ein Ding *verstecken?*

Bei so vielen Plänen, auf betrügerische Weise reich zu werden, wunderte es mich immer, daß Ruby ständig knapp bei Kasse war. Die fünfundsechzig Dollar, die er pro Woche verdiente, waren nie genug, und er hatte die Gewohnheit, sich wegen kleiner und meistens nicht zurückgezahlter Anleihen an mich zu wenden. Ich war damals einer der begabtesten Lieferjungen im Textilviertel, doch trotz meines Talents verdiente ich nie mehr als siebzehn Dollar und fünfzig Cent. Die Anleihen an Ruby leerten meine Taschen.

Eines Tages zur Lunchzeit lud ich Ruby zu Kaffee und Kringel in Hectors Cafeteria ein. Er richtete seine geldhungrigen Augen auf mich und verkündete, daß er eine Anleihe brauchte. Ich verbarg mein Gesicht hinter einem Kringel und begann zu wimmern.

»Ach, Mensch, Ruby«, sagte ich. »Nicht schon wieder.«

Er machte ein angewidertes Gesicht. »Nicht von dir, du Trottel. Ich brauche nicht fünf oder zehn Cent. Ich brauche eine richtige Summe.«

Ich war erleichtert, doch nur wenig. Wenn Ruby eine richtige Summe brauchte, war das immer das Vorspiel zu einem seiner Dinger.

»Ich brauche dreihundertachtzig Dollar«, sagte er dumpf. »Das kostet die lausige Uhr, drei-achtzig. Und ich hab nur zwei Wochen Zeit, um sie zu beschaffen.«

»Aber du *hast* doch eine Uhr«, sagte ich.

»Sie ist nicht für mich, sondern für Dorothy. Sie hat in zwei Wochen Geburtstag, und ich hab ihr diese Uhr, nach der sie so verrückt ist, so gut wie versprochen. Sie liegt bei Tiomkin, dem großen Juweliergeschäft in der Sixth Aventue, eine goldene Uhr mit Diamantensplittern. Ich *muß* diese Uhr haben.«

Rubys kleines sommersprossiges Gesicht war immer angespannt, wenn er Dorothy erwähnte. Sie waren verlobt, und Dorothy war das netteste Mädchen, das Sie sich vorstellen können. Sie war so nett, daß mir der Gedanke, sie könnte einen Teufel wie Ruby heiraten, schrecklich war, doch ich hegte die heimliche Hoffnung, daß sie ihn vielleicht bessern würde.

»Ich gehe heute nachmittag zur Bank«, sagte er. »Ich nehme ein Darlehen auf. Ich möchte ihnen nicht raten, mich abzuweisen«, fügte er grimmig hinzu. »Sonst sprenge ich ihren Safe weit auf.«

»Sie werden dich nicht abweisen«, sagte ich vertrauensvoll. »Einen Buchprüfer weisen sie nicht ab.«

»Ich möcht's ihnen nicht raten«, wiederholte er. »Wir treffen uns hier um sechs. Dann erzähl ich dir, was geschehen ist.«

Ich verbrachte den restlichen Nachmittag in einem nervösen Vakuum, voll Angst, daß Ruby, falls man das Darlehen ablehnte, seine Drohung wahrmachen und mich in das Verbrechen verwickeln würde. Ich stellte mir vor, wie wir uns von der Reinigungsanstalt nebenan unseren Weg zu der Tresorkammer gruben, den Safe sprengten und mit Säcken voll Geld flohen. Ich hörte die schrillen Pfeifen der Polizisten, als sie uns jagten. Peng, peng! Sie schossen auf uns! Mich trafen zwei Kugeln ins Kreuz. Ich taumelte und stürzte. Es wurde schwarz um mich. Ich lag im Rinnstein, blutend. Ein Polizist beugte sich über mich, ein großer Ire mit mitleidsvollem Gesicht. »Noch ein Kind«, sagte er traurig, »und so ein Ende. Mitten auf der 43. Street, dritter Stock, frag nach Mr. Finsterwald.«

»Was?« sagte ich, und mir wurde klar, daß mein Boss mir eine Adresse sagte, wohin ich etwas liefern sollte.

Ich nahm die Schachteln mit Ware und taumelte hinaus auf die Seventh Avenue. Mein Rücken tat schrecklich weh.

Um sechs Uhr saß ich bei Hector und wartete auf Rubys Finanzreport. Als er hereinkam, stand ihm alles ins Gesicht geschrieben. Er sank in den Sessel und schlug mit der Faust auf die Tischplatte, so daß der Zuckerspender umfiel.

»Was sagst du zu diesen Ratten?« sagte er wütend. »Was sagst du zu dieser Unverschämtheit? Sie haben mich abgewiesen!«

»Abgewiesen?« sagte ich ungläubig. »Aber du bist doch *Buchprüfer*, Ruby. Ich meine, du bist doch praktisch einer von *ihnen*. Wie konnten sie dich abweisen?«

»Sie sagten, ich hätte nicht soviel Kredit. Diese Trottel! Ich werd's ihnen zeigen!«

»Nein, Ruby«, kreischte ich. »Ruby, tu's nicht! Ich bin noch ein Kind!«

»Was soll ich nicht tun?«

»Den Safe sprengen! Es ist zu gefährlich!«

Ruby lachte leise und begann mit dem Zuckerspender zu spielen, als sei er eine Bombe, die er werfen wollte. Und dann warf er tatsächlich eine Bombe.

»Ich knacke den Safe nicht«, sagte er. »Ich hab eine viel bessere Idee. Ich werde ihre Darlehensabteilung berauben. Ich hab die ganze Sache in meinem Kopf ausgearbeitet, und du bist der Bursche, der mir dabei helfen kann.«

»Ruby«, sagte ich mit leiser, bebender Stimme, »ich wollte dir etwas sagen. Ich denke daran, zu studieren und Geistlicher zu werden. Deshalb kann ich dir bei solchen Dingen nicht mehr helfen.«

»Es wird richtig schön«, sagte Ruby verträumt, meinen Einwand ignorierend. »Wir nehmen ihnen keinerlei Geld ab. Sie werden es uns *geben*. Das nenne ich ein perfektes Verbrechen.«

»Lebewohl, Ruby«, sagte ich feierlich und stand auf. »Gott segne dich, mein Sohn.«

»Setz dich!« fuhr er mich an.

Ich setzte mich.

Nun, ich brauche wohl nicht zu erwähnen, daß es nicht schwer war, mich zu überzeugen. Manchmal glaube ich, daß Ruby ein Hypnotiseur war und es selbst nicht wußte. Was mich betrifft, so war ich derart suggestibel, daß ein Vertreter mir mal vier Paar Seidenstrümpfe verkaufte.

»Paß auf, ich sag dir, wie wir's machen«, sagte Ruby. »Du gehst in die Darlehensabteilung und verlangst ein Darlehen von fünfhundert Dollar. *Du gibst aber nicht deinen richtigen Namen an.* Du sagst, dein Name ist Harrison P. Montgomery, und ich besorge dir noch irgendeinen Ausweis, falls sie danach fragen. Du sagst ihnen, daß du für einen Mann namens Charles Fisher bei der Lorelei Bathing Suit Company arbeitest und hundert Dollar pro Woche verdienst. Das ist alles.«

Ich war verwirrt. »Harrison P. Montgomery? Wer ist das?«

»Nicht so wichtig«, sagte Ruby. »Du sagst ihnen, daß es dir lieber wäre, wenn sie deinen Boss nicht anrufen, und sie werden versprechen, diskret zu sein, wenn sie's tun. Das haben sie mir gesagt.«

»Das ist zu hoch für mich«, sagte ich kläglich. »Was passiert also, wenn sie anrufen? Ich meine, wenn es so eine Firma gar nicht gibt –«

»O doch, die gibt es«, sagte Ruby glucksend. »Und es gibt auch einen Charley Fisher. Lorelei ist eine der Firmen, für die ich die Bücher führe, und dieser Harrison P. Montgomery ist ein eingebildeter Tropf, der in der Verkaufsabteilung arbeitet.«

»Du meinst, es *gibt* einen Harrison P. Montgomery? Ruby, das kann nicht gutgehen –«

»Beruhige dich, es ist ein Kinderspiel. Wenn sie bei Fisher anrufen und sich nach Montgomerys Kredit erkundigen, müssen sie eine gute Auskunft kriegen«, grunzte Ruby. »Er ist der Sohn vom Boss.«

»Es wird nicht klappen«, sagte ich. »Banken sind zu schlau.«

»Es wird klappen«, sagte Ruby vertrauensvoll. »Verlaß dich drauf; die werden dir den Zaster in vierundzwanzig Stunden geben. Dann brauchst du nichts weiter zu tun, als ihn mir zu bringen, und wir teilen ihn fünfzig zu fünfzig. Hundertzwanzig für dich und dreiachtzig für mich.«

Für einen Buchprüfer hatte Ruby wirklich eine komische Vorstellung von Arithmetik. Doch ich sorgte mich im Moment nicht um Geld.

»Ruby, ich komm in den Knast«, sagte ich aufgeregt. »Ich krieg zwanzig Jahre. Du weißt, ich kann dieses Gesöff nicht essen. Du weißt, was mit meinem Magen ist.«

»Ist dir je irgendwas passiert?«

Ich starrte ihn mit offenem Mund an. In unserer ganzen kriminellen Karriere hatten wir nie einen Cent Profit gemacht. Doch es stimmte tatsächlich: keiner von uns war bis jetzt verhaftet worden.

»Sie werden mich erkennen!« japste ich. »Ich meine, was ist, wenn sie mich mal wiedersehen? Auf der Straße oder irgendwas?«

Ruby kaute an seiner Lippe, während ich nervös an einer Buttersemmel knabberte. Seine Augen, riesig hinter der großen Brille, blickten nachdenklich.

»Okay«, sagte er schließlich. »Wir werden auch dafür sorgen. Wir werden dich verkleiden.«

»Verkleiden?«

»Klar. Wir machen, daß du anders aussiehst, wenn du zur Bank gehst. Sie werden dich nie wiedererkennen.« Er stand auf und packte mich am Ellbogen. »Komm«, sagte er. »Ich möchte dir Dorothys Uhr zeigen, bevor Tiomkin zusperrt.«

Wir sahen uns die Uhr in dem Glaskasten an. Es war ein kleines Ding mit winzigen Diamanten statt der Zahlen. Ich fand sie scheußlich.

»Mensch, Ruby«, sagte ich, »warum schenkst du Dorothy nicht lieber Seidenstrümpfe? Ich hab vier Paar, die ich dir geben kann.«

Doch Ruby hörte nicht zu.

Am nächsten Abend erschien Ruby mit einer Schuhschachtel bei mir daheim. Meine Mutter, die Ruby für einen bebrillten Engel hält, gab ihm zehn Zitronenkeks und ein Glas Tee. Er aß sämtliche Keks und kam dann zu mir in mein Schlafzimmer. Als er die Schuhschachtel öffnete, sah ich, daß eine Make-up-Garnitur darin war.

»Okay«, sagte er. »An die Arbeit.«

In kürzester Zeit erfuhr ich, wie und warum Lon Chaney soviel Geld verdiente. Meine Haut juckte derart von all den Bärten und Schnurrbärten, die Ruby mir anklebte, daß ich mich wochenlang kratzte. Jeder Schnurrbart ließ mich aussehen wie einen auf Diät gesetzten Charlie Chan, und jeder Bart war so lächerlich, daß Ruby sich die halbe Nacht auf dem Fußboden wälzte und lachte. Ich wurde ziemlich wütend und sagte ihm, daß ich es nicht so komisch fand. Schließlich entschieden wir uns, keinen Bart oder Schnurrbart anzukleben; statt dessen verpaßte er mir eine falsche Wachsnase, eine Brille aus Fensterglas und eine blonde Perücke. Ich mußte zugeben, daß die Maske nicht übel war. Ich starrte mein neues Gesicht im Spiegel an, und es gefiel mir besser als mein altes.

»Perfekt«, sagte Ruby und betrachtete mich aus

jedem Winkel. »Sie werden dich nie wiedererkennen. Fühlst du dich jetzt besser?«

»Ich glaube noch immer nicht, daß es klappen wird«, sagte ich mürrisch und kratzte mich an der Oberlippe.

Als ich Ruby am nächsten Tag auf der Herrentoilette bei Schrafft traf und er die Maske auf mein zitterndes Gesicht setzte, war ich ebenso pessimistisch. Bei Tageslicht wirkte die Wachsnase nicht ganz so überzeugend, und als ich in den Spiegel über dem Waschbecken starrte, funkelte die Fensterglasbrille im Licht. Sogar die Perücke, die am Abend zuvor erstaunlich echt ausgesehen hatte, sah aus, als stamme sie von einer Schaufensterpuppe bei Ohrbach. Soviel ich weiß, hatte sie Ruby von dort.

»Das kann nicht gutgehen«, krächzte ich. »Ruby, ich seh nicht wie ein Mensch aus!«

»Du siehst besser aus als je zuvor«, sagte Ruby schroff. »Und in der Bank ist es halbdunkel. Los jetzt!«

Die Bank war auf der anderen Straßenseite, und die einzige Chance, meinem Schicksal zu entgehen, bestand darin, von einem Taxi überfahren zu werden. Ich ging mit geschlossenen Augen hinüber, kam aber sicher auf der anderen Seite an.

Ich ging durch die Drehtür der Bank, und der erste Mensch, den ich erblickte, war der Wachmann. Er hatte einen Revolver in der Größe einer Kanone an seiner Hüfte, doch er starrte direkt auf meine Nase und zuckte mit keiner Wimper. Ich wurde ein bißchen mutiger und ging zu dem Holzgeländer, hinter dem all die Bankbeamten an ihren Schreibtischen versammelt waren. Ein dickes Mädchen stand da und tat nichts, und so stellte ich ihr meine Frage.

»Ein persönliches Darlehen?« sagte sie ziemlich verächtlich, wie mir schien. »Einen Moment, ich seh nach, ob Mr. Proudy beschäftigt ist.«

Das nächste, was ich weiß, ist, daß ich neben einem der Schreibtische saß, gegenüber einem kleinen quadratschädeligen Mann mit einem kleinen Schnurrbart. Ich starrte ihn an und wunderte mich, daß er sich nicht kratzte.

»Tja«, sagte er in besänftigendem Ton, »ich hab gehört, daß Sie sich wegen eines Darlehens erkundigen möchten? Mal sehn, was wir tun können.« Er lachte leise, als hätte ich einen Witz gemacht, und zog ein langes Blatt Papier aus der Schublade. »Ihr Name?« sagte er.

Ich blinzelte ihn an.

»Ihr Name?«

»Äh, Harrison P. Montgomery. Nein, nein! Montgomery P. Harrison.« Mir wurde übel, und ich klammerte mich an den Armstützen des Sessels fest.

»Na, wie denn nun?«

Ich dachte verzweifelt nach, bis es mir einfiel. Dann lächelte ich leise. »Harrison P. Montgomery. Ich wußte nicht, ob Sie meinen Familiennamen zuerst wollten.«

»Schon gut.«

Er stellte mir ein paar andere Fragen, und ich sagte ihm die auswendig gelernten Antworten. Er lehnte sich auf seinem Drehstuhl zurück, und es machte »Knarr-knarr! Knarr!« In meinen Ohren klang es wie ›Zwanzig Jahre! Zwanzig Jahre!‹

»Und was ist der Zweck dieses Darlehens, Mr. Montgomery?«

»Äh, ich habe die Absicht, aufs College zu gehen.«

»Aha, ein Ausbildungsdarlehen?«

»Nein«, sagte ich, »nur ein persönliches Darlehen. Fünfhundert Dollar.«

»Natürlich.« Er seufzte und schob mir das Blatt Papier hin. »Würden Sie bitte den Rest dieses Formulars ausfüllen?«

Ich nahm die Feder in meine zitternden Finger und versuchte, aus den Fragen schlau zu werden. Manche von ihnen waren nicht einfach; ich setzte die falsche Adresse und Telefonnummer ein, gab aber die richtige Auskunft über meine Stellung; das heißt Montgomerys Stellung. Es war heiß in der Bank. Je mehr ich schrieb, desto heißer wurde mir. Ich steckte den Finger unter meinen klebrigen Kragen und zog ihn vom Hals weg. Hin und wieder blickte ich zu Proudy auf und sah, daß er mich beobachtete.

»Warm, nicht?« sagte ich.

»Ja, ziemlich«, sagte er.

Dann fing ich wieder zu schreiben an. Nach ein paar Minuten merkte ich, daß ein paar Schweißtropfen auf das Formular fielen, und ich wischte sie weg. Wieder fielen welche, und so griff ich in meine Tasche nach meinem Taschentuch und tupfte meine Stirn ab. Auch das schien sie nicht aufzuhalten.

»Mein Sohn«, sagte Mr. Proudy leise.

»Ja?«

»Ihre Nase läuft, mein Sohn.«

»Was?«

»Ihre Nase läuft«, sagte Mr. Proudy traurig.

Ich griff nach meiner Nase und spürte, wie sie feucht wurde. Da wurde mir klar, was los war. Meine Nase lief nicht, sie schmolz. Ich drückte das Taschentuch darauf und sah den Bankbeamten verzweifelt an. »Ich bin erkältet«, sagte ich. »Ich bin schrecklich erkältet.«

Mr. Proudy brummte mitfühlend. Das Wachs klebte an meinem Taschentuch fest, und ich fragte mich, ob ich es wohl von meiner falschen Nase lösen konnte. Ich zog daran und spürte, wie der ganze Wachsklumpen sich löste.

»Sind Sie in Ordnung?« fragte Mr. Proudy.

»Ich glaube, ich blute«, sagte ich. »Meine Nase läuft nicht, sie blutet. Das hab ich öfter.«

»Möchten Sie sich nicht eine Weile hinlegen? Wir haben eine Couch im Aufenthaltsraum.«

»Nein«, sagte ich und stand auf. »Ich glaube, ich gehe lieber nach Hause. Ich kann ja später wiederkommen.«

»Nun, wenn Sie meinen, wir können Ihnen nicht helfen –«

»Ich muß nach Hause!« rief ich. »Sonst verblute ich!«

Das Taschentuch über mein Gesicht gebreitet, ging ich von dem Schreibtisch rückwärts zu dem Holztor. Plötzlich starrten mich alle in der Bank an. Ich wandte mich schnell um und stürzte zu der Drehtür. Ich könnte schwören, daß der Wachmann seinen Revolver ziehen wollte, und als ich die Straße erreichte, hätte ich fast geschrien. Ruby behauptet sogar, ich *hätte* geschrien.

Ruby schrie an diesem Abend auch ziemlich viel. Doch so sehr er mich auch beschimpfte, nichts konnte mich dazu bringen, die Sache noch mal zu versuchen.

Endlich merkte Ruby, wie unzugänglich ich war. Also setzte er sich, legte das Kinn auf seine Fäuste und begann nachzudenken. Ich hatte keinerlei Zweifel, daß sein böses Hirn eine andere Lösung produzieren würde, und ich konnte nichts weiter tun als beten, daß es ein Ding war, das er allein drehen würde.

Dann war es soweit. »Eine Verkleidung«, sagte er und schlug mit der Faust gegen seine Handfläche. »Das ist die Lösung!«

»Was ist?« fragte ich.

»Es ist klar«, sagte er, »daß die einzige Möglichkeit, diese Uhr für Dorothy zu kriegen, darin besteht, sie zu stehlen –«

»Aber Ruby, du hast doch selbst immer gesagt, du würdest Dorothy nie heiße Ware schenken.«

»Es ist eine verzweifelte Situation. Ich *muß* es tun. Wir werden diese Uhr bei Tiomkin klauen, und es wird so sein, als ob wir einem Baby ein Bonbon wegnehmen.«

»Ruby, ich trage keine Verkleidungen mehr!«

»Nein, du Trottel! *Du* brauchst keine Verkleidung zu tragen. Ich werde es tun!«

»Du?«

»Klar! Die Verkäufer dort haben mich oft genug gesehen, wenn ich mir die Uhr angeschaut habe. Deshalb werde ich eine Verkleidung tragen. Erinnerst du dich an diesen alten weißen Bart in der Schuhschachtel?«

»Natürlich«, sagte ich verbittert. »Du hast dich krank gelacht, wie ich ihn anprobiert habe.«

»Ja, den werde ich tragen. Ich werde mir einen der verbeulten Anzüge von meinem alten Herrn ausborgen und den Bart ankleben. So wird der Trick klappen.«

»Welcher Trick?«

»Es ist eine wirklich nette Finte. Paß auf. Du gehst in den Laden und sagst, du möchtest dir ein paar Uhren ansehen, darunter die, die ich für Dorothy möchte. Während der Verkäufer dir das Tablett zeigt, siehst du plötzlich im Schrank eine andere Uhr, die dir gefällt. Du bittest ihn, sie zu holen. Während er weggeht, trete ich neben dich. Du läßt einfach die Uhr in meine Manteltasche fallen und gehst hinüber zu dem Verkäufer. Ich verlasse den Laden mit der Uhr. Du bist sauber, ich bin sauber, alle sind sauber. Erst wenn's zu spät ist, werden sie merken, daß die Uhr weg ist.«

Aus reiner Gewohnheit sagte ich, daß ich es nicht tun würde. Dann probten wir die Sache.

Am Samstagmorgen stand ich früh auf und zog meinen besten Anzug an. Ich fand, es war besser, wohlhabend auszusehen, wenn ich mir die Dreihundert-Dollar-Uhren anschauen wollte, doch meine Mutter mißverstand mich völlig. Sie war überzeugt, daß ich eine Verabredung mit einem Mädchen hatte, und sie quälte mich wegen der Details.

»Es ist kein Mädchen, Ma«, sagte ich. »Ehrlich, ich hab bloß Lust, einen guten Anzug zu tragen.«

»So bring sie doch mit«, sagte sie. »Schämst du dich, sie mit nach Hause zu bringen?« Sie hatte Tränen in den Augen.

»Ma, du irrst dich«, sagte ich.

»Mach bloß keine Dummheiten. Du bist doch noch ein Kind. Ein Junge wie du muß erst auf festen Beinen stehen, bevor er anfängt, an solche Dinge zu denken.«

»Ma, ich will nicht heiraten. Ich treff mich nur mit Ruby.«

»Mein Baby«, schluchzte sie.

Als ob dies noch nicht genügte, um mich zu erschüttern, mußte ich feststellen, daß bei Tiomkin an diesem Vormittag lebhafter Betrieb herrschte, doch Ruby war nicht unter den Kunden. Ich suchte ihn im ganzen Geschäft, doch es war kein sommersprossiger alter

Mann mit einer Brille und einem weißen Bart zu sehen. Er hatte versprochen, um elf da zu sein, und es war fünf Minuten nach.

Schließlich trat ein magerer junger Mann mit einer Nase wie eine Stricknadel zu mir und fragte mich, was ich wolle. Er hatte dicht nebeneinander stehende mißtrauische Augen, und ich dachte, er würde mich nach Referenzen fragen. Ich versuchte ihn hinzuhalten, und dann erblickte ich Ruby.

»Ich möchte mir ein paar Damenuhren ansehen«, sagte ich. »Aber nichts Billiges.«

Der Verkäufer zerfloß vor Freundlichkeit und ging zu dem Glasschrank neben der Tür. »Wir haben eine schöne Auswahl ausgezeichneter Chronometer«, sagte er. »Ist hier etwas, was Sie interessiert?«

Ich blinzelte durch das Glas.

»Zeigen Sie mir mal die da«, sagte ich und deutete auf das Tablett, auf dem die Uhr lag, die Ruby haben wollte. Der Verkäufer rieb sich beflissen die Hände und nahm das Tablett heraus. Auf dem schwarzen Samt lag vielleicht ein Dutzend Uhren, und ich begann an ihnen herumzufummeln.

»Die haben alle siebzehn Steine«, sagte der Verkäufer. »Die, die Sie jetzt anschauen, hat ein mit Diamantensplittern besetztes Zifferblatt – sehr elegant. Ist es für eine junge Dame?«

»Ja«, sagte ich. Ich befingerte die Uhr, drehte sie hierhin und dorthin und blickte sehr zweifelnd drein. Dann begann ich, genau wie Ruby es mir gezeigt hatte, in die anderen Schränke zu schauen, wobei ich sie in der Hand behielt. Aber Ruby kam nicht auf mich zu; er stand bloß da und zupfte an seinem verdammten weißen Bart und tat nichts. »Es ist schwer, sich zu entschließen«, sagte ich leise.

»Lassen Sie sich nur Zeit«, sagte der Verkäufer.

Ich begann wieder zu schwitzen, und ich wünschte, Ruby würde endlich kommen, damit wir das Ganze hinter uns bringen konnten. Langsam schob ich mich auf ihn zu und versuchte ihm eine Art Signal zu geben.

»Haben Sie keine Uhren mit *Rubinen?*« sagte ich laut. »Irgendeine Uhr mit einem *Rubin* drauf?«

»Mit einem Rubin? Ich glaube nicht«, sagte der Verkäufer.

»Sie müssen doch eine Uhr mit einem *Rubin* haben!« schrie ich und umklammerte Dorothys Geburtstagsgeschenk. Ich stand jetzt fast neben Ruby, und er kam ein Stückchen auf mich zu.

»Einen Moment«, sagte der Verkäufer. »Ich glaube, ich habe eine in der Schublade –«

Er wandte uns einen Augenblick den Rücken zu und bückte sich hinter dem Ladentisch. Rasch ließ ich Dorothys Uhr in Rubys Manteltasche fallen und drehte mich schnell wieder zum Ladentisch um. Es war keine Sekunde zu früh; der Verkäufer richtete sich auf und zuckte mit seinen schmalen Schultern.

»Tut mir leid«, sagte er. »Ich glaube, ich habe keine

Rubinuhren in dieser Preisklasse. Aber ich bin sicher, Sie werden etwas ebenso Hübsches finden . . .«

»Nein«, sagte ich störrisch. »Ich habe mich entschieden. Es muß eine mit einem Rubin sein. Ich komm wieder, wenn Sie welche haben.«

»Aber Sie haben mir ja noch gar keine Gelegenheit –«

»Tut mir leid!« rief ich und ging zur Tür. »Ich weiß, was ich will!« Die Kunden drehten sich alle nach mir um; es war genau wie in der Bank. »Ich komme ein anderes Mal wieder!« schrie ich.

Ich trat auf den Gehsteig und brach fast zusammen. Als ich Ruby auf mich zukommen sah, war ich so dankbar, sein sommersprossiges Gesicht zu sehen, daß ich seinen Arm packte und mich verzweifelt daran festhielt.

»Bloß weg von hier«, sagte ich.

»Was soll das heißen? Wir wollen doch das Ding drehen.«

Ich sah ihn an, und dann blickte ich zurück zu der Tür von Tiomkins Juweliergeschäft, und meine Knie knickten ein.

»Ruby«, sagte ich, »warst du nicht eben in dem Laden?«

»Nein, ich hab's nicht bis elf geschafft. Ich mußte mir etwas neuen Klebstoff für den Bart besorgen; er ist dauernd abgegangen. Wir gehen schnell irgendwo rein, und ich kleb ihn mir an. Was ist denn los mit dir, Mensch? Du zitterst ja am ganzen Körper.«

»Ruby«, sagte ich leise, »ich muß dir was erzählen.«

»Ja, ich weiß schon. Du willst Theologie studieren.«

»Nein«, sagte ich. »Ich gehe in ein Kloster. Hör mir zu, Ruby.«

Ich erzählte es ihm. Ich erklärte ihm die Sache mit dem alten Mann, der Dorothys Uhr hatte. Er sah mich an – mit einem freundlichen, verträumten Lächeln, wie mir schien. Dann trat er mir fest auf den Fuß.

Es stellte sich heraus, daß der alte Bursche mit dem Bart ehrlich war. Er muß die Uhr zurückgegeben haben, denn sie lag nächste Woche wieder bei Tiomkin in dem Glaskasten. Ruby ging hinein und kaufte sie auf Abzahlung. Die Raten betrugen drei Dollar wöchentlich für den Rest seines irdischen Lebens. Ich fühlte mich nicht allzu schlecht, denn was waren drei Dollar wöchentlich für einen Mann, der eines Tages das größte Kaufhaus der Welt stehlen würde?

Ruby Martinsons vergifteter Brief

Jahrelang lebte ich wegen meines Cousins Ruby Martinson in einer Todesangst vor G-men. Die drei schrecklichsten Buchstaben in meinem Alphabet waren FBI, und ich konnte kein Bild von J. Edgar Hoover sehen, ohne mich zu fragen, ob es *mich* sah. Und das Schlimmste: das ganze Trauma war das Resultat des wildesten Verbrechens, das Ruby Martinson, der Welt größter erfolgloser Verbrecher, je verübt hat.

Damals freilich gewöhnte ich mich allmählich an Rubys Unfähigkeit, ein lohnendes Verbrechen zu begehen. Obwohl Ruby Buchhalter war, schien er bei all den Dingern, die wir zusammen drehten, nie aus den roten Zahlen herauszukommen. Zum Glück verdiente er gut (65 Dollar pro Woche) für sein Alter (23), und so machte ich mir nie wegen seiner Finanzen Sorgen. Doch ich war fünf Jahre jünger, wesentlich ärmer, und im Gegensatz zu Rubys eisernen Nerven bestanden die meinen aus Hühnerfett.

An dem Abend, an dem es begann, war ich noch ärmer als gewöhnlich. Ich war eben aus meinem vierten Job im Textildistrikt gefeuert worden; bloß weil ich an der Ecke 33. und 7. Avenue einen Handwagen in ein offenes Einsteigloch gestoßen und ein halbes Dutzend

Max-Teitelbaum-Typen in das New Yorker Kanalsystem geschickt hatte. Als ich Ruby in Hectors Cafeteria am Broadway traf, war ich deshalb gezwungen, ihn um Geld für Kaffee und Kringel zu bitten. Ruby, der normalerweise ziemlich geizig war, gab mir die Münzen ohne Murren.

»Bist du okay, Ruby?« fragte ich ehrlich besorgt.

Er blickte zu mir auf, und sein kleines sommersprossiges Gesicht war mir nie zuvor so tragisch erschienen.

»Ich bin okay«, sagte er bitter. »Und noch besser wird's mir gehen, wenn Dorothy morgen diesen Brief kriegt.«

»Du hast Dorothy einen Brief geschrieben? Weshalb?«

Mein Staunen war echt. Dorothy, Rubys Verlobte, wohnte in der 76. Street, und Ruby sah sie jeden Abend, den er nicht seinen schurkischen Unternehmungen widmete. Sie wußte natürlich nichts von seinem Geheimleben; ich war auf verbrecherischem Gebiet Rubys einziger Vertrauter.

»Bei Gott, ich hab ihr einen Brief geschrieben«, sagte er mit einem höhnischen Lachen. »Sie wird ihn nie vergessen. Sie wird das Ganze ihr restliches Leben lang bedauern.«

Offenbar war die holprige Straße zur Liebe hier noch holpriger als sonst.

»Weißt du, was ich ihr geschrieben hab?« sagte Ruby. »Ich hab ihr geschrieben, was ich *wirklich* von ihr denke.

Und ich hab ihr geschrieben, was sie mit diesem vieräugigen Widerling, nach dem sie so verrückt ist, tun kann.«

Ich sah ihn überrascht an, denn Ruby trägt die größte Brille, die ich je in meinem Leben gesehen habe. Ich meine, sie war so groß, daß ein Optiker sie als Firmenzeichen hätte aufhängen können.

»Sie weiß nicht, daß ich sie gesehen hab«, fuhr Ruby knurrend fort. »Ich war im Savoy, dem Delikatessengeschäft gegenüber ihrem Haus. Du erinnerst dich doch an den Laden.«

Natürlich tat ich das. Wir hatten ihn einmal ausgeraubt, und ich hatte bei der Sache Geld verloren.

»Ich stand da, und da seh ich dieses Taxi vor ihrem Haus anhalten, und Dorothy steigt mit diesem vieräugigen großen Kerl aus. Die beiden taten, als ob sie richtig dicke Freunde wären!«

Ich hatte Dorothy gern, und deshalb eilte ich ihr zu Hilfe. »Ach, Ruby, es war vermutlich irgendein Bursche aus ihrer Firma. Wahrscheinlich hat er sie heimgefahren –«

»Ja?« sagte Ruby zynisch. »Wieso hat er ihr dann zum Abschied einen Kuß gegeben. Ich meine, einen richtigen *leidenschaftlichen* Kuß?«

Ich hielt den Mund und nahm wie Ruby einen mürrischen Schluck Kaffee und einen wütenden Biß von meinem Kringel.

»Deshalb«, sagte Ruby, »hab ich ihr heute diesen

Brief geschrieben und endgültig mit ihr Schluß gemacht. Die Weiber sind alle gleich, mein Junge, trau keiner von ihnen. Wenn du ihnen bloß einen Moment den Rücken zukehrst, betrügen sie dich. Ich hätte ihr nicht bloß einen Brief schreiben sollen. Ich hätte raufgehen und ihr's richtig zeigen sollen.«

»Mein Gott, Ruby, du würdest ihr doch nicht wirklich weh tun?«

Ruby antwortete nicht. Er hob seine Kaffeetasse und trank das braune Zeug, als wär's ein Glas Whisky. Es ist bloß gut, daß Ruby von Alkohol schlecht wird; sonst hätte er sich bestimmt an diesem Abend besoffen. Ich beobachtete ihn, und eine tiefe Traurigkeit erfüllte mich; der Gedanke, daß Ruby und Dorothy sich trennten, war für mich ebenso niederschmetternd, als wenn meine Eltern auseinandergegangen wären. Große Tränen stiegen mir in die Augen, und glaube, ich hätte dort mitten in der Cafeteria losgeheult, wäre mir nicht plötzlich ein Gedanke gekommen. »He!« rief ich. »Vielleicht hat Dorothy einen Bruder!«

»Nein«, sagte Ruby. »Sie hat eine Menge Verwandte im Mittleren Westen, aber keinen Bruder. Außerdem war das kein schwesterlicher Kuß, das kannst du mir glauben.«

Ich stand mit der schwachen Entschuldigung auf, daß ich mir die Hände waschen wollte. Ich bemühte mich, meine Erregung nicht zu zeigen, denn ich hatte beschlossen, Dorothy anzurufen und zu sehen, ob es eine vernünftige Erklärung für ihr Benehmen gab. Ich wußte vage, daß der Weg des Friedensstifters schwer ist, doch ich ahnte nicht, *wie* schwer es werden würde.

Hinten im Gang steckte ich eine von Rubys Münzen ins Telefon und wählte Dorothys Privatnummer. Als sie sich meldete, wußte ich nicht, wie ich das Thema taktvoll anschneiden sollte, und so platzte ich einfach damit heraus. »He«, sagte ich. »Wer war dieser Kerl gestern abend?«

»Welcher Kerl?« Es klang überrascht.

Ich lachte gezwungen. »Ich war gestern auf der andern Straßenseite und hab dich aus dem Taxi steigen sehen. Paß bloß auf, daß Ruby nichts davon erfährt, ha-ha.«

»Ich weiß nicht, wovon du redest; ich bin mit der U-Bahn heimgekommen. Ist Ruby bei dir? Will er mich aufziehen?«

Ich wußte nicht, ob sie schwindelte. Deshalb lachte ich wieder auf joviale Weise, und das machte sie sauer.

»Hör auf, dich so albern zu benehmen. Wenn Ruby da ist, sag ihm, er soll bestimmt um halb acht kommen. Meine Cousine Ruth muß um neun weg, und deshalb müssen wir zeitig abendessen.«

»Deine Cousine Ruth?«

»Ruby weiß Bescheid. Ruth ist gestern abend nach New York gekommen, um sich von ihrem Mann zu verabschieden. Er geht zur Army. Würdest du Ruby bitte sagen, er soll ans Telefon kommen?«

»Er ist nicht hier«, sagte ich hastig. »Ich meine, ich weiß nicht, wo er ist«, stotterte ich. »Dorothy, sieht dir die Cousine ähnlich? Vielleicht nur ein bißchen?«

»Das tut sie tatsächlich. Wieso?«

»Ach, nichts weiter. Wenn ich Ruby sehe, werde ich ihm sagen, er soll dich anrufen.« Und ich legte auf.

Ich ging zum Tisch zurück und erzählte Ruby, was ich getan hatte. Als ich zu dem Teil mit Dorothys Cousine kam, riß er die Augen auf. »Ihre Cousine!« sagte er und schlug sich auf seine hohe Stirn. »Ich hatte so ein Gefühl, als ob Dorothy anders aussieht. Irgendwas an der Frisur –«

»Mann, das ist eine Erleichterung, was?« sagte ich. »Aber ruf sie lieber an.«

Ruby blickte immer noch zutiefst verblüfft. Ich mußte ihn an den Ellbogen stoßen, damit er etwas sagte. Als er es tat, klang seine Stimme gepreßt.

»Der Brief!«

»Was?«

»Der Brief, den ich Dorothy geschickt hab! Wenn sie ihn kriegt, ist es aus!«

»Mein Gott«, sagte ich ruhig, »warum rufst du sie nicht einfach an und sagst ihr, sie soll ihn nicht lesen?«

»Bist du verrückt? Hast du je versucht, einem Mädchen zu sagen, sie soll etwas *nicht* tun? Sie würde so neugierig sein, daß sie ihn lesen *muß*. Ich muß diesen Brief wiederhaben!«

»Vielleicht solltest du das Postamt anrufen«, sagte

ich zaghaft. Sein starrer Blick sagte mir, was er von dem Vorschlag hielt, und so versuchte ich es mit einem andern. »Na, dann sag ihr doch die Wahrheit. Sag ihr, wie eifersüchtig du wurdest, als du ihre Cousine gesehen hast –«

»Du verstehst nicht. Es war ein richtig *gemeiner* Brief. Ich hab Dinge geschrieben, die sie nie verzeihen könnte. Ich hab sogar geschrieben, sie sei dick.«

Ich lächelte. »Sie wird ein bißchen mollig, was?«

Ruby stöhnte und sah schlimmer aus als vorher. Er sank in seinem Sessel zusammen und schlug die Hände vors Gesicht. Ich wußte nicht, was ich noch tun sollte, und so ging ich zur Theke und holte mir etwas dänischen Käse. Als ich zurückkam, sah Ruby völlig anders aus. Ich hatte vergessen, wie schnell sein geniales Verbrecherhirn funktionierte.

»Man kann nur eins tun«, sagte er. »Wir müssen ihn stehlen.«

»Wir?« sagte ich mit hoher Stimme. *»Stehlen?«*

»Es ist die einzige Möglichkeit. Du mußt dem Postboten auflauern, der in Dorothys Haus kommt.«

»Ich? Aber Ruby –«

»Du bist der einzige, der's tun kann. Die Post kommt um zehn, und da bin ich bei der Arbeit. Ich würde mir morgen freinehmen, aber wir müssen etwas für unseren größten Kunden erledigen.«

»Ruby, red nicht solchen Unsinn. Man kann einen Postbeamten nicht bestehlen. Ich meine, das ist ein Verstoß gegen ein Bundesgesetz – als ob man jemanden umbringen würde.«

»Du sollst ja kein Geld stehlen, sondern nur einen lausigen Brief. Paß jetzt gut auf, ich sag dir, wie du's –«

Ich preßte die Hände auf meine Ohren. »Ich hör nicht zu! Ich will nicht zuhören! Ich hab schon eine Menge Blödsinn für dich gemacht, Ruby, aber das FBI laß ich mir nicht von dir auf den Hals hetzen!«

»Es wird keine Schwierigkeiten geben«, sagte Ruby verächtlich. »Ich hab den Burschen, der dort die Post zustellt, schon gesehen. Er ist einszwanzig groß und wie ein Spatz gebaut. Wenn du ihm eine Kanone vors Gesicht hältst, klappt er zusammen.«

»Kanone«, sagte ich und besprühte die Gegend mit den Käsekrümeln aus meinem Mund. »Ruby, ich denk nicht dran, einen Postbeamten mit einer Kanone zu überfallen!«

»Womit willst du's sonst tun – mit Pfeil und Bogen? Du nimmst natürlich eine falsche. Wir kaufen eine bei Woolworth. Du brauchst nichts weiter zu tun, als im Hausflur zu warten, bis er auftaucht. Wenn er den Brief in Dorothys Briefkasten stecken will, springst du vor und packst ihn.« Er betrachtete mich nachdenklich. »Am besten, du setzt eine Maske auf«, sagte er. »Ein Gesicht wie deins vergißt man nicht so leicht.«

Ich stand auf und verschränkte die Arme. Ich hatte mich durch Einschüchterung, Überredung und Schmeichelei schon zu vielen Dingern mit Ruby Martinson bringen lassen, doch diesmal würde ich festbleiben.

»Ich tu's nicht«, sagte ich mit mannhafter Klarheit.

Dann wartete ich auf Rubys Trommelfeuer. Es kam nicht. Er steckte nur seinen Daumennagel zwischen die Zähne, blickte traurig drein und wandte den Kopf ab.

»Oh, mein Gott«, sagte ich. »Also schön, Ruby.«

Ich hatte während dieser Jahre mit Ruby Martinson nichts als Alpträume, und in dieser Nacht war es nicht anders. James Cagney war mit einer Maschinenpistole hinter mir her und wollte mir nicht mal erlauben, mich zu ergeben. Ich stürzte in einem Hagel von G-men-Kugeln, und als ich aufwachte, umklammerte ich meinen Bauch. Meine Mutter hörte mein Stöhnen und schlug Rizinusöl vor. Ich sagte nein, aber aus dem fischigen Geschmack meines Orangensaftes schloß ich, daß sie ihren Kopf durchgesetzt hatte.

Kurz vor neun erschien ich bei Dorothys Apartmenthaus. Im Hausflur suchte ich mir das beste Versteck; es war leicht zu finden. Hinter der Treppe war eine dunkle, feuchte Ecke, in der Kinderwagen, ausrangierte Dreiräder und eine große nackte Skulptur aufbewahrt wurden. Es war peinlich, neben dem Ding zu stehen, und so setzte ich mich auf ein Dreirad und bemühte mich, es nicht zu sehen. Während ich wartete, überprüfte ich die Artillerie, die Woolworth beigesteuert hatte: es war eine kleine bedrohlich aussehende Pistole, die

Klick-Klack machte, wenn man den Abzug betätigte, und ein kleines, hartes, Übelkeit erregendes Bonbon ausstieß. Ich hoffte, daß ich daran denken würde, das verdammte Ding nicht abzufeuern; es hätte den Burschen tatsächlich verletzen können.

Ich mußte lange warten. Eine Stunde lang saß ich da und hatte nichts zu tun, als die widerlichen Bonbons zu essen und mich zu bemühen, die nackte Steindame nicht anzustarren. Nach einer Weile erfüllte mich eine solche Langeweile und Unruhe, daß ich die Statue nicht nur anstarrte, sondern begann, kleine harte Bonbons darauf abzufeuern. Dann hörte ich schlurfende Schritte und ein falsch klingendes Pfeifen. Der Postbote war da.

Ich lugte hinaus, um meinen Gegner abzuschätzen, und fühlte mich ein bißchen besser. Ruby hatte recht. Der Postbote war ein kleiner Bursche, der nicht viel über einsfünfzig groß und so schwächlich war, daß ich nicht begriff, wie er die schwere Posttasche trug. Er hatte die Post für das Haus bereits aussortiert, und jetzt öffnete er die Briefkästen in der Mauer.

Ich heftete meinen Blick auf Dorothys Briefkasten und band mein Taschentuch vors Gesicht. Dann holte ich die Kanone hervor, legte meinen Finger auf den Abzug und machte mich zum Angriff bereit. Ich staunte über mich selbst; ich war nicht mal nervös.

Dann war es Zeit, zu handeln. Er hatte ein Kuvert in seiner Hand und wollte es in den Kasten werfen; sobald er ihn zusperrte, war es unwiederbringlich dahin. Ich sprang hervor, fuchtelte mit der Pistole und schrie: »Hände hoch!«

Um die Wahrheit zu sagen – ich schrie gar nichts. Ich sprang nur hervor und öffnete meinen Mund. Kein Ton kam heraus. Ich war nicht nervös, aber mein Mund war es. Wir guckten einander einen Moment lang blöde an, und ich fragte mich, ob ich es für ihn würde aufschreiben müssen. Können Sie sich vorstellen, daß man sich von einem Burschen seinen Bleistift ausborgt und ›Hände hoch‹ schreibt? Regungslos standen wir da. Er wußte nicht, was ich wollte, und ich wußte nicht, wie ich's ihm sagen sollte. Dann sorgte ich für Klarheit, indem ich ihm den Brief aus der Hand riß.

Er wußte jetzt, was ich wollte. Er schrie und nannte mich etwas, das ich noch nie gedruckt gesehen hatte, und dann hob er diese große Posttasche, als wäre es ein Kissen, und schlug sie mir auf den Kopf. Diese Tasche muß hundert Pfund gewogen haben, und er schleuderte sie einfach nach mir. Ich taumelte gegen die Wand, und er hob das Ding wieder. Sie muß jetzt schwerer gewesen sein, denn er war nicht mehr so schnell. Ich hatte Zeit, unter seinem Arm durchzuschlüpfen und zur Tür des Apartmenthauses zu stürzen.

Ich schaute mich nicht einmal um, ob ich verfolgt wurde. Ich riß nur das Taschentuch von meinem Gesicht und rannte los. Ich rannte so schnell, daß mein Hemd aus meiner Hose rutschte. Ich hielt nicht an, bis ich die 68. Street erreichte.

Doch ich hatte den Brief! Keuchend, doch triumphierend, blieb ich im Eingang eines Eisenwarengeschäfts stehen und blickte auf den Umschlag.

In der linken oberen Ecke standen säuberlich getippt die Worte: AKTION FRISCHE LUFT.

Ich öffnete den Brief und betete, daß Ruby einen gebrauchten Umschlag verwendet hatte. Doch gleich darauf stellte sich das Schlimmste heraus. Der Brief war mit einem Vervielfältigungsapparat gedruckt, und seine erste Zeile lautete: »SIE KÖNNEN DIESEN SOMMER IHREN JUNGEN IN EIN CAMP SCHICKEN!«

In diesem Moment wünschte ich inbrünstig, ich wäre der Junge. In meiner Hast hatte ich dem Postboten den ersten Brief entrissen, den er in den Kasten stecken wollte. Rubys Brief war noch in der Tasche gewesen; inzwischen lag er gemütlich in dem Briefkasten, in den er gehörte. Und am Abend würde Dorothy ihn selig öffnen, und alles würde aus sein.

Mein erster Gedanke war, hinunter zu den Docks zu gehen und nachzusehen, welche Schiffe ausliefen. Dann entschied ich, daß es Ruby gegenüber unfair gewesen wäre, ihm etwas anderes als die Wahrheit zu sagen; sein fruchtbares Hirn würde vielleicht einen andern Plan für die Beschaffung des Briefes aushecken. Ich rief ihn in seinem Büro an, und er nannte mich genau das gleiche wie der Postbote. Dann sagte er, ich solle mittags in Hectors Cafeteria kommen.

In der Erwartung, daß er mich fürchterlich herunterputzen würde, erschien ich. Statt dessen blickte Ruby verschlagen drein. Das große Gehirn hatte eine andere Lösung gefunden.

»Es ist alles in Ordnung«, sagte er fröhlich. »Ich mußte angestrengt nachdenken, aber ich hab's geschafft.«

»Großartig«, sagte ich. »Ich hab gewußt, daß du's schaffen wirst!«

»Es ist mir blitzartig eingefallen. Was würde jemanden davon abhalten, einen Brief zu öffnen?«

Ich konzentrierte mich und versuchte es mit Rubys unheimlichen Kräften aufzunehmen, doch es gelang mir nicht.

Er lachte. »Würdest du einen Brief öffnen, der dich umbringen würde?«

»Umbringen? Wie kann denn ein Brief das tun?«

»Wenn er infiziert ist! Verstehst du denn nicht?«

Ich war mir nicht mal sicher, was infiziert bedeutete.

»Ich hab Dorothy im Büro angerufen«, sagte Ruby glücklich glucksend. »Ich hab ihr gesagt, daß heute bei ihrer Post ein Brief von mir sein wird, und daß sie ihn unter keinen Umständen öffnen soll.«

»Wollte sie nicht wissen, warum?«

»Sicher wollte sie das. Aber ich hab ihr gesagt, daß in dem Brief nichts Wichtiges wäre – nur ein Gedicht, das ich für sie geschrieben habe.«

Es war, als ob jemand behauptete, daß Dillinger häkelte.

»Du schreibst Gedichte?« sagte ich.

Ruby sah mich finster an. »Na und? Jedenfalls, ich hab ihr gesagt, ich wäre gestern in einem chemischen Labor gewesen, wo ich einen Freund von mir besuchte, und hätte das Gedicht in meiner Tasche gehabt. Ich setzte mich an eins der Pulte, und als ich anfing, es zu lesen, stieß ich ein Becherglas um. Irgendeine weiße Flüssigkeit spritzte auf den Brief, doch sie trocknete schnell, so daß ich mir nichts weiter dachte und ihr das Gedicht mit der Post schickte.«

»Eine verrückte Geschichte«, sagte ich.

»Laß mich zu Ende erzählen«, fuhr Ruby mich an. »Nachdem ich das Gedicht aufgegeben hatte, kam ich mit einem der Burschen in dem Labor ins Gespräch und erwähnte, daß ich das Becherglas umgestoßen hatte. Er regte sich furchtbar auf und sagte, in dem Glas wäre ein sehr gefährlicher Krankheitserreger gewesen. Wenn man das Zeug nur berührte, würde man zusammenbrechen und sterben.«

»Wum!« sagte ich. »Bist du sicher, daß du nichts davon abgekriegt hast, Ruby?«

Er schlug mich auf den Arm. »Das hab ich Dorothy erzählt, du Trottel, es ist doch nicht wirklich passiert.«

»Ach.«

»Jedenfalls hab ich Dorothy gesagt, sie muß den Brief verbrennen, bevor sie ihn öffnet, damit sie sich nicht infiziert. Sie war natürlich ziemlich außer sich und meinte, vielleicht sollte sie nach Hause gehen. Sie hat doch diese Putzfrau, die jeden Tag die Post raufbringt, und wer weiß? Aber ich hab ihr gesagt, sie soll sich keine Sorgen machen – ich würde raufgehen und den Brief für sie verbrennen. So, mein Junge, jetzt weißt du, was du heute nachmittag zu tun hast.«

»Ich? Ach, Mensch, Ruby, ich möcht nicht noch mal dorthin zurückgehen.«

»Widersprich mir nicht. Diesmal kann nichts schiefgehen. Du brauchst nichts weiter zu tun, als in Dorothys Wohnung zu gehen – der Schlüssel liegt unter der Matte –, dir diesen Brief zu schnappen und ihn zu verbrennen. Das kannst sogar *du.*«

»Na schön«, sagte ich zögernd. »Ich glaube, das ist nicht so schwer.«

Ruby blickte auf seine Uhr. »Ruf mich im Büro an und sag mir, wie alles gelaufen ist. Und um sechs treffen wir uns hier. Abgemacht?«

»Abgemacht«, sagte ich.

Diesmal war der Weg zur 76. Street bei weitem nicht so deprimierend. Es war wirklich ein einfacher Auftrag; ich brauchte nichts zu tun als einen Brief zu verbrennen. Ich mochte Feuer.

Lässig pfeifend ging ich die Straße hinauf zu dem Apartmenthaus. Bis heute kann ich mir nicht das blödsinnige Vertrauen erklären, das mich glauben ließ, ein weißes Taschentuch sei eine undurchdringliche Maske. Selbst wenn ich vermutet hätte, daß die zwei kräftigen

Kerle, die an der Tür von Dorothys Haus lungerten, Gesetzesbeamte waren, so würde ich, glaube ich, nur geschluckt haben und wäre weitergegangen, im sicheren Glauben, ich sei unerkennbar. Lassen Sie mich nur schnell erzählen, was ich anhatte. Ein rosa Sporthemd mit dem Bild einer Hulatänzerin auf dem Rücken. Einen Ledergürtel mit einer vernickelten Spange in der Größe einer Melone. Eine ausgebleichte Drillichhose und orangefarbene Schuhe. Sie waren anfangs braun gewesen, aber meine Schuhcreme wurde ranzig oder irgendwas, und sie wurden orangefarben.

Ich war überhaupt nicht auf die Idee gekommen, daß der Postbote etwas unternehmen und mein Äußeres der Polizei beschreiben würde. Schließlich, was war ein Aktion-Frische-Luft-Brief mehr oder weniger? Doch als ich mit dem Lift zu Dorothys Wohnung hinauffuhr, fuhren die beiden großen Kerle mit. Als ich den Schlüssel unter der Matte vorholte, standen sie am Ende des Korridors und taten desinterssiert. Als ich die Wohnung betrat und Rubys Brief auf dem Couchtisch fand, erfüllte mich die angenehme Überzeugung, daß ich mir keine Sorgen mehr zu machen brauchte.

Nur um mich doppelt zu vergewissern, daß ich diesmal den richtigen Brief hatte (und weil ich so neugierig war), öffnete ich das Kuvert und warf einen Blick auf den Inhalt.

Der Brief war nicht sehr lang, aber das ist eine Dynamitstange auch nicht.

Liebe Dorothy, lautete er, *ich habe Dich mit diesem widerlichen vieräugigen Freund von Dir gesehen, und Du kannst ihn haben. Bitte schicke mir meinen Ring zurück, denn unsere Verlobung ist gelöst. Wenn du ihn von Deinem Finger runterkriegst, was ich bezweifle, denn Du bist in letzter Zeit ziemlich dick geworden. Du siehst mies aus.* Und unterzeichnet war er mit *Hochachtungsvoll, Ruby Martinson.*

Ich lachte in mich hinein und wollte gehen. Da sah ich sie in der Tür stehen.

»Du wohnst hier, mein Sohn?« fragte der eine. Er hatte eine Nase wie ein Stück Modellierton.

»Wer, ich?« sagte ich. »Nein, meine Freundin wohnt hier. Ich sollte etwas für sie holen. Einen Brief.«

»Hm, einen Brief«, brummte der zweite und sah seinen Kumpel von der Seite an. »Du hast einen ziemlichen Tick, was Briefe angeht, wie, mein Junge?«

»Wieso?« sagte ich und begann zu zittern.

Der erste holte eine Brieftasche in der Größe einer Keule hervor. Einen Moment dachte ich, er würde mich damit niederschlagen, doch er zeigte nur rasch seinen Ausweis. »Ich bin Lieutenant Jakes«, sagte er. »Das ist Lieutenant Cochran.«

»Hallo«, sagte ich und grinste. Das ist mein schlimmstes Symptom, wenn ich nervös bin. Ich grinste derart, daß meine Wangen weh tun. »Ich hab nichts getan«, sagte ich. »Ich hab bloß meiner Freundin einen Gefallen getan. Sie können sie anrufen und fragen.«

»Kann sein, daß wir das tun werden«, sagte Jakes. »Es gibt nur noch etwas anderes, worüber wir mit dir reden wollen. Warst du heute morgen in diesem Haus?«

»Ich?« sagte ich grinsend und zitternd.

»Mr. Finchley, der Postbote, der für dieses Haus zuständig ist, wurde heute morgen überfallen. Jemand hat ihm einen Brief entrissen. Weißt du was davon?«

»Ich?« sagte ich.

»Ist das alles, was du sagen kannst?« knurrte Cochran. »Hast du diesen Brief genommen? Der Postbote hat dich und das, was du anhast, bis aufs I-Tüpfelchen beschrieben. Es hat also keinen Sinn, wenn du so tust, als ob du nichts weißt.«

Ich wollte wieder »Ich?« sagen, doch mir wurde klar, daß er mich gemeint haben mußte. Meine Knie wurden weich, und alles verschwamm vor meinen Augen. Ich hielt Rubys Brief hoch und versuchte eine Erklärung zu krächzen.

»Warten Sie einen Moment«, sagte ich, »warten Sie. Ich hatte einen Grund, einen sehr triftigen Grund.«

»Du weißt, was die Strafe für Postdiebstahl ist?« fragten beide.

»Ich weiß, ich weiß«, jammerte ich. »Aber ich mußte es tun! Ich wollte diesen Brief – dieser Brief ist vergiftet –«

Das stoppte sie. Sie wichen vor dem Brief, den ich in der Hand hatte, zurück, als wäre er eine Handgranate.

»Was soll das heißen?« sagte Jakes mürrisch. »Was meinst du damit?«

»Jawohl, vergiftet!« schrie ich. »Deshalb hab ich versucht, ihn dem Postboten abzunehmen – damit er nicht infiziert wird. Mein Freund hat ihn aus irgendeinem chemischen Labor an seine Freundin geschickt. Ein Glas wurde darauf verschüttet – er ist voller tödlicher Bakterien –«

Sie sahen einander an, und ich merkte, daß sie nicht wußten, was sie tun sollten. Damit waren wir drei, die das nicht wußten.

Dann verzog Cochran säuerlich seinen Mund. »Ach so?« sagte er. »Wie kommt's dann, daß *du* ihn anfaßt, mein Junge?«

»Ich wollte ihn verbrennen!« rief ich wütend. »Ich bin gegen dieses Zeug immun. Ich bin geimpft worden!«

»Eine verrückte Geschichte«, murmelte Jakes. »Aber wer weiß? Vielleicht sollten wir sie lieber überprüfen.«

»Bitte, rufen Sie Dorothy an«, stammelte ich. »Das Mädchen, das hier wohnt. Sie wird Ihnen sagen, daß es wahr ist. Sie wird's bezeugen.«

»Wir werden was Besseres tun. Wir werden dich und diesen Brief in unser Labor bringen. Dort werden wir diese Sache aufklären.«

»Nein!« schrie ich. »Das können Sie nicht tun. Ich muß ihn verbrennen –«

»Los, komm«, sagte Jakes.

Er deutete mit seinem Daumen auf mich, und da mir nichts anderes zu sagen einfiel, ging ich ihnen voraus. In solchen Momenten wünschte ich, (a) Rubys Erfindungsgabe zu besitzen, und (b) Ruby niemals kennengelernt zu haben. Ich dachte, auf der Straße würde ein Streifenwagen stehen, doch es war keiner da. Statt dessen ließen sie mich in einen unauffälligen grauen Buick einsteigen. Ich wurde mit meinem vergifteten Brief auf den Rücksitz verfrachtet, und Cochran setzte sich neben mich, möglichst weit weg von mir und ihm. Der Beamte namens Jakes fuhr, doch ich glaube nicht, daß es ihn glücklich machte, mich hinter sich zu haben.

Ich dachte, das Labor würde im Polizeidistrikt sein, doch das war es nicht; es befand sich in einem ruhigen braunen Haus in der East 48. Street. Als sie mich hineinführten, flehte ich sie wieder an, Dorothy anzurufen. Ruby Martinson erwähnte ich nicht; irgendein verrücktes Ehrgefühl hielt mich davon ab, ihn in das Schlamassel hineinzuziehen. Ich glaube, mir war klar, daß, sobald er in den Händen der Polizei war, seine ganze kriminelle Karriere enthüllt werden würde.

Der Bursche in dem Labor hieß Fusco. Er hörte ihnen interessiert zu, sah mich und den Brief, den ich in meiner heißen kleinen Hand hielt, merkwürdig an, und führte uns dann in ein Büro.

Fusco war einer von diesen freundlichen, weißhaarigen Typen; er sah überhaupt nicht wie ein Polizist oder ein FBI-Mann aus. Er hörte sich ruhig meine Version des Geschehenen an und fragte, ob ich wüßte, welche Art gefährlicher Bakterien Ruby auf den Brief verschüttet hatte. Ich sagte, das wüßte ich nicht, doch soviel ich mich erinnerte, hätte Ruby gesagt, die Opfer würden blau. Daraufhin untersuchte er mein Gesicht und meinen Hals und maß meinen Puls und meine Temperatur.

»Hm«, sagte er, »falls du was erwischt hast, ist nichts davon zu merken. Aber vielleicht sollten wir uns lieber diesen Brief ansehen.«

Ich hielt ihn hinter meinen Rücken. »Wir müssen ihn verbrennen«, sagte ich. »Mir ist gesagt worden, ich soll ihn verbrennen.«

Fusco lächelte freundlich. »Ich würde ihn mir gern mal unter dem Mikroskop anschauen.«

»Nein!« schrie ich. »Das dürfen Sie nicht. Ich meine, Sie könnten sich anstecken –«

Er nahm eine Pinzette aus einer Schublade und streckte sie nach mir aus. Mein Mut sank, und ich ließ ihn den Brief nehmen.

Als Fusco in einem Hinterzimmer verschwunden war, sah ich Jakes und Cochran an und fragte mich, was meine Mutter wohl sagen würde, wenn sie erfuhr, daß ich in den Knast kam. Ich begann mir das Leben im Gefängnis auszumalen. Ich hoffte, daß sie mir nicht eine Menge Kuchen und Keks und solches Zeug schicken würde. Ich meine, ich wollte nicht, daß die andern Häftlinge mich für einen Schlappschwanz hielten.

Fünf Minuten später erschien Fusco wieder. Es war kein Brief in seiner Hand, und er blickte ernst drein. Ich machte die Augen zu und wartete auf das Schlimmste.

Dann hörte ich ihn sagen:

»Der junge Mann hatte recht. Es waren tödliche Krankheitserreger auf diesem Brief, doch zum Glück wurde er nicht infiziert. Sie können ihm wirklich nicht vorwerfen, daß er versuchte, ihn zu stehlen – er wollte nur den Postboten schützen.«

»Sehen Sie?« rief ich ungestüm. »Sehen Sie?«

Jakes brummte. »Was sollen wir tun? Ihm einen Orden verleihen?«

»Aber das brauchen Sie doch nicht«, sagte ich.

»Ich habe den Brief, wie angewiesen, verbrannt«, sagte Fusco und sah mich mit einem komischen Zwinkern an. »Du kannst also die ganze Sache vergessen.«

»Was für Bakterien waren es denn, Doc?« fragte Cochran.

»Sie gehören zu den tödlichsten.« Fusco lächelte. »Den genauen Namen weiß ich nicht, aber ich glaube, sie heißen *Zelus excessus* oder so ähnlich. Aber jetzt ist alles in Ordnung.«

»Dann kann ich gehen?« sagte ich eifrig. »Lassen Sie mich gehen?«

Jakes rieb sich das Kinn, und dann sah er seinen Kollegen an. »Ich denke, ja. Wenn der Doktor sagt, es ist okay.«

Ich rannte so schnell zur Tür, daß ich glaube, ich brach Nurmis Rekord. Doch irgend etwas stoppte mich, bevor ich den Türknopf drehte. Ich blickte zum Doktor zurück und sagte: »Sagen Sie, sind Sie ganz sicher, daß ich mich nicht infiziert hab? Ich hab eine schrecklich schwache Konstitution. Ich meine, ich zieh mir schnell was zu.«

»Du bist völlig gesund«, sagte der Doktor.

Doch als ich mich am Abend mit Ruby Martinson in Hectors Cafeteria traf, fühlte ich mich gar nicht gesund. Ich sah Flecken vor meinen Augen, mein Kopf war fieberheiß, und meine Zunge schien zwei Zoll dick.

»Ruby«, sagte ich zitternd. »Ruby, ich fühl mich krank. Warum hast du mir nicht gesagt, daß es die Wahrheit war?«

»Sei nicht so blöd«, sagte er.

»Ruby, du hast gehört, was der Doktor gesagt hat. Ich glaube, ich hab mich mit diesen *Zelus excessus* infiziert. Sieh mich mal an. Schau ich blau aus?«

Er lachte fröhlich. »Du Dummkopf! Verstehst du denn nicht, was passiert ist? Dieser Fusco muß ein prima Kerl sein; er hat den Brief gelesen und sich gedacht, was los ist. So hat er einfach den Ulk mitgemacht und so getan, als ob wirklich tödliche Bakterien an dem Brief waren.«

»Meinst du?«

»Natürlich! Weißt du, was *Zelus excessus* auf lateinisch heißt? Zu viel Eifer!«

Ruby fühlte sich so gut, daß er mir ein Riesenstück Zitronenbaisertorte kaufte. Doch mir war so schlecht, daß es mir nicht schmeckte.

Ex-Sträfling Ruby Martinson

Ich nehme an, ich war das einzige Mitglied unserer Familie, das nicht überrascht war, als mein Cousin Ruby Martinson im Gefängnis landete. Alle anderen hielten Ruby für einen so netten Jungen, für einen, der nie in Schwierigkeiten gerät oder frech zu seinen Eltern ist oder jemals etwas tut, das man nicht billigen könnte. Aber ich wußte es besser. Ich wußte, Ruby Martinson, der heimliche Ruby Martinson – der sich mit seinem dünnen, fast mageren Körper, der großen Brille und dem scheinbaren Akzeptieren einer pflichteifrigen Beschäftigung als Buchhalter nicht zu erkennen gab –, war in Wirklichkeit ein verderbter Feind der Gesellschaft, ein Meisterverbrecher, ein böses Riesengehirn, das Niederträchtigkeiten ausbrütete, die das Haar seiner Mutter hätten weiß werden lassen, wenn es nicht schon weiß gewesen wäre.

Ich war der einzige auf der Welt, der Rubys wahren Charakter kannte, und das nur, weil er mich zu seinem Vertrauten erwählt hatte. Das Vertrauen tat meinem Ego schrecklich gut, denn Ruby war mit seinen dreiundzwanzig um mehrere Jahre älter als ich, und sein enormes Verbrechergehirn war meinem um einiges überlegen. Wenn wir uns bei Kaffee und Kringel in Hectors

Cafeteria trafen und Ruby mich in seine ausgeklügelten verbrecherischen Pläne einweihte, stand mir der Mund vor Scheu und Hochachtung offen und durchfuhr mich eine wohlige Art von Entsetzen schon deshalb, weil ich einen so gefährlichen Menschen kannte. Das Schlimme an unserer Beziehung war, daß Ruby mich manchmal in seine Tollheiten verwickelte und ich nicht die Art von eisernem Mut hatte, den er besaß. Was ich damit meine, ist, daß ich ein Feigling war. Ich bin es noch.

Zu der Zeit, als Ruby ins Gefängnis geworfen wurde, ging für mich gerade eine kurze Beschäftigung bei der Brett-Hut-Company im Modeviertel zu Ende. Es war, seit ich die High-School verlassen hatte, mein dritter Job, alle in der Bekleidungsbranche, und mein Chef, Mr. Komroff, hatte festgestellt, daß ich nicht mit dem Herzen bei der Arbeit war, die aus dem Formen von Damenhüten bestand. Er hatte Tränen in den Augen an dem Montag, als er mir die schlechte Nachricht brachte, und ich fühlte mich ebenfalls ziemlich mies. Ich fühlte mich auch nicht besser, als ich nach Hause kam und erfuhr, daß man Ruby festgenommen hatte.

Ich brauchte eine Weile, um aus meiner Mutter – sie ist irgendwie ein nervöser Typ – die Tatsachen herauszuholen. Schließlich reimte ich mir die Geschichte zusammen. Ruby hatte den Wagen seines Onkels, einen 1939er Plymouth, ausgeliehen, um seine Schnepfe Dorothy zu einer Sonntagsfahrt aufs Land mitzunehmen. Ich sage Schnepfe, weil Ruby sie so nennt, aber in

Wirklichkeit ist Dorothy ein sehr nettes Mädchen. Jedenfalls kutschierte er irgendwo in Bronx herum, und ich nehme an, er verfuhr sich, denn er steuerte den Plymouth vom falschen Ende her in eine Einbahnstraße. Unglücklicherweise traf er auf einen Polizeiwagen, und die Bullen waren ziemlich eklig, vor allem, als sich herausstellte, daß Ruby seinen Führerschein vergessen hatte. Ich weiß nicht genau, was passierte, aber ich denke, daß Ruby (der Bullen sowieso haßte) den Beamten schwer zu schaffen machte, denn sie schickten Dorothy heim und nahmen ihn mit aufs Revier, wo er gezwungen war, die Nacht zu verbringen. Am Montagmorgen ging Rubys Vater, ein netter alter Kerl, der Klavierunterricht gibt, zum Revier und holte ihn heraus.

Nun, die ganze Angelegenheit hörte sich für mich gar nicht so schlecht an, als ich die Geschichte heraushatte, aber so wie meine Mutter sich aufführte, hätte man glauben können, die rasierten schon Rubys Kopf und schnitten ihm bereits Schlitze in die Hose. Den ganzen Abend über telefonierte sie mit Rubys Mutter, klagend und weinend, als gehe die Welt unter. Die ganze Nacht verbrachte sie in der Küche und machte Hühnersuppe, um sie Ruby morgens zu bringen, als liege er mit Lungenentzündung oder so was im Bett. Ich habe meine Mutter sowieso nie verstanden.

Jedenfalls ging ich am nächsten Tag los, die Stellenangebote aus der *New York Times* in der Tasche meiner Windjacke, und machte die Runde. Ich hatte nicht viel

Glück, vor allem, weil ich den halben Tag in einem Kino in der 42. Street verbrachte, aber um sechs Uhr ging ich aus Macht der Gewohnheit hinüber zu Hectors Cafeteria auf dem Broadway, um zu sehen, ob Ruby es sich, trotz seiner Erfahrung, hinten am selben alten Tisch bequem gemacht hatte und über Kaffee und Kringel böse brütete. Er hatte.

In dem Augenblick, als ich nahe genug war, um Rubys Gesicht zu sehen, wußte ich, daß er verändert war. Erstens einmal war er blasser. Ich meine, sogar seine Sommersprossen waren blasser; Ruby ist ein Rotschopf mit vielen Sommersprossen. Und dann hatte er eine Art von leidendem Blick wie ein Mann, der die Feuerprobe hinter sich hat. Hinter den dicken Brillengläsern sahen seine Augen schmal und alt aus, und an seinen Kinnbacken zuckte immer wieder ein kleiner Muskel. Die Hand, mit der er die Kaffeetasse hielt, war unruhig, und als er an dem Kringel kaute, war sein Mund ein straffer dünner Strich.

Ich sagte: »Hallo, Ruby.« Und er nickte, ohne mich anzusehen. »Mensch, ich habe gehört, was passiert ist«, sagte ich, »die Sache mit dem Auto, meine ich.«

Er drehte sich, ganz langsam, um mich anzuschauen. Dann sagte er, die Worte irgendwie ausspuckend: »Dreckige Bullen.«

»Waren sie grob zu dir, Ruby? Haben sie dich herumgeschubst oder so?«

»Nee. Die würden es nicht wagen, Hand an mich zu

legen; ich habe ihnen gesagt, ich würde mir einen Rechtsverdreher besorgen, wenn sie mich anrührten. Das heißt, wenn sie mich in den Knast steckten.«

»Mein lieber Mann. War es schlimm, Ruby?«

»Sie dachten, ich würde zusammenbrechen. Sie dachten, ich könnte es nicht aushalten. Aber ich hab sie angeschmiert, die dreckigen Stinktiere. Ich könnte die Strafe auf dem Kopf stehend abreißen; sie wußten nicht, mit wem sie es zu tun haben. Und wenn ich *wirklich* gewollt hätte, ich hätte ausbrechen können.«

Meine Augen wurden groß wie gefüllte Pfannkuchen, und ich begann zu erkennen, daß die Nacht im Gefängnis ihn verwandelt hatte. Er hatte schon immer ziemlich grob dahergeredet, aber nie mit solcher Wildheit. Ich konnte meinen Finger nicht so richtig drauflegen, aber ich wußte, daß Ruby abgebrüht geworden war.

»Ich hab mir den Laden ziemlich genau angesehen«, sagte Ruby, wobei er geradeaus starrte. »Ich hatte mir einen narrensicheren Plan zurechtgelegt, um auszubrechen, und ich hätte es getan, wenn mein Alter mich nicht ausgelöst hätte. Die hätten mich nicht lange festhalten können, nicht, wenn ich es nicht wollte. Ich wäre auf einem Frachter nach Südamerika oder anderswohin verduftet, und die hätten mich nie erwischt. Da waren ein paar Kerle, die die richtigen Leute kannten.«

»Was für Kerle, Ruby?«

»Kerle im Knast, meine Kumpels. Kerle, die wußten, wo es langgeht. Glaub mir, ich hab viel gelernt.«

Ich hörte es nicht gern, wenn Ruby so redete. Ich meine, ich wußte, er war ein richtiger Verbrecher, ein echter Feind der Öffentlichkeit, aber er war mehr Verstandesmensch, kein Schlägertyp.

Seine Art, jetzt zu reden, war nicht *angenehm* oder so; sie war einfach unverhohlen roh, wie die eines Gangsters.

»Mensch, Ruby«, sagte ich, »du solltest dich nicht so darüber aufregen. Ich meine, es war ja nur eine Nacht. Das hätte jedem passieren können.«

Er stieß ein kurzes, spöttisches Lachen aus.

»Du hast einfach keine Ahnung, Junge. Du träumst ja noch. Glaubst du vielleicht, für mich wird jetzt alles ein Zuckerschlecken?«

»Häh?«

»Was glaubst du wohl, wie man mich jetzt behandeln wird? Alle wissen, daß ich im Knast war. Die ganze verdammte Nachbarschaft weiß es. Ich bin ein Sträfling. Glaubst du, die könnten das vergessen?«

»Mensch, Ruby –«

»Wach auf, Kleiner. Hör auf, dir etwas vorzumachen. Niemand will einen Ex-Sträfling. Wart's nur ab, du wirst's sehen.«

Ich war froh, als Ruby und ich uns früh an diesem Abend trennten, und froh, daß er nicht einen einzigen ruchlosen Plan zu erläutern hatte. Ich wünschte, er würde diese neue Gefühlslage schnell überwinden; sie gefiel mir ganz und gar nicht.

Ein paar Wochen später begann ich zu glauben, daß

er wieder normal war. Nicht etwa, daß Ruby seinen Zusammenstoß mit den Gesetzeshütern vergessen hatte, aber er sah nicht mehr so verbittert aus wie vorher und benahm sich auch nicht mehr so. Ich war sehr erleichtert; sogar so sehr, daß es mir kaum etwas ausmachte, keinen neuen Job gefunden zu haben.

Dann passierte es. Fast auf den Tag genau drei Wochen, nachdem Ruby freigekommen war, kam ich in Hectors Cafeteria und sah ihn im gleichen alten Zustand, und an der Art, wie seine Muskeln am Kinn zuckten, sah ich, daß er wieder in die Tiefen von Bitterkeit und Melancholie zurückgestürzt war. Ich brauchte nichts zu sagen. Ohne jedes Stichwort ließ er mich gleich wissen, was ihm auf dem Herzen lag.

»Jetzt haben wir's«, sagte er und brach ein Hörnchen. »Sie haben mich schließlich erwischt. Ich wußte, es würde passieren; es war nur eine Frage der Zeit.«

»Was, Ruby?«

Er lächelte mich schief an. »Erinnerst du dich, was ich über Ex-Sträflinge gesagt habe? Nun, jetzt weißt du, daß ich recht hatte. Keiner gibt einem Sträfling 'ne Chance. Keiner.« Er knallte die Kaffeetasse auf den Tisch. »Heute habe ich meine Entlassungspapiere bekommen. Von Conroy & Company.«

Ich starrte ihn an. Conroy & Company war die große Buchhaltungsfirma, in der Ruby arbeitete, an der Fifth Avenue. Er hatte dort länger gearbeitet, als ich zurückdenken konnte, und die Nachricht, daß man ihn gefeuert hatte, war zugleich Überraschung und Schock. Ich murmelte etwas Mitfühlendes.

Ruby sagte: »Mach dir nichts vor, Junge. Ich weiß, warum man die Axt an mich gelegt hat. Sie haben mir eine Menge Quatsch vorgesetzt von schweren Zeiten, aber ich weiß es besser. Sie haben mich fallenlassen, weil ich ein Sträfling bin, und keiner will einen Sträfling auf der Gehaltsliste haben.«

»Mensch, Ruby, *wissen* die sogar von –«

»Selbstverständlich wissen die. Glaubst du etwa, ich bin blind oder so was?« Tatsächlich *ist* Ruby ohne seine Brille ziemlich blind. »Ich weiß Bescheid. So sind diese sogenannten Rechtschaffenen nun mal. Ein Fehltritt, eine Gefängnisstrafe, und rumms – raus fliegst du.«

Er sah mich mitleidig an. »Du bist wirklich einfältig. Und was, glaubst du wohl, geschieht, wenn ich mich nach einem Job umsehe? Was, glaubst du wohl, werden sie sagen, wenn sie das von mir wissen?«

Ich konnte ihm nicht antworten. Mir war so schlecht, daß ich kaum meinen Kringel aufessen konnte. Schließlich wußte ich auch nicht allzuviel von der Geschäftswelt. Vielleicht stimmt es.

»Tut mir leid, Ruby«, sagte ich kläglich.

»Mach dir keine Sorgen«, sagte Ruby mit stählernem Blick. »Ich werde keine Schwierigkeiten haben. Es gibt mehr als eine Möglichkeit, Mäuse zu machen, ohne wie ein Sklave über Hauptbüchern zu sitzen.«

»Aber ich dachte, du magst die Buchhalterei?«

»Da ist etwas, das ich noch lieber mag. Ich habe Pläne, mein Junge, große Pläne. Ich hab sie noch nicht ganz ausgearbeitet, aber sie schmoren auf dem Feuer. Jeden Tag kann es soweit sein.«

Ich wußte, was er meinte, mochte es aber nicht sagen. In Ruby Martinsons Verbrechergehirn schmorte ein Ding, das er drehen wollte, ein Ding, das mehr als eine geistige Übung sein sollte. Ich konnte nur hoffen und beten, daß ich nicht daran teilnehmen mußte.

Aber ich irrte mich. Eine Woche später, als wir beide noch nach Arbeit suchten, rief Ruby mich an, um zu betonen, wie dringend es sei, daß ich unsere Verabredung in der Cafeteria einhalte; eine überflüssige Ermahnung. Aber es war offensichtlich, daß diese Begegnung von größerer Bedeutung als sonst war. Ich verfiel sofort in eine kleinere Panik, so sehr, daß ich an dem Nachmittag ein Bewerbungs-Interview verpatzte. Ich war dabei, in einem großen Unternehmen, das nach Büroboten suchte, ein Einstellungsformular auszufüllen, und auf die kleine punktierte Linie, wo es hieß *Geschlecht,* schrieb ich *Bürobote.* Der Mann, der die Einstellung vornahm, sah mich irgendwie seltsam an; PS: Ich bekam den Job nicht.

Ruby versteckte sich hinter einem Buch, als ich bei Hector eintrat, und als ich mich setzte, sah ich, daß in dem Buch eine sorgfältig ausgefertigte Zeichnung verborgen war, die aussah wie eine Art Lageplan, wie man ihn vorn in Kriminalromanen sieht. Er gab mir das

Buch, wobei seine Augäpfel von einer Seite zur anderen rollten, und ich schaute es mir an, ohne zu wissen, ob er wollte, daß ich das Buch oder die Zeichnung lesen sollte. Ich begann nervös zu kichern, und Ruby boxte mich am Arm.

»Was ist da so komisch? Kannst du denn nicht sehen, was es ist?«

»Ich weiß nicht«, schluckte ich. Um die Wahrheit zu sagen, ich fürchte mich vor Ruby, wenn er so ist.

»Es ist eine Dachterrassenwohnung«, sagte Ruby. »Der Kerl, dem sie gehört, hat schwer was an den Hacken. Und ich meine, *schwer* was an den Hacken.«

»Was für ein Kerl?«

»Sein Name ist Jaffe, und er ist einer der Kunden meines Chefs. Meines Ex-Chefs. Ich habe gelegentlich an seinen Büchern gearbeitet, und manchmal bin ich in seine Wohnung gegangen, um Sachen für den Betrieb abzuholen. Jaffe selbst bin ich nie begegnet, aber ich weiß, er ist ein reicher Kerl. Schöner Grundriß, wie?«

Ich schaute wieder auf die Zeichnung, aber sie sagte mir nichts. Keine Zeichnung habe ich je verstanden. Aber ich wollte nicht, daß Ruby mich für dumm hielt, und nickte deshalb.

»Dies hier ist also ein Privatlift«, sagte Ruby und zeigte mit dem Finger darauf. »Er führt in den Vorraum der Wohnung. Aber es gibt auch noch einen anderen Aufzug, der zum Gebäude gehört. Den Privatlift kann man selbst bedienen, der Gebäudeaufzug hat einen Fahrstuhlführer. Man muß einen Schlüssel haben, um den Privatlift zu betätigen, und er bringt einen direkt in die Wohnung. Kapiert?«

Ich schüttelte den Kopf.

»Was ist los mit dir? Wenn du einen Schlüssel zum Lift hast, brauchst du keinen Schlüssel für die Tür des Penthouses. Du betrittst nur den Lift und bist in der Wohnung. Sie können die Lifttür von der Wohnung aus mit einem Summerknopf öffnen; sonst muß man einen Schlüssel benutzen. Nun zum Fahrstuhlführer, einem Kerl namens Pete. Er verläßt seinen Fahrstuhl manchmal, um unten im Souterrain einen zu kippen. Ich hab an den vergangenen drei Abenden seine Zeiten genommen, und das Ergebnis sieht etwa so aus.«

Er zog einen Bogen Papier heraus mit einer Reihe ordentlich aufgeschriebener Zahlen in einer langen Spalte.

»Kapierst du jetzt die Geschichte? Wir brauchen nur zu warten, bis Pete zu seinem Schnaps geht, dann stecken wir den Schlüssel in den Privatlift und haben es geschafft. In der Wohnung müssen ein paar Tausender herumliegen.«

Zum ersten Mal wurde mir bewußt, daß Ruby von einem Einbruch sprach.

»Puh«, sagte ich. »Du meinst, du willst die Wohnung ausrauben?«

»Wovon sollte ich sonst reden, du Doofmann. Wir werden keine Schwierigkeiten haben. Die haben keine Kinder oder ein dort schlafendes Hausmädchen oder–«

»Wir?« kreischte ich.

Er boxte mich wieder am Arm und warf einen schnellen sondierenden Blick auf die Leute an den anderen Tischen. Da niemand zu lauschen schien, sprach er weiter:

»Nun hör mir gut zu. Ich hab mir einen ganzen Satz Schlüssel vom Schlosser gekauft, und ich werde einen finden, der zum Lift paßt. Wir werden sie an einem Abend mal ausprobieren müssen, wenn Pete ins Souterrain geht. Dann werden wir an einem Abend wiederkommen, wenn Jaffe und seine Frau ausgehen –«

»Aber das ist Einbruch«, sprudelte es aus mir heraus. »Mein lieber Mann, Ruby –«

»Was ist denn schlimm an einem Einbruch?« sagte er mit irgendwie krächzender Stimme. »Glaubst du, ich warte, bis ich verhungert bin, während ich versuche, anständig zu bleiben? Nicht ich, Kleiner! Nicht ich.«

»Aber Ruby –«

»Komme mir nicht mit wenn und aber, Freundchen. Ich hab mir die ganze Sache überlegt. Dieser Lift ist ein alter Klapperkasten; das Schloß sollte man mit Leichtigkeit aufkriegen. Wenn du mir bei der Schlüsselsache nicht helfen willst – okay. Aber ich werde dich brauchen, wenn es Zeit ist, das Ding zu drehen. Okay?«

Ich wollte ablehnen, auf das entschiedenste. Aber es war schon immer schwer gewesen, dem früheren Ruby Martinson etwas abzuschlagen, dem ohne Polizeiakte. Dem neuen, dem Ex-Sträfling, etwas abzuschlagen, war praktisch unmöglich. »Okay«, sagte ich verzweifelnd und hoffte, er werde das Schlüsselproblem nicht lösen. »Okay, Ruby. Wie du willst.«

Aber welche Hoffnungen ich auch hatte, Ruby werde keinen Schlüssel für das Schloß Jaffes finden, sie gingen schnell dahin. Ich hätte wissen müssen, daß Ruby zu gewitzt war, um bei einer so einfachen Aufgabe zu versagen. Innerhalb von vier Tagen erstattete er fröhlich Erfolgsbericht. Er hatte den kleinen gezackten Metallstreifen, der uns in den Lift zum Dachhaus einlassen würde, und jetzt brauchten wir nur noch darauf zu warten, daß die Jaffes die Wohnung lange genug verließen, damit wir sie ausräumen konnten.

Es war mitten im Winter, und unsere Wache vor dem Apartmenthaus in der 78. Street war eine kalte Angelegenheit. Ich trug noch immer den Mantel, den ich seit meinem fünfzehnten Geburtstag besaß; er hatte so abgefusselt, daß er ungefähr so dünn wie Kleenex war. Ich zitterte so sehr, daß mir die Zähne weh taten. Zehn Abende lang beobachteten wir das Apartmenthaus, aber die Jaffes schienen nie auszugehen. Nach einer Weile kam mir der beunruhigende Gedanke, daß Ruby mit seiner lausigen Sehkraft die beiden nicht erkennen würde, wenn sie tatsächlich aus dem Gebäude kamen.

Zu Beginn der dritten Woche, nachdem wir unseren Außenposten bezogen hatten, jammerte und klagte ich über das Vorhaben, und je mehr ich jammerte, desto grober redete Ruby daher. An einem Freitagabend kam ich erst nach halb neun (unsere Wache begann pünktlich um sieben), und Ruby war ganz schön sauer. Vor allem weil er gesehen hatte, wie die Jaffes aus dem Haus gekommen und in ein Taxi gestiegen waren.

»Es ist soweit«, sagte er mit dem eifrigem Blick in den Augen, der durch die dicken Brillengläser noch verstärkt wurde. »Das Penthouse ist leer. Jetzt brauchen wir nur zu warten, bis Pete durstig wird.«

Es dauerte weitere zwei Stunden, bis es soweit war, und mir kam es wie eine Woche vor. Je mehr ich über das Ding nachdachte, desto weniger gefiel es mir. Mein Zittern war nicht nur auf das Klima zurückzuführen.

»Okay«, sagte Ruby freudig. »Er ist soeben ins Souterrain gegangen. Fangen wir an!«

Wir liefen quer über die Straße, dem Verkehr ausweichend. Wir betraten die Vorhalle des Gebäudes, und Ruby ging direkt um die Ecke zu der Tür mit der Aufschrift PRIVATLIFT. Ich sah, wie er in seine Tasche griff und den Schlüssel herausholte. Nach weiteren fünf Sekunden öffnete er die Tür, und wir betraten den mit grünem Segeltuch ausgeschlagenen winzigen Kasten. Er schloß die Tür, grinste mich an und drückte auf den Knopf AUFWÄRTS.

Die Fahrt schien endlos zu sein, und vor uns war nur Dunkelheit, als sie schließlich zu Ende war. Die Dunkelheit erwies sich als Samtvorhang vor dem Liftkasten. Ruby schob ihn zur Seite, und wir traten auf den

Teppich, der so dick war, daß ich auf der wolligen Oberfläche fast gestolpert und gefallen wäre.

»Geschafft«, triumphierte Ruby. »Kinderleicht!«

Ich versuchte, etwas zu sagen, konnte aber nicht. Ich sah, wie Ruby aus seiner Seitentasche eine Taschenlampe riß und ihren Strahl auf den Fußboden richtete. Ich erhaschte im Scheinwerferlicht einen flüchtigen Blick auf einige dicke, dunkle Möbel in dem großen Wohnzimmer. Dann richtete Ruby das Licht auf seine Armbanduhr und runzelte die Stirn.

»Es ist fast elf«, sagte er. »Wir werden schnell arbeiten müssen.«

»Mensch, Ruby«, sagte ich mit erstickter Stimme.

»Was ist?«

»Ich weiß nicht –«

Ich wußte es wohl, wollte Ruby aber nichts sagen. Entweder war es Nervosität oder das kalte Wetter oder auch nur einfach die Natur, aber da war etwas, das ich einfach tun *mußte*.

»Was ist?« fragte Ruby noch einmal.

»Das Badezimmer«, keuchte ich. »Ich muß ins Badezimmer!«

»Was?«

»Tut mir leid, Ruby, aber ich *muß* einfach.«

Er sah mich verächtlich an. Dann schnalzte er mit der Zunge und sagte: »Okay, okay. Du kannst also aufs Klo gehen, sobald wir hier verschwinden.«

»Nein«, sagte ich demütig. »Ich glaube, daß ich vielleicht jetzt gehen sollte, Ruby. Die *müssen* doch ein Badezimmer haben.«

Voller Ekel klatschte er sich mit der Hand an die Stirn und ging mit langen Schritten weiter ins Wohnzimmer hinein. Er leuchtete mit der Lampe eine Minute lang umher und kam zurück. Er schob mich vor sich her.

»Okay, da! Aber beeil dich, um Himmels willen.«

»Danke«, sagte ich bescheiden, eilte zu der Tür, die das Scheinwerferlicht ausgemacht hatte, und ging hinein.

Als ich fertig war, wollte ich das Badezimmer verlassen und drehte am Knopf, aber die Tür wollte sich nicht öffenen. Ich fummelte am Schloß herum, um zu sehen, ob ich es versehentlich oder aus Gewohnheit zugesperrt hatte, aber das Schloß war nicht das Problem. Die Tür mußte sich verzogen haben, deshalb drückte ich stärker dagegen. Sie öffnete sich immer noch nicht, deshalb flüsterte ich: »Ruby! He, Ruby!« Er hörte mich nicht, deshalb flüsterte ich lauter: »He, Ruby! Hilf mir mit der Tür.«

Ich hört ihn auf der anderen Seite sagen: »Was?«

»Die Tür«, antwortete ich. »Sie klemmt auf dieser Seite. Öffne sie, ja?«

Der Türknopf klapperte, und Ruby sagte: »Sperr das Schloß auf, du Doofmann.«

»Ich habe das Schloß nicht versperrt. Ich glaube, die Tür hat sich vielleicht verzogen. Zieh mal kräftig.«

Er strengte sich ein wenig an, aber ohne Erfolg. Ich

sagte: »Hör mal, ich schiebe von dieser Seite, und du ziehst von der anderen. Okay?«

Ich hörte ihn fluchen, und dann begannen wir zu drücken und zu ziehen, aber die Tür rückte und rührte sich nicht, nicht um eine Winzigkeit. Ruby sagte: »Was ist eigentlich los mit dir? Drück doch mal richtig dagegen!«

Ich warf mich gegen die Tür und brach mir fast die Schulter. Das Badezimmer war trotz der offensichtlich luxuriös eingerichteten Wohnung nicht sehr groß, und ich hatte nicht viel Platz für einen Anlauf.

»Ich krieg sie nicht auf!« schrie ich, in Panik geratend. »Ich bin eingesperrt, Ruby!«

»Versuche es. *Versuch's!*«

Ich versuchte es. Mit aller Körperkraft, die nicht gerade groß ist, schlug ich auf die Tür ein. Ich vergaß jede Vorsicht und begann, gegen die Tür zu treten, aber ich brachte das verdammte Ding nicht dazu, sich zu bewegen. Ich hörte Ruby stöhnen und fluchen, und mein Gefühl der Sorge entwickelte sich rasch zu einer erstklassigen Panik.

»Ruby!« keuchte ich. »Die Tür klemmt wirklich. Ich kann *überhaupt* nichts tun.«

»Schon gut, schon gut«, sagte er heiser. »Fang bloß nicht an zu toben. Ich werde mir schon was ausdenken.«

»Ruby, es ist elf Uhr. Was ist, wenn die heimkommen?«

»Ich sagte doch, du sollst dir keine Sorgen machen!«

»Ruby, laß mich nicht allein hier!«

»Hör auf zu kläffen, ja? Laß mich nachdenken!«

Ich sah mich im Badezimmer wild nach einem Gerät um, mit dem ich gegen die Tür angehen konnte, aber da gab es nichts, bis auf eine tiefe versenkte Badewanne, ein Medizinschränkchen, ein Regal voller vielfältiger bunter Fläschchen und andere Dinge sowie die üblichen Installationen. Ich war hilflos; ich konnte mich nur darauf verlassen, daß Ruby mich mit seinem erfinderischen Verbrechergehirn aus dieser mißlichen Lage befreien würde. Ich hatte zwar Vertrauen, aber nicht so ganz genug.

»Sieh mal«, sagte Ruby, den Mund an der Tür. »Uns bleibt jetzt nur noch, die Tür aufzubrechen. Ich muß mir ein paar Werkzeuge –«

»Vielleicht gibt es hier was in der Wohnung.«

»Wir haben keine Zeit, danach zu suchen. Ich hab ein paar Werkzeuge bei mir zu Hause.«

»Bei *dir* zu Hause? Du brauchst eine Stunde hin und zurück!«

»Keine Sorge. Ich schnapp mir ein Taxi.«

»Nein!« schrie ich. Ruby, laß mich nicht allein –«

»Es ist die einzige Möglichkeit!« sagte er sehr zornig. »Überlaß es gefälligst mir, mich darum zu kümmern.«

»Aber was ist, wenn sie heimkommen? Sieh dich doch hier nach etwas um. Geh nicht –«

»Nee. Die kommen erst spät nach Hause. Du weißt, wie solche Leute sind.«

Ich wußte es nicht, aber ich hoffte, Ruby wußte es.

»Ich bin zurück, ehe du es merkst«, sagte er. »Nur immer mit der Ruhe, Junge. Ich hole dich aus der Klemme –«

»Ruby«, sagte ich noch einmal. Er gab keine Antwort, und ich wußte, daß er zum Lift gegangen war.

Nachdem er fort war, versuchte ich noch einige Male die Badezimmertür zu öffnen, aber erfolglos. Dann, ich fühlte mich so elend wie noch nie, setzte ich mich auf den Lokus und legte den Kopf in die Hände. Ich sah auf meine Uhr und stellte fest, es war zehn nach elf. Ich zog sie sorgsam auf, um sicher zu sein, daß sie mir nicht stehenblieb.

Als ich beim nächsten Mal nachsah, war es halb zwölf, und ich wurde jetzt wirklich ängstlich. Wenn nun die Jaffes gar nicht solche Nachteulen waren? Wenn sie nur zum Essen oder so ausgegangen waren? Vielleicht waren sie schon auf dem Nachhauseweg!

Um acht vor zwölf hatte ich es satt, in dieser Haltung dazusitzen, deshalb stand ich auf und schritt die zehn Quadratfuß Fliesenboden ab. Ich öffnete das Medizinschränkchen und untersuchte den Inhalt, von dem nichts besonders interessant war. Ich schloß die Tür des Schränkchens und starrte in seinen Spiegel. Ich sah nicht gut aus.

Um halb eins entdeckte ich, was es bedeutet, wenn die Leute sagen, sie seien ein Nervenbündel. *Ich* war ein Nervenbündel. Nur um *etwas* zu tun, ging ich wieder an den Spiegel und schnitt Grimassen. Zuerst bleckte ich die Zähne und machte große Augen wie ein verrücktes Ungeheuer. Dann gab ich mir das hingebende, romantische Aussehen eines Filmhelden, der gerade die Heldin küßt. Ich gab dem Spiegelglas einen Schmatz und hinterließ eine runde, nasse Stelle. Ich wischte sie mit einem Badehandtuch fort und öffnete die Tür des Medizinschränkchens. Ich nahm eine After-Shave-Lotion heraus und klatschte mir etwas auf die Wangen. Ich glaube, als nächstes hätte ich mir vermutlich das Gesicht gepudert, wenn ich nicht draußen ein Geräusch gehört hätte, das mich elektrisierte. Der Lift kam herauf.

Ich schaltete das Licht aus und legte das Ohr an die Tür. Als ich die Frauenstimme hörte, schwoll mein Herz zu der Größe einer Kesselpauke an und wurde ebenso laut. Ich schaute auf meine Uhr: es war zehn vor eins.

Die Frau sagte: »Mach um Himmels willen Licht. Bist du etwa ein Blindenhund?«

»Schon gut, ist ja schon gut«, antwortete ein Mann mit dunkler Stimme, die mir ein wenig belegt klang. »Hör mal, wenn du noch aufbleiben willst, mir ist das gleich. Ich gehe ins Bett.«

»Wer will denn noch aufbleiben?« sagte die Frau. »Glaube mir, wenn ich den Kanal so voll hätte wie du heute abend, dann *könnte* ich gar nichts anderes mehr tun als ins Bett zu gehen.«

Ihre Stimme klang jetzt näher, und ich fing an zu zittern, weil ich Angst hatte, daß sie mich nun erwischten.

Der Mann sagte etwas, das ich nicht verstehen konnte, und dann hörte ich Schritte, die durch den Teppich irgendwie gedämpft wurden. Als nächstes merkte ich, daß am Knopf der Badezimmertür gerüttelt wurde.

Glücklicherweise hatte er nicht mehr Erfolg als Ruby vorher. Er murmelte etwas und sagte dann: »Die verdammte Badezimmertür klemmt wieder. Wirst du mit dem lausigen Hausmeister sprechen?«

»Ach, sprich doch selbst mit ihm. Du bist schließlich der Mann im Haus.«

»Und wer hat Zeit? Du oder ich? Was hast du denn sonst den ganzen Tag über zu tun? Was glaubst du wohl, was ich in der Stadt tue, murmelspielen?«

»Hör mal, ich wollte, ich wüßte es«, sagte die Frau mit schwachem Lachen. »Geh aufs Schlafzimmerklo. Wir haben eine Million Badezimmer, mußt du ausgerechnet das da benutzen? Möchtest du Milch oder so was?«

»Ich möchte nur einen guten Nachtschlaf haben. Um wieviel Uhr kommt deine Mutter?«

»Um elf. Wieso?«

»Nichts, nichts.«

Das war alles, was ich noch hörte. Es knackte, das Licht in der Ritze unter der Badezimmertür ging aus, und ich wußte, daß sie zu Bett gegangen waren. Vielleicht habe ich euch nicht ganz klargemacht, wie ich diesem ganzen Zeug gelauscht habe. Ich meine, vielleicht denkt ihr, daß ich hübsch ruhig war wie 'ne Art von

Gerichtsstenograph oder so was. Nun, das war ich nicht.

Nachdem es in der Wohnung still geworden war, versuchte ich, in der Dunkelheit auf meine Uhr zu sehen, aber die lausigen Leuchtziffern funktionierten nicht. Ich legte ein Badetuch gegen den unteren Türrand und knipste das Licht wieder an. Es war halb zwei.

Wo war Ruby? Ich stöhnte innerlich. Zweieinhalb Stunden waren vergangen, und er war noch nicht zurückgekommen!

Ich setzte mich wieder und begann mir Sorgen zu machen, was meine Angehörigen wohl denken mochten. Ich kam oft spät nach Haus, und sie machten nie viel Aufhebens davon. Aber wie die Dinge jetzt lagen, würde ich vielleicht *tagelang* nicht nach Hause kommen.

Um Viertel vor zwei dachte ich, daß ich zusammenbreche. Das Badezimmer schien mir kleiner als vorher zu sein. Wenn ein Buch, eine Zeitschrift oder *irgendwas* dagewesen wäre, womit ich mich beschäftigen könnte, wäre es vielleicht nicht so unerträglich gewesen. Jetzt wußte ich, wie Ruby sich in dem Gefängnis in der Bronx gefühlt haben mußte. Ich bekam den Knastkoller.

Ich durchsuchte das Medizinschränkchen noch einmal, las die Etikette auf dem Alka-Seltzer-Fläschchen, auf Dr. Lyons Zahnpulver-Dose und auf dem Fläschchen mit St. Joseph's Aspirin. Dann musterte ich die Auswahl an Schaumbadpulvern, Badesalzen, Eau de Cologne und dem anderen Weiberzeugs auf dem Regal. Nach einer Weile hatte ich keinen Spaß mehr, und ging müde zu meinem Sitz zurück. Mir war ziemlich elend, kann ich euch sagen.

Dann hatte ich eine Idee. Ich wußte in der Minute, in der sie mir kam, daß es eine bekloppte Idee war, aber sie ging mir nicht aus dem Kopf. Irgendwie schien es das einzige zu sein, das mich davon abhalten würde, Amok zu laufen, und die vielfältige Kollektion von Badeartikeln inspirierte mich in gewisser Weise zusätzlich. Ich ließ langsam Wasser in die Wanne laufen, bis sie dreiviertelvoll war. Dann zog ich meine Sachen aus, drapierte sie auf dem Lokusdeckel und ging ans Regal. Ich nahm das Schaumbadpulver, las noch einmal die Gebrauchsanweisung und hielt eine Handvoll von dem blauen Zeug unter den Wasserhahn, bis es zu einer Lauge aufschäumte. Ich ließ eine Prise Badesalz und eine Portion von etwas hineinfallen, das Wunderbad-Lösung hieß. Dann, nur um das Maß vollzumachen, gab ich drei Spritzer von dem Eau de Cologne *Soir de Paris* dazu und glitt in die Wanne.

Ich fühlte mich ziemlich wohl, eingeweicht in dem warmen Wasser, umgeben von dem süßriechenden Zeug, mit dem ich es aufgeladen hatte. In der Schale lag ein großes ovales Stück blauer Seife. Vom Hals bis zur Taille seifte ich mich reichlich damit ein und planschte mit solcher Selbstverständlichkeit herum, daß ich die in ihrem Zimmer schlafenden Leute beinahe vergaß. Es war nur gut, daß ich nicht anfing zu singen oder so was; ich glaube, damit wäre ich vielleicht zu weit gegangen.

Ich ließ mich gerade vom Wasser tragen, wobei der Schaum an mein Kinn plätscherte, als ich das Klingeln hörte. Es war ein aufschreckender Laut, und ich hielt inne, um zu hören, welche Wirkung er haben würde.

Bald vernahm ich dumpfe, barfüßige Schritte auf dem Teppich, dann sprach die mürrische Stimme des Mannes offenbar ins Haustelefon: »Wer ist da?«

Die Antwort hörte ich nicht, aber wie sie auch ausgefallen war, sie machte Mr. Jaffe sauer. Er fluchte und sagte dem Betreffenden, er solle verschwinden, aber dann mußte er offenbar einen Einwand erhalten haben, denn er sagte: »Okay, okay, kommen Sie rauf!«

Als nächstes hörte ich das Winseln des Lifts. Ich nahm an, Jaffe hatte die Tür unten mit dem Summer aufgesperrt. Aber als ich die Stimme des Besuchers hörte, schnappte ich laut nach Luft. Es war Ruby!

»Was, zum Teufel, soll das?« hörte ich Jaffe sagen. »Wissen Sie, wie spät es ist?«

»Ja, Sir«, sagte Ruby und redete ganz schnell weiter: »Aber sehen Sie, der Hausmeister sagte mir, Ihre Badezimmertür klemmt, und ich gehe morgen in Urlaub, und wenn Sie es nicht in den nächsten zwei Wochen oder so in Ordnung haben wollen –«

»Was soll das heißen? Wo ist Rudolph, der sonst als Faktotum hier rumläuft?«

»Rudolph? Oh, Rudolph hat gekündigt, Mr. Jaffe. Aber wie ich schon sagte, wenn Sie wollen, daß ich es lasse, bis ich aus dem Urlaub –«

Jaffe brummte irgendwas und sagte dann: »Schon gut, schon gut. Aber machen Sie schnell, ja? Wir möchten gern noch ein bißchen schlafen!«

Ich lauschte dem Gespräch mit verblüfftem Schweigen, und dann hörte ich, wie sich Schritte der Badezimmertür näherten. Mir wurde klar, wie geschickt einfach Rubys Plan war, aber ich war selbstverständlich nicht darauf vorbereitet. Ich riß den Stöpsel aus der Wanne, und *schwsch!* lief das Wasser ab, während ich versuchte, herauszukrabbeln und auf dem Badesalz oder was auch immer sonst zurückgeblieben war, ausrutschte und ausglitt. Bis ich das große Badetuch auf dem Fußboden erreicht hatte, arbeitete Ruby bereits an der Tür mit irgendeinem Werkzeug, und ich war noch nicht einmal trocken, als ich merkte, daß seine Bemühungen Erfolg zeigten.

Dann öffnete sich die Tür, und Ruby im Arbeitsanzug, eine Art gabelförmiges Gerät in der Hand, blinzelte mich an.

»Du Blödmann!« flüsterte er heiser. »Was, zum Teufel, machst du denn bloß?«

Ich konnte nicht antworten; meine Zähne klapperten wie verrückt, und ich kriegte kein Wort aus der Kehle.

»Du mußt hier *raus*!« sagte er mit wildem Blick. »Sie sind im Schlafzimmer, aber sie können jeden Augenblick rauskommen. Schnapp deine Sachen und hau ab!«

Ich stotterte irgend etwas und begann aus meinen im Badezimmer verstreuten Sachen ein Knäuel zu machen.

Alles schien verschmiert zu sein und entglitt meinen Händen, und das große Badetuch, das ich um die Schultern hatte, wollte nicht an seinem Platz bleiben. Ruby stieß einen verächtlichen Laut aus und entriß mir die Sachen; ich verschwendete keine Zeit damit, mich mit dem Tuch richtig einzuhüllen. Dann raste er durch das Wohnzimmer zum Lift, ich lief hinter ihm her und hinterließ nasse Fußstapfen. Wir stürzten in den Lift, er drückte den Abwärts-Knopf, und ich tat alles, um Hemd und Hose anzuziehen. Als wir im Erdgeschoß waren, hatte ich die Hälfte meiner Sachen unter dem Mantel an. Zum Glück für uns stand ein Taxi an der Ecke.

Das war also die ganze Beute unseres Einbruchs: ein großes Badetuch, auf dem, wie wir später sahen, in der Mitte der Länge nach STATLER HOTELS stand. Ich bekam auch eine fürchterliche Erkältung, die mich für zwei Wochen im Bett festhielt, aber ich brauchte wenigstens nicht raus und nach Arbeit zu suchen. Und Ruby bekam einen Job bei einer anderen Buchhaltungsfirma mit einer Erhöhung von zehn Prozent gegenüber seinem alten Gehalt. Er sagte, er lebe in Todesängsten, weil sein neuer Chef herausfinden könnte, daß er ein Ex-Sträfling sei, aber wenn Ruby irgendwelche Absichten hatte, seine Verbrecherlaufbahn aufzugeben, ging das aus seinen Worten nicht hervor. Ich nehme an, manche Leute ändern sich nie.